都是人民群众

人民群众

魏思孝 著

九州出版社
JIUZHOUPRESS

图书在版编目（CIP）数据

都是人民群众 / 魏思孝著. -- 北京：九州出版社，
2020.10

ISBN 978-7-5108-9274-5

Ⅰ.①都… Ⅱ.①魏… Ⅲ.①短篇小说—小说集—中
国—当代 Ⅳ.①I247.7

中国版本图书馆CIP数据核字(2020)第124389号

都是人民群众

作　　者	魏思孝 著
责任编辑	周　昕
封面设计	杨　阳
出版发行	九州出版社
地　　址	北京市西城区阜外大街甲35号(100037)
发行电话	（010）68992190/3/5/6
网　　址	www.jiuzhoupress.com
电子邮箱	jiuzhou@jiuzhoupress.com
印　　刷	华睿林（天津）印刷有限公司
开　　本	880mm×1194mm　1/32
印　　张	9
字　　数	175千字
版　　次	2020年10月第1版
印　　次	2020年10月第1次印刷
书　　号	ISBN 978-7-5108-9274-5
定　　价	48.00元

谨以这本乡村人物小集，献给我的母亲，她虽然不看书，但以其健谈的性格、生动的转述、朴素的势利，对这本书的成形，作用甚大。祝福她，以及她儿子。

目 录

一

中老年男人

孟吉祥

刘兴乐

刘同庆

卫　勇

卫　明

刘昆仑

刘亦农

卫学成

孟吉祥（1960 － 2016）

　　威海石岛，位于山东胶东半岛的东南段，濒临黄海，因"背山靠海，遍地皆石"而得名。与日本、韩国隔海相望，是中国大陆距离韩国最近的地方。作为中国北方最大的渔港之一，这里码头林立，聚集着来自全国各地的船员。

　　在数以千计的渔业公司中，昌盛渔业并不起眼。李昌盛上世纪八十年代末从老家寿光来到石岛，先是当海员，后来成为大副。1993 年，成立石岛国际渔货贸易区时，李昌盛已经有了自己的渔船。他是外来务工者们的榜样，不过那年头像他这样后来成为老板的不在少数。弘阳渔业的老板袁弘阳差不多和李昌盛一起来的石岛，如今的弘阳渔业不仅捕鱼，产业涉及深加工、造船、房地产。李昌盛对此有些不以为然，袁弘阳抛家弃子，和港湾街道一个主任的女儿结婚，如今混成这番田地，也是攀龙附凤的结果。

李昌盛有了第二条渔船后，把老婆孩子从老家接了过来，顺便又招募几个同乡，在手底下帮忙。父母相继离世后，每到春节，李昌盛还是回到老家走访长辈。至于翻修村中公路，资助贫困孤寡，也是衣锦还乡后的余音。如今昌盛渔业，旗下有五条小船，近海作业。三条大船，是近海渔业资源逐渐枯竭后新添置的，用于远洋作业，多去东南亚以及南太平洋的公海。孟吉祥是李昌盛的同乡，是远洋作业的船员之一。

孟吉祥家中排行老二，上有一个大哥，下有两个弟弟。大哥和孟吉祥都没结婚，是光棍。寿光的支柱产业是种植大棚蔬菜，年轻时，孟吉祥和大哥搭伙种过大棚。伺候蔬菜大棚辛苦，一年无休，早上九点多出太阳，起草帘透风。下午光照不足后收草帘。那时还没有自动卷帘机，放收草帘都要人工。一年四季，在大棚里面穿着单衣，依旧汗流浃背。赶到蔬菜上市，老大摘果，孟吉祥推着车筐来回运送。大哥过了五十，腰肌劳损，干不了重活。有年冬天，到了年根，下过一场大雪，大哥在棚顶铲雪，摔下来，腰椎粉碎性骨折，前后住了四次院，两次大手术，一次小手术，打了五个钢钉。三年后，才勉强生活自理。兄弟俩十来年种大棚攒下的二十多万，都用来治病了。

自此，大哥腰板挺不直。孟吉祥从集市买回来几只小羊，让他在家里喂养。这年孟吉祥四十五，摆脱了菜农的身份，跟着建筑队砌墙盖屋。除了身份的转变，生活上再没人给他介绍对象。和大哥沦为光棍不同,孟吉祥只是对婚姻没兴趣。年轻时的多次相亲,女方都对孟吉祥表达了好感,只是他无动于衷。大哥倒是对其中几位女方很满意,和孟吉祥商量,你不要给我。和孟吉祥比,大哥个矮,见女人脸红。没人看得上他。大哥身体不好后,也不催促孟吉祥成家了。三弟四弟成家立业,分家出去。大哥以及健在的父母,都由孟吉祥负责。孟吉祥下工回家,天井里羊粪和乱草一堆。他爱干净,在旁边的空地盖了两间砖瓦房,搬过去自己住。

　　孟吉祥能去石岛当海员,多亏三弟孟吉庆。孟吉庆以前养蛋鸡,有年碰到鸡瘟,几千只鸡一夜之间死光了。处理完鸡舍,在家闲着无事,他跟着建筑队到上口镇的东堤村盖猪圈。东堤村在弥河的东岸,因此得名,也是李昌盛的老家。猪圈完工的这天,主家老李管了顿酒。老李是李昌盛的堂哥,时年过六十,前些天堂弟打来电话,新添置了远洋渔船,让他从老家物色几个船员。条件是,吃苦能干,不恋家。农村人,前面一条好说,主要是后一条,都拖家带口的,有自己的营生。远洋捕鱼,一去好几个月和家里没联系,虽说几个月赚四五万块钱,东堤村以养殖业为主,碰到好年景也不少赚。老李又说,他也是吃了恋家的亏,当初李昌盛刚有起色,也喊他去,他没去。一念之差,境遇截然不同,一个还在家养猪,一个成了老板。

　　孟吉庆回去后和老婆商量,鸡瘟欠下的债,半年就能还清,没有不去的道理。过完中秋节,孟吉庆到了石岛。上船出海适应,去了七个人,有两个晕船,从早吐到晚,没有劳动能力,孟吉庆是其中之一。对方给了孟吉庆五百块钱，让他回去再物色船员填补空缺。孟吉庆想到了二哥孟吉祥。

孟吉祥四十八岁这年，去石岛当了海员。他吃苦能干，不晕船，漂泊在海上，饭量见长。每年，孟吉祥过了中秋去石岛，春节前后回来，出海四五个月，到手五万出头。这些钱，足够一年的开销不说，还能存下不少。不出海的日子，孟吉祥还干建筑队。刚开始当船员的几年里，每逢节日家庭聚会，孟吉祥总成为大家议论的焦点。他不在场时，亲属间讨论多围绕在钱上。有人说，孟吉祥攒下了不少钱。又有人说，光棍没别的花销，能攒钱。有人开始给孟吉祥介绍寡妇和离异的，目的多半不单纯。

孟吉祥在场时，亲属们问他在海上的事。他嘴拙，也说不出什么。船只靠岸加油或者补给，也算去过不少国家，东南亚居多，只在岸上待一阵，当地人个头矮，说话像嘴里含着一只死耗子。头几年，孟吉祥每次出海回来，除了海产品外，也带回礼物，烟草分给男的，披风围巾给女的。至于海员的辛苦，他不常说，有人问起，他也回：碰到鱼群，两三天不合眼是常有的事；鱼虾吃够了，做梦都想吃馒头；台风暴雨，遇到过，以为船要沉。再有问的，他就一句话，赚钱哪有不辛苦的。听者举起酒杯，向孟吉祥示意，出海好，见世面。席间的孟吉庆成为陪衬。每年，人们见到孟吉祥，都问一句，今年还出海吗？孟吉祥回，看情况。八年过去，孟吉祥五十六岁。父母八十多，身体不好。大哥中风后，行动不便，还要老人照顾他。这几年攒下的钱也够花，孟吉祥不打算出海了。

　　镇上主路扩建，两旁的民房拆掉改建商铺。孟吉祥从三层楼高的脚手架摔下来，脑震荡，肋骨断了三根，插破肺。在市医院开胸做了肺修补。虽是工伤，建筑队是个人承包，没劳动合同。要是工伤，农合不报销。双方合计了下，孟吉祥说是自家盖屋摔伤的，报销出医药费，他拿着算作补偿。孟吉祥情况稳定后，转到镇医院，离家近，两个弟弟照顾他也方便。出事后，孟吉祥脑袋经常疼，忘事。他把身份证、户口本、医保卡、银行卡以及密码，交给两个弟弟负责住院缴费报销等一系列流程。后面，包工头不想出医药费，孟吉祥没好利索，能下床时办了出院。双方谈赔偿，再三交涉，赔了四万。孟吉祥去银行存钱，发现卡里原来的小二十万不见了。

　　孟吉祥平时没什么花销，吃穿用度上都践行着一个普通农民的本分。喝点酒，多为桶装的劣质白酒；不抽烟，也无其他不良嗜好。吃饭上，几亩薄田和菜园，自给自足。衣物按照季节，添置一两件，平时劳作穿劳保服居多。出海七年加上打零工，孟吉祥攒的钱远不止二十万，除去照顾老人，接济两个弟弟。存下的小二十万，是他的养老钱。孟吉庆和孟吉利说钱没了，具体怎么没的，讲不出理由。孟吉祥的证件也被他俩扣下，说他脑袋糊涂，放在身上不保险。他要报警时，两个弟弟神情慌张，又不肯把钱交出来。孟吉祥宽慰自己，钱没给了外人，自己光棍一条，以后养老也要靠他们，能怎么办呢。守着卡里赔偿的四万块，中秋节刚过，他又去了石岛。

农历刚入腊月，大哥孟吉林死了。死前一周，高烧，四肢酸痛，瘫在床上，不吃不喝。孟吉祥不在家，也没人送他去医院，只请村医挂了几天吊瓶，不见好转。几只羊散养，屋里四处是羊粪，村医说他得了"羊病"（布氏杆菌病）。孟吉祥漂泊在海上，家人联系不上他。事后推断，大哥死的时候，孟吉祥正在日本附近的公海。两天后的夜里，船只遭遇大风浪，吊机拉网，孟吉祥站在甲板上调度，吊机的铁环断裂，渔网连带着他，掉进海里。天亮，风浪停息后，搜捕到孟吉祥。人缠绕在渔网中，和鱼混在一起，发涨的身体被勒出道道血痕，可见他死前挣扎的迹象。尸体和打捞出的鱼一起，放在冷藏室里。渔船开足马力，一天后到岸。公司和孟吉祥的家人联系，他们见到尸体，已是事发三天后。

孟吉祥的亲属加上村里的领导，一行二十余人乘坐昌盛渔业租聘的大巴车去认尸。临行的这天早上，寿光下起一场雪，不大，如同盐粒扬散在地上。李昌盛出面，同行的船员向家属说明当时的情况：天黑，一瞬间的事，人就掉海里了。清点孟吉祥的遗物：手机，衣服。钱包里装着身份证银行卡等证件——自从钱丢后，这些东西他随身携带。孟吉庆和孟吉利，以及关系近的几个家属，见了孟吉祥的尸体，海水浸泡，冷冻，勉强认得出。流泪，惋惜。住了一晚，第二天赔偿达成，五十万。收钱，签字。找了辆殡葬车，把孟吉祥的遗体运回家。一周内，两个儿子相继离世，怕父母承受不住，孟吉祥的丧事办得低调。

父母两人，母亲跟着孟吉庆，父亲跟着孟吉利。一年后，母亲去世。孟吉祥没回来。父亲问，老二人呢？答：在海上，联系不上。父亲轮流在孟吉庆和孟吉利的家中照料，起先一个月一轮，后来半个月，再后来一星期。孟吉庆和孟吉利的家，相隔不足百米，老人刚熟悉这家儿子的饮食，又要换一家。老人逢人问，孟吉祥去哪了？大家统一口径，说在海上。临死前，他话讲不出，眼睛总盯着门口。知道孟吉祥早就死了，老人叹了口气，闭了眼。

孟吉祥的丧事办完后，家里的五千多斤粮食，孟吉庆和孟吉利平分。老人偶尔过来，看儿子回来了没。怕起疑心，砖瓦房保持原样。老人死后，两间砖瓦房也被平分，能用的物件留下，没用的变卖。房子腾出来成了孟吉庆和孟吉利的储藏室，放些杂物。

刘兴乐（1956 — 2016）

辛留村曾短暂出现过一个洗车店。临淄大道从辛留村北边经过，路口处竖立一个红色的招牌，上写"辛留村欢迎你"，是多年前刘猛当村主任时设的。招牌下面挂着一个白底红字的小招牌，上写"洗车向南两百米"，箭头指向村路。南北的乡村公路连接临淄大道和120省道，是东西两个村落的分界线。辛留村在公路的西边。前两年声势浩大的拆除违建运动，村民在道路两旁扩建的房屋消失，让整条道路变得宽敞，留下的残垣，以及空出的地面砖，显得有些凌乱。一段时间后，大家也适应了，初次来辛留村的人，也以为本就是这副面貌。

外地的车辆看到村口的招牌，转进乡村小路，行驶两百米。洗车店在道路的西侧，有时店门关着，需要拨打上面的电话。

店主刘志坚的家就在附近，他若是在吃饭便说，等会儿，我三分钟过去。这样的情况不多，看到店门关着，外地车主一般都走了，顺着乡间公路，转到120省道，向东，在通往镇上的路北也有洗车店。有时周围的加油站搞活动，加油免费洗车。这些年，村里的汽车虽多了起来，让他们去洗车店洗车，还是件奢望的事。村民的车普遍档次不高，没必要精心呵护，即便是爱车的人士，为了省钱，在家门口，从屋里扯出水管，放满水盆，兑上洗洁精自行清洗。当地环境不好，尘土飞扬，洗车的频率不高，十天半个月若不下雨，才会想起清洗下。到了冬天，洗车冻手，去洗车店的次数会多一些。普通汽车十五元，SUV之类的二十元。对大多数村民来说，这钱花得并不值。不到一年，洗车店就关门了。

洗车店租用的是刘猛家的房子，一间平房，一间车库。没车洗的时候，刘志坚在平房里坐着玩手机，经常有朋友来找他，他们大多没工作，闲晃着，站在店门口抽烟，快乐和忧伤都转瞬即逝，麻木居多。待洗的车辆停放在车库，洗车用具一应俱全，十几分钟清洗完毕。有时，刘志坚的母亲在清扫完马路后过来搭把手，拿着毛巾擦洗车身，并和车主攀谈几句，问他（她）家是哪的，姓什么，以后再来。遇到相识的，她便叫儿子喊对方哥（叔）。刘志坚点头微笑，举动殷勤，以求对方再来照顾生意。

刘志坚的母亲姓曹，从镇上嫁到辛留村快四十年了。她个头不高，以前在建筑队当小工，推沙搬砖落下毛病，走路腿左右晃得厉害。和大多数农村妇女一样，有人问，你以前是做什么的。简述完过去的营生后，心生感慨，老百姓还有什么好活干吗？清扫马路前，老曹在本村的小作坊里当工，塑编厂把不合格的袋子送过来，她们这些妇女把袋子匝的线剔掉，用剪刀划开，摆成一摞，再送回编织厂重新上线。付英华也在这里干过，两家人沾亲带故，她比老曹大两岁，老曹的丈夫刘兴乐比付英华的丈夫生日大一点，还是喊她嫂子。付英华对工作中的老曹评价不高，手脚慢，不是干活的料，也不愿意和她搭伙。按劳计酬，和老曹搭伙，一天下来能少赚几块钱。

六十岁前，老曹和付英华都在镇上的塑编厂当工，一样的工作，按劳计件，不过要上夜班，活多，一月下来有二千左右的收入。过了六十，厂里不让去了，她俩又在本村的小作坊做事。在小作坊里干了不到两年，老板白珍被丈夫耿仁海拿刀捅死了。也是这年，村里组织去体检，刘兴乐在镇医院拍片，肺部有一小块阴影，去大医院复查，确诊是肺癌。

查出癌症前，刘兴乐在村南边的宏远炼油厂看大门。有了病，看病治疗总是旷工，就被辞退了。儿子刘志坚在城区读技校，考虑他家的情况，村里让刘兴乐打扫卫生，一个月五百块钱。乡间公路离家近，上午打扫一遍，下午打扫一遍，就可以回家了。碰到上级来检查，要在公路上守着。等刘兴乐马路都扫不了，老曹接班就这么一直干下来。前后不到三年的时间，刘兴乐还是死了。查出病后的第一年，刘兴乐状态还可以，傍晚喜欢坐在村口的集市上，看来往的行人，碰到熟人点头示意。收市后，刘兴乐从口袋掏出塑料袋，捡拾菜贩们掰下的菜叶。

有几天不见刘兴乐，就知道他又去化疗了。入秋后，刘兴乐戴着毛线帽子。周末刘志坚放假回来，他推着自行车到村口接。行李放在车座上，刘兴乐推着车子和儿子往回走。刘志坚一米七多，比刘兴乐两口子都高，样貌也集合了他俩的优点。乡邻在背后说，刘兴乐的小儿子比大儿子好。大儿子刘磊，死了二十五年了。那年他上初二，当初的同窗都已为人父母，对于刘磊这个大众的名字，印象多已模糊，只能借助脑癌这两个字时恍然大悟。他留给众人的几点，也是：人长得丑，学习不行，话还多。九四年，市区的医院刚有伽马刀技术，刘磊去做过，没多久就不行了。过了两年，刘志坚出生。

两年化疗下来，刘兴乐瘦得皮包骨头。老曹伺候完他，再出去扫马路。刘志坚还在读书，他想过退学，家里没钱，外债欠了不少。生命的最后一段时光，刘兴乐和老曹谈得最多的就是儿子，后悔这两年治病，把仅存的积蓄花掉，欠的债还要母子俩去还。每想至此，刘兴乐就流泪，念叨自己活了一辈子，给老婆孩子留下个烂摊子。

刘兴乐刚生病那会儿，左邻右舍以及有来往的村民来看望他，带的东西多为鸡蛋和牛奶。鸡蛋是在小卖部散买后装进纸箱里，牛奶以纯奶为主。鸡蛋和牛奶吃不了，老曹想送人，刘兴乐不同意，鸡蛋臭了，牛奶过期了。村民只看望一次，抹去人情债。后来，只有刘兴乐的两个弟弟偶尔来坐一会儿，说几句话。

大弟刘兴权在路口有个门头，卖卫生洁具，也是附近第一家卖太阳能热水器的，生活上过得去。前些年，刘兴权的老婆丁军兰出车祸死了，肇事司机宁肯坐牢也不赔钱。不到半年刘兴权又找了个外地的女人，比他小十来岁，又生养了个儿子。刘兴权的大儿子在母亲去世后精神恍惚，赋闲在家不上班。小儿子出生后，刘兴权让大儿子跟着他安装热水器，他不去。刘兴权不再给大儿子生活费。有人看见大儿子半夜在村里乱走，嘴里默念听不懂的词汇。后来人们再见他时，剃了光头，身穿用床单缝制的袍子，提着买来的馒头，嘴巴里振振有词。有信佛的村民说，他在念叨《金刚经》。

二弟刘兴国八年前抢劫，把人捅成重伤，一颗肾摘除。他刚出狱不久，快五十的人了还没结婚。刘兴国见刘兴乐意志消沉，说，人哪有不死的，活一天算一天。刘兴乐回，病没长在你身上。刘兴国说，我早就活够了。刘兴国在劳务市场打了几天工，和雇主吵架，被人打折了鼻梁。他想自己做点买卖，跟着邻村的老头学做豆腐，出师后骑着摩托三轮卖豆腐，叫兴旺豆腐坊。他去临镇卖，早晚各一次，骑着摩托三轮，在胡同里也不知道减速。刘兴乐弥留之际，晚上刘兴国收摊回来，摩托三轮车撞上村口等红灯的拉猪货车，脸撞烂了，手脚各有骨折。刘兴乐发丧那天，刘兴国躺在医院的病床上，努力尝试喝光一碗小米稀饭，嘴巴张不开，稀饭哩啦了一身。

刘兴乐还有个结拜兄弟叫卫学金，几年前也是癌症死的。刘兴乐的母亲和卫学金的母亲都爱说话，时常在一起聊天。结下这门干亲后，两家人也走动了几年。小的时候，卫学金去刘兴乐家吃饭，吃不下几口。回去的路上，母亲拉着脸问卫学金，刘兴乐来咱家里吃那么多饭，你去他家为啥吃这么点。卫学金说，他家做的饭不好吃。母亲说，他们故意的，下次咱也做得难吃点。十几年后，刘兴乐盖新房，卫学金和付英华去帮工。等到八六年，卫学金盖新房，刘兴乐没去帮忙。自此两家人有了芥蒂。一家在村北头，一家在村南头，平时也见不到，走动得更少了。

刘兴乐病得起不来床时，卫学金的遗孀付英华提着一箱子鸡蛋看望他。刘兴乐躺在床上，脸上戴着氧气罩，说话有气无力，身体被毛巾被包裹着，像根拖把。见付英华来了，刘兴乐摘下氧气罩闷着声说，来就来吧，还带东西干什么。付英华笑着说，这点东西不算啥。觉得笑容突兀，她冷下脸，不知道说什么好。老曹和付英华谈儿子刘志坚，哀叹以后怎么办。付英华说，钱没了再赚，志坚这孩子差不了。老曹瞟了眼床上的刘兴乐，又说，他走了，我怎么办。这幅场景，付英华熟悉。当初卫学金躺在床上昏迷时，刘兴乐夫妇也去了。老曹的原话她至今记得，这步早晚都得走。付英华想把这七个字原封不动还给她，说出嘴的却是，我这几年一个人还不是照样过来了。她又说，我心里的苦，能和谁说。

见两个妇女抹泪，刘兴乐把枕头边的瓷碗推地上，说，我还没死呢。老曹打扫完，坐下对付英华悄声说，整天这样治我。刘兴乐嘴里念叨一连串的名字：陈淑敏，王立庄，张军，刘连启，赵连志，王世杰，贾凤兰，曹继林，卫学金，王玉书，王华平……都是死在他前面的同代人。过会儿，刘兴乐又说自己不应该治，花了这么多钱，最后人财两空。又说，农业税取消了，不用交公粮了，赶不上好日子了，等了这么多年，咱村说拆迁也没消息了，也没机会住楼房。他还想说些什么，呼吸困难，便戴上氧气罩。付英华坐不住，对老曹说，我先走了，有空再来。老曹说，没事不用来，他就这个样子。老曹知道付英华的话是客套，她抹泪也是想起卫学金，心疼她自己这么多年的孤苦。流泪，都是为了自己。

刘兴乐死前，村西边的墓田被宏远物流占了。辛留村几百年的历史，积攒下了数百个大小不一的坟包。凌晨，村民们拿着手电筒，挖开坟包，把先人们的骨骸装进盒子里。光线不好，有些化入了泥土中，难免有些遗漏。推行火葬后的逝者，骨灰盒大多腐烂，只好象征性铲几下土，放进木盒以及鞋盒里。天光见亮，大家手忙脚乱，草草了事。新修的墓地，在村西边的山上，紧邻一条新修的公路。墓穴统一样式，用砖砌好，骨灰盒放里面，盖上石板，再用大理石罩上。两座相邻的墓穴中间种着松柏，万古长青。南北各一座仿古式的亭子，上写"天国银行"，是专门焚烧黄纸的。在刘兴乐的再三要求下，老曹骑着三轮车载着他去墓地。秋风萧瑟，三轮车停在公路上。刘兴乐身上包裹着棉被，从车兜里努力探出头向坡下张望。他对自己的归宿很满意，尤其是知道城市里这样规格的墓地少则几万多则十几万后，说了句，我什么时候住过这么好的地方。

清明节、中元节、忌日、除夕，老曹都给他上坟，刘志坚有空也去。老曹一个人去的时候，会说些最近家里的情况，多围绕在儿子身上：刘志坚毕业了，在镇上的盈科环保上班，天天上班，瘦了不少。盈科管理太严了，领导给刘志坚穿小鞋，他不去了。今年雨水多，老宅快要塌了。刘志坚好几个月不上班了，和村里几个孩子瞎晃，欠的债还没还清，想出去做买卖，也不知道要干什么，在工厂上班多好，现在宏远一个月能开到四五千，让他去，他不去。刘志坚开了个洗车店，生意不太好。村里好几个月不发老年钱了。区里发文件，说这次咱们村真的要拆迁了，地里都种上了树，等着赔钱。我种的核桃树，树苗一块钱一棵，不算贵。这阵子雨水少，旱死了不少。洗车店关了，刘志坚去电厂上班了，他姑父给找的，一个月三千，以后工资还涨。刘志坚谈了个对象，是他初中同学。小陈还在念大学，明年毕业。小陈来过咱家，我见过，人不高长得白，比刘志坚聪明。过两年差不多就结婚了，拆迁的事又没影了，不买房子不行。我一个月就五百块钱，现在随便个房子上百万，怎么弄。你倒好，什么都不用操心。

刘同庆（1978 — ）

　　付文的二姑叫付英华。付英华嫁到辛留村二十多年后，她做媒把同村的刘同庆介绍给了侄女。2002 年的冬天，刘同庆和付文在付英华家相亲，在灯光灰暗的北屋客套几句后，付英华让他俩去了西屋。西屋是付英华儿子的卧室，在堆砌的杂物中，只有一张床和一副桌椅。刘同庆和付文坐在床上，十分钟左右付英华敲门。刘同庆走后，付英华问侄女的意见。付文觉得还行，就是眼睛小点。两个人的情况和家境，付英华都交代过。她又重复一遍：刘同庆虽然家庭一般，但这孩子吃苦能干，日子是两个人慢慢过的，家里再有钱，自己不正干也没啥用。刘同庆的爸妈都是老实人，你嫁过来，吃不了亏。

　　付文相亲过多次，或者是家境不合适——刘同庆的家境和其相仿，要不是她看不上对方的人。匆匆一见，刘同庆的话不多，都实在，没有废话，问付文的工作情况，平时都喜欢做些什么。付文问的也差不多，一来二去简单直接。不是那种性格乖张、口气夸大的人。付文性格安静，皮肤白皙，大眼睛，脸长，一米六的身高不算矮。刘同庆皮肤黝黑，眼小，不到一米七，身型精瘦，一句话说完，停顿，想好再说下一句。付文对二姑说，就是他人黑了点，以后生个孩子，要是女孩随他，不好看。付英华说，干电气焊，在太阳底下晒的。侄女都想到以后生孩子的事了，明白这次有戏，付英华把刘同庆家的电话号码给了她。

晚上，念初中的卫华邦晚自习放学回来，看到家里有糖和瓜子，问谁来了。听付英华说完，卫华邦问刘同庆是谁。付英华说，住在村大街向北的第二条胡同。卫华邦还是不认识。付英华说，说了你也不认识，问这么多干什么。卫华邦吃完糖，又嗑瓜子，问亲相得怎么样。付英华说，看他们的，我管不着了。卫华邦让她以后兼职当媒婆，家里以后就不缺零食了。了解刘同庆的家境后，卫华邦问，这么穷，你介绍给表姐干什么呢。村里多门亲戚，凡事有个照应。这是付英华的一点私心。

十几年后，卫华邦成了作家，出过几本书。村里知道有这么个作家，至于写的什么，没人看过，也不关心。也正因此，卫华邦毫不回避写了诸多以身边人物为原型的文章，文笔坦诚，不粉饰。有次，卫华邦接受提问。

对方问：

我看你写了很多农村子弟的文章，他们大多没什么文化，生活艰难，鲜少有明确清晰的人生规划和追求。在你身边，有没有真实的、早早辍学的农村子弟，通过自律等实现不同人生追求过上比较幸福的生活的呢？

卫华邦回：

在我熟悉的生活圈，大专以上的学历，就算是有文化了。即便如此，他们也并没有明确的人生规划，包括我在内。我这些所谓有文化的熟人，他们在经历了一番的挣扎后，从事的职业，有外卖、公交司机、培训教师等。顺利接受完九年义务教育的熟人，他们大部分在附近的工厂上班，月薪四五千不等，几乎都是三班倒（三个八小时轮番上岗），空余时间用来喝酒。此外，摆摊或做点小买卖的个体工商户，情况好不到哪里去。这些年，村里的年轻人似乎更不喜欢上学了，初中或高中辍学，闲混到发育成人，在附近的工厂上几个月班，然后辞职，再去另外的工厂。等到结婚的年龄，亲人出面组织一场乡村婚礼，让他们独立出去，并不时进行接济。这里，我们可以推断下他们以后的人生道路：儿女出生，父母重病，他们发现不能再这么任性生活了，需要有稳定的收入来支撑一家的生活，最终固定在社会的某个环节，用时间来换取金钱。

符合提问条件的，更多的是比我年长的，表哥堂哥之类的。我想绝大多数成年人又在生活面前不断地自律，比如减少花销，降低抽烟喝酒的档次，为了拿加班费少请假。

至于，不同的人生追求，保证一家老少日常支出的前提下，给自己安排一场可以酗酒到深夜的酒宴，也算是其一吧。我的这些兄长们，他们或是自己做点小买卖，更多的是在工厂劳作，期盼退休到了。还有一部分，已经年老到只能在劳务市场求活路。

还是选一个比较幸福的，我表姐夫，初中辍学，去技校学电气焊。在周边各类工厂、工地焊接了好几年，运气好，碰到一个大活，有年赚了二十多万，投身养殖业，建猪舍，几年下来，行情不好。广州打工几年，去年回来。靠积攒下的电气焊能手的威名，给各类工厂焊接，称得上是技术顾问。前不久，他的脚面被铁板砸骨折，在家养伤。雇主很关心他的伤情，希望他快点投入到工作中。一技之长是多么重要。只要他想出点力气，一天三百多块还是有保障的。

刘同庆初中念到二年级，同学欺负他，上学在厕所里打一顿，放学在校外的庄稼地再打一顿。不上学，年纪又小，家里人让他去城区的星火技校学电气焊，一年制。十六岁那年，刘同庆在309国道边上的一家厂子干活。老师傅忙不过来，他也焊接，师傅姓王，脾气大，焊不好骂他，你的眼长腔上了。刘同庆打下手搬运材料，一天下来浑身虚脱，趁着夜色骑着自行车回去。国道两旁黝黑的荒野，总觉得有什么东西盯着自己，绝望的气息围绕着他，流泪也哭几声，以为会有人听到。进家门前，他把泪擦干。母亲的耳朵已经不好了，问他干活怎么样。

他回几句，母亲也听不清，再重复问。父亲卷完烟递给他，集市上散装的劣质烟叶呛肺。

和付文相亲时，刘同庆已经好多年没再掉过泪。表情坚毅，他从少年蜕变成男人。他喝白酒，一斤多的量，烟不离手，每年眼睛总被火花滋一两次，胳膊上晒斑很重。他换了不少工作，电气焊的手艺有口皆碑，村民想焊接东西先找他。手艺好是一方面，年轻也容易说话，不像有些上年纪的油滑。付英华焊铁门，一个村两家人素无往来，也先想到了他。刘同庆焊完铁门，没留下吃饭。隔了一天，付英华提着两瓶白酒上门。刘同庆他爸说，乡里乡亲，这点忙算不上什么。

刘同庆有个妹妹叫刘响，比他小十几岁。远房亲戚为了再生男孩，把她送过来养。刘响初中念完，亲戚要把她接过去。亲生父母的家境好，孩子过去会有更好的生活。刘同庆不同意，摔东西，只要妹妹想上学，他就一直供。话虽如此，刘响还是过去了，亲生父母托关系，让她在师范念中专。不为别的，哥嫂一家的生活不容易。礼金、规整新房等一系列花销用度，把本就稀薄的家底掏空。不久儿子出生，付文上不了班，在家带孩子。为了还债，节衣缩食，手里经常五十块钱都没有。刘响走了，先是周末还回来，逐渐也不怎么回来，师专没念完，在城里找了份工作。刘同庆还是电气焊，没有固定的场所，接点私活，给新建的厂子焊管道等，空闲下来没收入，日子喘不过气。他也想过找个工厂上班，又觉得委屈自己的手艺。一家人在屋檐下不方便，刘同庆把村南边的土坯老宅扒掉，盖了两间平房，让父母搬过去住。儿子两岁多，一家三口过上了自己的生活。

儿子刘瀚泽从小斜视，戴眼镜矫正。读初中这年，矫正好了摘下眼镜。刘瀚泽皮肤白皙，说话怯生生的。他要再过几年，来到青春期开始变声，才会摆脱多年来被误认是小姑娘的困扰。也是这年，刘同庆开始养猪。在付家庄建的猪舍，几十头，平时父母打扫猪舍喂养，遇到配种、进饲料、卖猪这些大事，刘同庆亲自出面。大小也是个产业。付文还是干老本行，在陶瓷厂贴花，工资不高车接车送。先前，她也在塑编厂干过月余，熬不了夜。刘同庆去东营承包了个项目，焊接储油罐，手下领着工人，干了半年赚了二十多万。房价攀升，付文想在市区买个房子，留着以后儿子结婚。二十万，付个首付足够了。刘同庆把二十万用在扩建猪舍，百来头猪，行情好的话一年就能回本。父亲的身体不好，胃切了一半，肺也有问题，体力活干不了，晚上呼吸沉闷，像挤压着一气管的浓痰。刘同庆把精力都放在养猪上，秋天在村里几万斤地收玉米。付英华家五亩地的玉米晒在公路上，还没干透就让刘同庆拉走了，省心省力。她说，这门亲事，当初没介绍错。

猪舍扩建后的第一年，行情不好，猪肉便宜，生猪更卖不上价。养殖看年景，亏了钱，碰到好年景能赚几年的。刘同庆把这道理说给家人，宽慰他们，也是给自己打气。他不常回家，吃住在猪舍旁边的平房里，喂猪打扫猪舍，身上一股猪粪味。他骑着摩托三轮，从家里拉玉米去磨坊碾粉，拌上饲料，一勺勺下去，钱长在猪身上。每到春天，天渐渐热起来细菌滋生，刘同庆神经紧张起来，一天去猪舍转好几次，查看每头猪的精神状态，发现不对劲立刻隔离起来。他学会给猪打针，也试着阉割猪仔。

养猪三年没赚到什么钱。房价攀升到令人生畏，父亲肺癌死了，刘响结婚。都是这三年发生的。刘响丈夫一家做建筑工地钢筋批发，在广州有生意，让刘同庆过去帮忙。三十七岁这年，刘同庆把猪舍租出去，去了广州。刚入秋，他先去的。刘响已经租好房子，上下楼。大致熟悉环境后，付文带着儿子过去。飞机票高铁票贵，坐的绿皮火车，一天零两个小时。他们去海边，全家第一次看到大海，在海滩上踩沙子，拍了不少照片。水土不服，刘同庆身上总是冒脓包，暴瘦了十几斤。把照片发给村里的朋友，又转给母亲看。电话里母亲哭了，实在不行就回来，别在外面受罪。儿子说了些什么，她也没听清，电话匆匆挂了。付文在家包水饺，刘同庆一天三顿吃不够。这年春节，他们都没回来，在广州过的。城区禁止燃放烟花爆竹，没什么年味，门上倒是贴了张福字。一家人守在电视前看春晚，没看一会儿，就调台了。

刘响生了孩子，付文帮忙照看，先是一起；孩子妈坐完月子去公司帮忙，只剩下自己。几天下来，付文累得腰疼，开始掉头发，悟出了让她来广州的用意，就是个月嫂，又想广州的月嫂月薪上万，刘响什么表示都没有。刘同庆在工地监工，验收阶段人手紧张，他也电焊，回来时间没准，忙完了也在外面喝酒。刘瀚泽借读在一所初中，都是外来务工的孩子，天南海北，

025

他性格本来内向，融入不进去。付文提议回老家，刘同庆不同意，又说儿子在学校不适应，学习成绩在下滑。学费交了，不继续念可惜，两人决定等念完这个学期。前后加起来，付文和儿子在广州待了八个月，回去也是坐的绿皮火车，她包里装了几个青涩的芒果，火车上不时拿出来嗅一下，抵抗车厢的异味。后来这些芒果，分给了亲戚朋友。

又过了两年，期间刘同庆只为了迁坟回来一次，三四天里大多时间和朋友聚会喝酒。生意不好做，几个在建的楼盘停工，积压的货款要把公司拖垮了。工钱结算了一部分，刘同庆先回来了。不到三年，攒下不到十万。这两年，付文还是贴花，活不多，工资刚够和儿子的日常开销。刘瀚泽中考没考好，去城区念技校，五年制，中专大专一体。二胎放开，付文怀孕，来年产下一女。女儿出生前，刘同庆在临镇的小区买了套房，小产权，十万出头，也算住上楼了。城区的房子动辄上百万。楼房离村两公里多一点，付文和女儿晚上住楼，白天回村，乡邻能帮忙照看下孩子，抽空给刘同庆做饭。刘同庆脚面骨折，爬楼不方便住在村里。付英华买了点水果。刘同庆躺在地上的凉席上，正看着电视，见付英华来了，一只脚支撑着起身，蹦跳着去切西瓜。付英华从付文的手里接过孩子，抱在怀里逗她，小萱，你爸找忙，骨折了，不能给你赚钱了，你妈伺候完你，还要再伺候他。

卫勇（1978 － ）

　　他性格内向，在人群中并不起眼，依靠喝酒，赢得了广泛的名声。有关他酒后的事迹，层出不穷，最新的一次发生在上个月。麦子收割完，铺在路上晾晒，傍晚下起雷阵雨，卫勇年逾七十的老母亲，拿着推耙手忙脚乱堆麦子。乡邻出来帮忙，看到了卫勇躺在路边昏睡的酒态。麦子堆好，用帆布盖住。雨势渐大，在路面汇聚成小溪流，经过卫勇的周遭，顺流而下。母亲打着伞，站在卫勇身旁，担心耳朵里灌进去水，把儿子的身体扶正，仰面朝上，垫上一块砖。麦堆虽盖住了，仍有不少的麦粒，眼看着被冲走。

　　前些年，也是麦收时节，邻村有个老汉，八十多岁，儿女都在外面，两亩地的麦子在路上晾晒。下起暴雨，一根烟的工夫，麦子被冲没了。乡邻也都晒着麦子，自顾不暇。当天夜里，老汉上吊死了。后来，一到麦收的季节，四里八乡的人们总会提及这个老汉，给出的结语是，两亩地的麦子才值多少钱。卫勇的母亲也是参与讨论的妇女之一，如今，看着昏睡的儿子，以及在雨水中翻滚的麦粒，她体会到了老汉的心境，也想一死了之。

这些年，各家各户买汽车的多了。卫勇的哥哥卫明也想买汽车，老婆小杨有糖尿病，以及并发症尿毒症，透析从前些年的一周一次，到现在一周两次。卫明向卫勇借钱，有了车，接送你嫂子去医院透析也方便。村里的牛传闰卖二手车，卫明从他手里买的二手荣威，黑色的，不到三万块钱，卫勇出了两万。有了车，也不怎么接送老婆。透完析，浑身乏力，小杨在村口下公交车，到家还有两公里，她中间休息好几次，半个小时走不到家。也是糖尿病并发症，小杨左眼完全看不见，右眼看东西也模糊。路过的乡邻看到她在路上走，说要捎一段路。小杨认不出人，只顾自己走。

卫明买车不出一个月，卫勇从牛传闰的手里也买了辆车，二手雪铁龙，白色的，不到七万。车买回来，停在家门口，落了一层土。卫勇没驾照，科目一考了两次，都没过。宏远化工在村口，卫勇上下班骑摩托车，不上班的时候，他多数在喝酒，也不适合开车。入冬后，天冷，卫勇偶尔也开车。村南头的路口修路，挖了一个大坑。夜里，卫勇喝完酒开车回来，车掉进沟里。人没事，他爬出来，给牛传闰打电话，让他把车从坑里弄出来。牛传闰说，车都卖给你半年了，掉坑里关我什么事，你喝酒开车撞死了，是不是我还得赔你条命。挂了电话，卫勇又下坑，拔出车钥匙，回了家。第二天早上，村民们上班经过路口，看到吊车把车从沟里吊出来。卫勇酒后的事迹，又被传诵了一段时日。

多数关于卫勇酒后的事迹，是从他母亲和嫂子小杨的口中传出的。比如，卫勇在大舅过生日的宴席上，喝到尿裤子。春节的家宴上，卫勇喝到痛哭流涕，回到家，大门不锁，第二天醒来，客厅里的液晶电视门口的电动车都不见了。托家人们给卫勇塑造出的醉鬼的名声，离婚多年来，极少再有人给他介绍对象。为数不多的几次，托人打听了卫勇的基本情况，也都给回绝了。卫勇求助于长辈们，得到的回答也是，先把酒戒了。离异，带着女儿，酗酒，性格内向，在城里买不起房子，又不甘找岁数偏大，同样带孩子的。在这些条件的制约下，下班回到家，更没有不喝酒的理由了。

卫勇的老婆周丽凤走的时候，女儿小雨不到两岁，现在小雨十三岁上初二。起初，家人劝他们和好。妇女主任陈霞也去做周丽凤的思想工作，为了孩子，日子也得继续过下去。周丽凤说，一起过也行，让卫勇在城里给我买套房子。话传到卫勇的耳朵里，他说，我要买得起房子，还要她？后来，周丽凤买了玩具、衣服来看小雨。卫勇的母亲东西留下，把周丽凤赶走了。这样几次后，周丽凤也不来了。拖了两三年，开始有人给卫勇介绍对象。卫勇去找周丽凤，想把离婚证领了。周丽凤跟着她姐夫去了外地，寻不见人。又过了一年，周丽凤回来，态度和缓，想和卫勇复合。关于周丽凤和她姐夫的闲话传到卫勇的耳朵里，他说，找你，还不如找头猪。家人给周丽凤出主意，好歹给他生了个女儿，离婚也得要点钱。在钱的问题上，双方又僵持住了。

当卫勇把婚离了的时候，小雨已经七八岁，可以骑着三轮车载着奶奶去地里拔草。小雨的眉眼和白皙的皮肤遗传的母亲，她对周丽凤没什么印象。父母结婚时的婚纱照早就被卫勇扔了，结婚证倒是有。相片太小，看不清，小雨边看边照镜子，多少有点像。从小，小雨跟着奶奶住在村西边的老年公寓，两间平房，院子也小，是几年前政府统一盖的。有时，正吃着饭，大人谈起周丽凤，免不了责骂。小雨会突然号啕大哭，跑出门外。小雨依稀记得，村口的集市上有个妇女摆摊卖水果，见到小雨，会塞给她水果。奶奶不让她要，扔下水果，拽着她走。后来小雨才知道，这个妇女是她的大姨。

大家普遍认为，卫勇酗酒是婚后开始的。也有不同的声音，卫勇婚前也酗酒，只是不太严重，能看出日后的苗头。卫勇二十八岁结的婚，算是晚婚。他相亲过多次，也喜欢村里几个年龄相当的女青年，她们后来都逐一成家。卫勇沉默寡言，和女孩初次见面，话都不敢多说几句。在有些人眼里，可能是缺陷，不大气。可也有人喜欢这样的，不招人烦。可再深入了解下卫勇的家庭条件，对他残存的好感也很快荡然无存。村里的曹姓女子，长相出挑，热情开朗。她最终选择嫁到邻村。卫勇对此耿耿于怀了多年，他认为，小曹没选择自己，只是因为那人的父亲是邻村的村书记，家里有两台挖掘机，三台大货车。并不是自己不够优秀，实奈自身家境劣势太过明显。我们不妨把卫勇在小曹身上的情感挫败，作为他酗酒的起因。

家境不好，其中一个重要的方面是，卫勇的父亲卫学水是个闲人。不论家务，还是外出赚钱，都是卫勇母亲一个人的事。卫明和卫勇兄弟两人，都只念完小学，跟着建筑队干小工，推沙搬砖。后来一家人住的砖瓦房，腾出来给卫明结婚。卫勇和父母又回到年久失修的土坯老宅。又过了几年，卫勇在老宅旧址盖了新的砖瓦房，盖房和结婚所花费用，要再等几年，才陆续还清。卫勇和周丽凤见面时，没说几句话，周丽凤就被媒人领走了。卫勇只记得，周丽凤身型好，细皮嫩肉，论外观条件，不输小曹。卫勇脑袋里涌现出的第一个念头是，自己配不上周丽凤。当晚媒婆回话，周丽凤家人同意了，婚期可以尽快安排。

入冬时节，卫勇躺在新盖的砖瓦房里，想到此前"给我一个女人，就能繁衍出一个民族"的豪言壮语即将有实现的机会，他久久不能入睡。以往无数难眠的孤独夜晚终有所偿，他幻想起和周丽凤的婚后生活，在夫妻生活的细节上长久停留，疲乏后，洞房花烛，喜得贵子，孩子成家等重大的人生节点，不厌其烦地在脑海中演练。抱着一个女人睡觉究竟是什么样的感觉呢？在这样的追问中，卫勇才依依不舍地睡去。

从相亲到结婚，卫勇和周丽凤只见过两次，第二次是交彩礼。周丽凤的家人要求不高，动辄四五万的彩礼行情下，只要了一万，还口头答应婚后要陪送家电，但有一个要求，不办订婚的仪式，直接结婚。照样，卫勇和周丽凤也没说上几句话。回去的路上，卫勇的亲属们纷纷表态，周丽凤的家人通情达理。婚后，卫勇和周丽凤日子过了没几天，知道被骗了。周丽凤以前也相亲多次，只看外表，对方也都同意这门亲事，往往和她交往没几天，都反悔了。一张口说话，都知道周丽凤脑子不够使。这也佐证了，为何在婚礼当天，周丽凤对坐在酒席上的母亲说，把我嫁出去，高兴了你。

　　周丽凤的问题，是言行举止和年龄不符，快三十的年纪说出的话，放在四五岁的孩子身上叫童言无忌，让人捧腹。周丽凤开口说话，听者的第一反应是想把她的嘴堵上。大家围坐在一起吃饭，周丽凤说起夜里和卫勇的性事。卫勇摔下碗就走了。卫勇和周丽凤也有甜蜜的时刻，婚后不知疲倦的夫妻生活，以及两个人去小曹父母的小卖部买东西。周丽凤在货架前走，看到什么都想吃。小曹的母亲跟在后面，言语客气。卫勇心情舒畅，当初你不把女儿嫁给我，我也找到老婆了。卫勇夫妇走后，小曹的母亲向别人哀叹，好看能当饭吃？

　　生下小雨，夏天的中午，周丽凤抱着孩子出来，看到别人吃雪糕，她嘴馋，放下小雨，去别人家里拿雪糕。吃着雪糕，周丽凤坐下看电视。村里人大多在午休，小雨躺在地上，日头晒得满头大汗，脱水，啼哭，一身屎尿。几条野狗围过来，舔舐完粪便，在腿上咬了几口。多亏路人发现，把狗赶走。多年后，小雨懂事了，常听奶奶说起这件事，开始还有细节，逐渐只剩下一句话：你妈不是个东西，为了吃雪糕，要把你喂狗。小雨害怕周丽凤，也是从这里开始的。如今，小雨左边腿上狗留下的牙印已经淡化。右脚脚踝和小腿上的大面积疤痕清晰可见，那是她两岁时，碰倒暖瓶，开水烫伤的。奶奶辩解，你妈走了，我一个人看你，你又淘气，这事不怪我。这两年，疤痕开始困扰小雨，夏天没办法和其他的小朋友一样穿裙子。

小雨长到十岁，从老年公寓搬出来，住进卫勇的砖瓦房。爷爷卧病在床，走不动路，奶奶也有哮喘，做饭总是不及时。小雨和父亲住在一起，开始也不习惯。卫勇三班倒，除去上班，在家的时候睡觉，醒来出去喝酒。小雨学会了自己做饭，放学回到家，不打扰卫勇睡觉，走路都小心翼翼。

卫勇喜欢喝酒，酒能让他把平时压在心里的话说出来。当然，喝醉了又是另一番的景象。有天下午，卫勇喝了酒，经过村口的集市，看到嫂子小杨买了水果蔬菜。卫勇停下，问她，茄子和黄瓜多贵，你不会买点便宜菜，钱不省着花，啥时候能还我钱。堂叔卫学金查出肝癌，卫勇去之前喝了点酒。堂叔躺在床上，卫勇坐在沙发上抽烟。卫学金说，我这病治不好了。卫勇说，你首先要自己有信心，你才五十多，现在医学这么发达，怕什么。卫勇走后，堂叔说，小勇喝点酒，会安慰人了。下班后和工友喝酒，几杯下去，卫勇揽着工友，咱兄弟，这么多年，有什么事，一句话的事，别不好意思。平时在车间，工友们眼中的卫勇是最耐得住寂寞的，蹲在仪器面前，几个小时，可以不说一句话。

刚去宏远化工，卫勇年龄大，又是本地人，领导让他当车间班长。过了一年，班长换成了别人。卫勇不爱说话，也不管闲事，车间其他人做什么，他不管。班长也没那么重要，每个月多给三百块钱。每到年底，卫勇都写竞职报告，里面是这样自我介绍的：我从 2012 年 3 月份来到咱们公司，看到一万五制氢在田野中拔地而起，现在又看到五万制氢的建成，内心充满了自豪。机器和人一样，相处的时间长了难免会有感情。毫不谦虚地说，通过这么长时间和机器设备的接触，它们如同我身体的一部分，相互了解。参加这次竞选，我认为自己具备担任这一重要职务的政治素质、个人品质和工作能力，我有信心和决心将制氢车间的各项工作做得更好。

四十岁的卫勇，已经习惯同事们喊他老卫。在人们的印象中，他就是这样的存在，走路时弯腰，见到人微笑，和机器一样沉默。有关卫勇年轻时的做派，大家不知道，也没兴趣过多了解。家里有张卫勇的照片，是小雨从柜子里翻找出来的。卫勇和一个姑娘并排站在一起，前景是他刚买不久的摩托车，背景是春天时的桃园，桃树还没开花，点缀着嫩绿的叶子。卫勇长发，遮挡住半边脸——有很长一段时间他都是这样的发型，忍住没笑。旁边的姑娘，一只手搭在卫勇的肩膀上，笑得很开心。卫勇看着照片，怎么也记不起姑娘的名字。

2000 年，春节过后，卫勇想结束打零工的日子，去五峰包装厂应聘，成了车间的操作工，月薪八百。离厂不到一百米是东风货运站，旁边有个霞姐早餐铺。卫勇早上不在家吃饭，在霞姐这里吃油饼喝豆腐脑。早餐铺两个人，除了老板霞姐，还有个姑娘（照片中的那位）。姑娘热情，和卫勇熟络后，指着旁边不远的一片桃园，她那里租了间平房。

　　一个月后，厂里新建线路，停电两天，卫勇和姑娘约好去果园。他借了个相机，拍下了这张照片。姑娘性格坦率，卫勇罕见地说了不少自己的事，关于家里的情况，以及工作。不上学后，在外面打零工的那些日子积攒的不忿。姑娘指出，卫勇这样的性格不适合这个社会。这个断语，也无形中影响了卫勇此后的行事。他没有改变，性格使然。卫勇也有些不甘心，姑娘的话，刺中了内心柔软的地方。在喝酒的途中，卫勇逐渐有了一种错觉，和姑娘一起生活，她身上爽朗直率的性格，恰好是对他的一种弥补。

　　卫勇喝多了，回去的路上，摩托车撞上路边的一棵树，右小腿骨折。在家休养的三个月里，卫勇想联系姑娘，同事们没来看望过他，没人可以捎句话。等到卫勇去上班，东风货运站前的路面改造，霞姐早餐铺没了，又去桃园，人也搬走了。不久，卫勇也不在五峰包装厂干了。有一段时间，卫勇想过也许还能再碰到姑娘，他依稀记得，姑娘家是滨州一带的。卫勇想过去找她，但没行动过，这不符合他的性格。

卫明（1974 — ）

　　酒场上，他们喝多酒，吹嘘多集中在钱财、女人两个方面。张文扬言要换车，开桑塔纳出去谈事让人看不起，最起码买个二手的奥迪，并感叹一句这社会太势利，为自己有意的炫耀寻找退路。卫东超面对桌上的炖排骨、辣子鸡等家常菜，提及前几天在市区某高端酒店吃的龙虾有多大，据说是从国外进口的，用海参熬的小米粥也鲜味可口，无奈自己体内尿酸过高，只喝了几口。他用筷子夹起一块鸡肉放进嘴里，说，还是柴鸡好吃。年轻人的生活追求还在异性的身上，在众人的怂恿下，牛阳羞怯地提到了前几天看媳妇（方言：嫖妓）的经历，略过细节，几句对年轻肉体的赞美，让在座的酒徒们垂涎不已。

　　卫明不时端起酒杯抿几口，掩饰因自卑而流露出的不自然的神情。他在寻找合适的机会融入交谈中，钱财和女人不是他熟悉的领域。他欠缺些底气，仅有的那几次体验，不说也罢。卫明是在座中年龄最大的，他不想破坏多年塑造的老实本分的兄长形象。只是眼前的形势，再不找准时机说几句，脸面无存。

牛阳谈及国家政策，受过刑事处罚的人不适合再当村干部，村主任刘猛有可能就此下台。他们不禁担忧，刘猛下台后，村书记王本道要一家独大了。两个人不合，刘猛虽是村民选举的，国家调整政策如今村里大小事务都要经书记同意，王本道不同意，日常工作都没办法开展。村里六十岁以上的老人，按月要发的养老金，已经半年多没给了。钱不多，一个月只有二百块，七八十个老人加起来，每个月上万的流动资金，直接影响到区域经济形势。没有这两百块，老人们蔬菜瓜果不敢买。在村口市场上卖煎饼锅饼的卫东超深有体会，生意下滑，他愁眉不展，大多时候坐在凳子上抱着手机看各类小视频。

铺垫完毕，牛阳话锋一转，说起刘猛的哥哥刘京。刘京和我爸的关系特别好，经常来我家喝酒，牛阳说，小时候，刘京还抱过我。二十多年过去了，刘京因抢劫杀人早被正法，牛阳的父亲也在多年前生病死了。牛阳哀叹一声，喝了口酒。话说至此，恰到好处，留给众人一种壮士断腕的豪迈，若是他们都还健在，牛阳在村中的地位必然不像现在这般被人无视。他的户口当初上中专时迁出去，至今也没落回来，严格来说不算村里人。短暂婚姻生下的儿子，也交给前妻。他和母亲相依为命，选票也只有一张。在基层政权更迭的日子里，也没人送钱送物。

牛阳的父亲称得上是村中能人，最早购买货车跑批发。没等牛阳为自己凋敝的家境辩驳，卫明接过话茬，我年轻那会儿也不老实，没抢劫杀人，也偷鸡摸狗的。这番炫耀式的自我检讨，缺乏细节，一时让听者不能信服。他补充道：提我的名字，杭柳村那边的人，没有不知道的。

杭柳村在辛留村的西南方，相距约两公里。两个村落分属不同乡镇，因相隔不远，多有通婚。杭柳村南靠胶济铁路，大片土地被齐鲁石化炼油厂占用后，众多化工厂塑料厂跟着拔地而起。周围农业型的村落羡慕杭柳村靠卖土地，村民不用种地年底有分红，柴米油盐统一发放，生活滋润。那些早年嫁出去的妇女们，在悔恨和不甘中把孩子送回去，寄养在父母家，分担生活的压力。在卫明的青少年时期，寒暑假的大部分时光，就是在杭柳村度过的。拉帮结派去周围的厂区偷盗钢材做的小物件，顺手卖给收废品的，所得钱财抽烟喝酒挥霍一空。

人到中年的卫明，至今引以为豪的就是这段经历：那时候不像现在，没有监控，东西都是厂里的，国企就这点好处，没了也不心疼，保卫科那几个废物也不会真和你拼命，刀子一亮，他们就傻眼了。可惜没什么像样的交通工具，大件拉不走。每次都说销赃了买个平板车，钱到手一眨眼就没了，扔给309国道沿线的饭店旅馆。卫明说，有个底线我们坚守住了，不偷老百姓的。看着来往的货车，他们也冒出过拦路抢劫的念头，团队里没人下得了手。卫明说，刘京作大了，抢了钱还不留活口。公安到处抓刘京，他跑出去躲了小半年。最后怎么着，还不是逮住枪毙了。他陷入回忆中。

二三十年后的今天，杭柳村周围的道路被来往的罐车碾压得支离破碎，尘土飞扬，空气中常年弥漫着呛人的化工气味。有条件的村民早就搬到了城里，留下的多为念家和没生癌死掉的老人，大批废弃的房屋租给外地打工的。杭柳村的土地卖光了，经过几任村领导贪腐，留给村民的福利越来越少。账上的亏空无人补齐，也没人争当村领导。早年和卫明一起的玩伴，朱波经营一家化工厂，韩正宁是炼油厂的领导，于峰出狱后没多久出车祸死了。他们有各自的精彩，没有沿袭上辈的老路。只有卫明没多少起色，在厂里上班，身份还是农民。

卫明皮肤黝黑，健硕的体态不是在健身房的刻意为之，是在机器轰鸣的车间，把一袋几十公斤的料包弯腰拽起、扛肩、投放，每天十几吨连续几年练就的。下班后的卫明，家务事从不插手，饮食不控制，吃完躺着，顺理成章有了"三高"。在卫明的身上，察觉不出他口中的混账行迹。或许他说的不假，没在歪门邪道上闯出一片天地，保险起见走了正道。经过时间的洗淘，卫明习惯了眼下的一切。老实本分，是外界给他贴上的标签。他不爱说话，也不会察言观色，这么多年，一直是正远塑化车间的一名投料工。工资不定，按劳计酬，忙的时候到手有四五千，闲的时候三千左右。刨去生活日常开支和给老婆小杨治病，经常要借债。

小杨初次见卫明，第一感觉是山东大汉。那年卫明二十四岁，一米七五，话少爱笑。小杨说话时，卫明盯着她，眼神有一种稚气的柔情。他们没从彼此的眼中看清未来。当卫明在除夕夜回首这一年，无休的工作换来的只是更多的债务时，他当然懊悔和小杨的婚姻。儿子卫浩轩因买不起几百块钱一双的球鞋，咒骂小杨怎么不去死的时候，她想起留在老家辽宁的大儿子，应该不会让自己去死。

小杨比卫明大九岁。小杨的前夫爱喝酒，喝完还打人，让她出来讨生活。二十多岁的小杨离开辽宁，来山东做买卖。小打小闹养家糊口，卖过衣服，开过饭馆。开始小杨还按时给家里寄钱，后来听说前夫在老家也有了相好的，回去把婚离了。儿子判给小杨，她没要，给了前夫一笔钱，让他养着。儿子刚上初中，问小杨还回来看他吗。小杨说，有空就回来。十多年过去了，小杨一直没空回去，起先还打电话，后来也不打了。

服装店倒闭后，三十多岁的小杨在城里的美食街开了家东北菜馆，门脸不大，七八张桌子，她主厨，表妹服务员。二十多岁的卫明正处在人生的迷茫期，在工厂上过班，和朋友合伙在街头卖过假的貂皮大衣。认识小杨之前，卫明因盗窃摩托车，刚从看守所出来。朋友接风的饭馆，正是小杨的东北菜馆，卫明酒喝得不省人事，朋友没结账就走了。小杨把卫明架到后厨的小床上睡觉。睡醒后，卫明没钱结账，留下来刷碗端菜，干了几天也没走的迹象。卫明说自己没地方去，晚上把几张餐桌并起来，躺上面睡。

婚后，菜馆又经营了半年。考虑到小杨是高危产妇，关了菜馆回村生孩子。村里的砖瓦房住着父母和弟弟卫勇，多有不便。经韩正宁介绍，卫明在石化炼油厂找了份仓库保管员的工作，一个月两千多，够生活的。冬天，儿子出生。三口人挤在炼油厂的宿舍，集体供暖，室内保持在二十多度，比农村烧火炉舒服。在炼油厂宿舍的这两年，小杨的身体也还没出问题。四十平方的小屋，打理得井井有条。卫明下班后看孩子，小杨做饭。吃完饭，三口人挤在床上看电视。卫浩轩一天天长大，在厂区里学会了走路。

韩正宁贪污被抓，卫明丢了工作。小杨查出来糖尿病，没太在意，病情发展迅速，有了各种并发症，从肾炎发展到尿毒症，一周去医院做一次透析。小杨身体浮肿肤色暗黄，不敢喝水，身体乏力也做不了体力活，只能在家洗衣做饭。近两年，小杨病情加重，要一周去医院透析两次。她左眼完全看不见，右眼看东西也模糊，要把酱油醋的瓶子贴在眼前才能认清上面的字。手艺没丢，猪肉炖粉条、铁锅炖鱼、东北酱骨头等都拿手。卫浩轩上初二这年，也查出糖尿病，让他忌口，大人不在眼前时照吃不误。

四十四岁这年，为了家庭，也为了自己，卫明想试下手气。他的表弟在镇上负责运输居民垃圾，一个月到手上万。垃圾车还没买，卫明先把工作辞了。垃圾车七八万块钱，二手的便宜些，他看不上。四处借钱，不顺利。外债没还清，家里又有病人，卫明的个人信用所剩无几。弟弟卫勇出了一部分钱，小杨那位在上海的表妹出了一部分。四处凑了下，垃圾车买回来，挂靠在环保公司。也不是每天都有活，有活也优先派给老员工。

没活的时候，卫明在环保公司打零工。一个月下来，收入和在正远塑化差不多。不同的是，外债又多了七八万。

客厅东南角摆着一张床，卫明躺着看电视。小杨透析回来，浑身乏力，躺下盯着电视，看不清画面只听声音。以后的日子，卫明能猜个大概。小杨活不了几年，今年或者明年，都有可能。人没死，眼先看不见，也需要人照顾。小杨总说，我死了，你们爷俩怎么办，你连饭都不做。卫明说，你死了，还管这么多。卫浩轩这次小中考，成绩不好，连技校都上不了。卫明对他没过高要求，学门手艺，以后能养得起自己。欠的债，他自己慢慢还。小杨说，他能养活自己吗？卫明说，儿子又不傻。

村子要拆迁的消息有好几年了，每年上面都发文件要拆，一直也没动静。为了拆迁的时候多量面积，一些人家把天井也用钢板遮起来，房间里进不去半点阳光。卫明天井宽敞，西屋都还没盖。今年是不是要盖，大概要花几千块。拆迁就好了，分套房子，不用给儿子买房子了。要是再给些钱，外债还能还清。不知道小杨还能不能等到这一天。她躺在卫明的身旁打瞌睡，夕阳西下，余晖落在她浮肿蜡黄的脸上。不知从何时起，小杨不化妆了，皱纹比掌纹还多。刚认识那会儿，小杨浑身散发着诱人的气息，和以往接触过的异性不同，穿着入时，一嘴东北腔听着也舒服。年龄差得有点多，卫明认准了，别人也说不动。自从有了病，小杨身上总有股西药味。多看她几眼，卫明也心累。小杨迷糊中问，晚上你想吃啥。卫明又陷入了思索。

刘昆仑（1978 — ）

三十多年前，刘亦农承包了一片荒地。同时承包的还有他的五弟，两家紧挨着，在刘亦农果园的南边。包果园是朱如珍的主意。包产到户后，能吃饱饭，赚钱的门路不多。刘亦农性格上有缺陷，怵与人交流，偶尔有在周边修桥建路打零工的机会，他任凭朱如珍的辱骂，死活不去。初春时节，日光照耀，离惊蛰还有大半个月，土地开始松动，刘亦农一把火，疾风中二十亩荒地上的野草，化为斑斑灰烬纷扬进半空。五岁的刘昆仑，踩踏着灰烬追赶野火，棉裤烧了几个洞。这是他一生中最早的记忆，不仅是对漫天的灰烬，还有朱如珍的责骂，以及脸上的愁苦。

朱如珍站在冒着烟气的土地上，望着裸露出坑洼的石块叹气。此后多年，朱如珍总是诉说当初开荒的不易，铲出石头，平整土地，又翻耕，再施肥（主要是人粪）。刘亦农夫妇花了一个月的时间，把二十亩的荒地翻整好。野草带走了土壤的养分，让土地适宜种植，还需要用多年的时间精心照料。实际上，直到第一批桃树生长出果实，才打消了他们的疑惑。他们总是提心吊胆，质疑自己的选择，以往的生活经验也不时告诉他们，好运从不会站在他们这边。

细雨过后，他们刨坑种树，先种的桃树。苹果树、梨树、山楂树是后面几年陆续栽种的。头两年，树不结果，日子过得节衣缩食。桃树第一次开花，满园花香。刘爱玲和刘昆仑在桃园里追逐打闹，折花枝给朱如珍看。全家吃糠咽菜为了什么？朱如珍把他们绑在树上，用桃枝抽打到皮开肉绽。

刘昆仑开始还哭，后来喘不上气，全身浮肿，眼睛睁不开，昏迷。刘亦农责怪妻子下手太狠。送到村诊所，让去卫生站，卫生站又让去县医院。刘昆仑的小命保住了，过敏体质。后来，刘昆仑又过敏了几次，不只对桃花。他很少去果园，这个习惯一直保持到成年，至今除了去要钱，果树花期的日子，他戴着口罩闭门不出。十几年后，谈论婚嫁的年纪，白斑在皮肤上散布。过敏性体质加上白斑病，刘昆仑把这一切迁怒于父母和果园，有几年的时间，他羞于见人，却又不得不东奔西走寻医问药。中医，西医，涂抹的，口服的，针剂的，这都没能阻止白斑持续蔓延。

刘昆仑不事劳作，四处看病花钱。刘亦农夫妇不明白儿子这么在乎长相干什么，村里也有几个得白斑病的，比如付英华，照样出去干活。刘昆仑打父母，是从这里开端的。刘亦农掉了两颗牙，朱如珍的胳膊青肿。每个人的承受能力不同，同样的遭遇对他们的影响也不同。我们不知道后来刘昆仑偷盗的行为和白斑病是否有必然的联系，不容忽视的一点是，白斑病让他性格变得阴郁，回避众人，趁着夜色外出。自身遭遇的不公，他经常想，以及痛恨，一直持续到白斑扩大，正常的皮肤所剩无几。

刘昆仑的第一段婚姻，实质只维持了洞房这天晚上。白斑只在躯干部位蔓延，尚未侵占脸部时，在刘昆仑的强烈要求下，朱如珍托人给他安排了一次相亲。时年刘昆仑二十三岁，初中下学后，在社会上混迹了七八年，建筑工地和工厂都留下过他偷奸耍滑的身影。夜深人静，他在外游荡，听着村里此起彼伏的狗叫声。他曾潜入村南的一户焦姓人家，把喂养了半年多的小牛牵走，卖给镇上的回民肉贩。齐鲁塑编建厂时，刘昆仑和同伴割过电缆。诸如此类，白斑伴随着刘昆仑个人欲望的无处发泄，他多数时间待在家中，看录像碟片消磨时日。

邹爱玉时年二十九，在她那卧病在床的母亲看来，再吃一顿水饺（春节），可供女儿选择结婚的对象只剩下离异带孩或者残障人士了，全然不顾女儿出挑的外貌条件。女人一过三十，生孩子都费劲，谁还会看得上你呢。邹母每见到女儿就絮叨不止。休班的时候，邹爱玉宁肯待在城区租住的十几平方的小屋里。医生说邹母活不过半年。说媒的人介绍刘昆仑年轻、未婚、父母踏实本分。邹母躺在床上，盯着刘昆仑的照片，想到自己可能没机会目睹到女儿婚后的幸福生活，流下了眼泪。邹爱玉回来，母亲声泪俱下，你总不能让我死了合不上眼吧。

几天后，刘昆仑穿着新买的衬衣，走进城区的利民商场，在二楼卖鞋的区域，和手中的照片比对一番，确认那位身穿工装，个头高挑，为顾客弯腰试鞋时露出细腰的女士，就是他的未婚妻。刘昆仑心跳不止，艳福不浅的兴奋持续到中午，在熙攘的小饭馆里，他看着对面吃着牛肉板面的邹爱玉，一时不敢动筷，生怕被人诟病的吃饭吸溜声，给未婚妻留下不好的印象。邹爱玉吃到一半，擦着额头上的汗，说，婚事早点办，我妈等不了。刘昆仑问，你对我还满意吗？我妈满意就行，说完，邹爱玉又低下头吃面。对于刘昆仑，她没有兴趣了解。碗中的面条留下大半，试着几次夹漂浮着的碎肉未果后，邹爱玉起身告辞。邹爱玉唯一一次试图了解刘昆仑，是在洞房的这天夜里。刘昆仑仓促完成人生第一次性事，下床开灯找烟。邹爱玉躺在床上，看到刘昆仑四肢和后背的白斑，问，你身上这是怎么了？

天还没亮，邹爱玉就收拾东西走了。之后是三个多月的拉锯战。刘昆仑去邹爱玉家，指着刘亦农夫妇，对病榻上的岳母说，白斑病不传染，也不是遗传病。邹母说，你有这毛病怎么不早说呢？邹爱玉换了工作，再度露面是去民政局办离婚。当时邹母死了没几天。邹爱玉一身黑衣戴着孝章站在民政局门口，眼神空洞等待的形象，一直留在刘昆仑的脑海中。

多年后，刘昆仑再婚，儿子上了小学，听闻邹爱玉生病死了，他先想到的就是她站在民政局门口的形象。具体邹爱玉是生什么病死的，以及离婚后她这些年过得怎么样，刘昆仑一概不知。原本模糊的记忆，变得清晰起来，在那段夹杂着消沉和痛苦的日子，刘昆仑和村中同样离婚的男性，用酒精培育感情，仇恨女性，又不得不去花钱消费女性。回忆至此，这又在自己身上留下了什么呢。他遗憾只和邹爱玉有夫妻之名，没有日常生活的点滴记忆。他也恨过邹爱玉，为什么要这么决绝地对待自己。好几次喝多酒，他有过杀了她的念头。逐渐，他明白，邹爱玉只是找了个借口，一如她答应结婚，是母亲的道德绑架。其实，要怪，也只能怪自己，贪图并不属于自己的美色。这段短命的婚史，多少左右了刘昆仑的第二段婚姻。

知道邹爱玉死了，潘咏梅赤膊盘坐在沙发上笑着说，刘昆仑，当初她多亏不要你，不然你现在老婆死了。刘昆仑不说话。潘咏梅说，刘昆仑，你娘了个逼，和你说话呢。对，刘昆仑说，我幸亏找了你。潘咏梅拾起身边的遥控器砸在刘昆仑的身上，你发什么愣，是不是想她了。没有，刘昆仑说，我没事想她干啥。他只是在想，中年丧妻也没什么不好，如果现在潘咏梅死了，生活琐事都落在自己的身上，当然难过些时日。这么多年，他已经习惯了她的蛮横和泼辣，以及像刚才那样不知何时突然爆发的脾气。可是，没有潘咏梅里外操持（不包括做家务），又该如何是好。但这些和轻松的单身汉日子相比，似乎又不是那么难以忍受。刘昆仑又想了会儿，嘴角忍不住有了笑意。潘咏梅说，就是，她死了，你应该高兴。

和潘咏梅结婚后，刘昆仑和父母分了家。户口本上，刘昆仑是户主。一如刘亦农是户主，朱如珍掌权。朱如珍对待儿媳的态度是复杂的，儿子性格软弱，她希望有个泼辣的女人管束，尤其是贫瘠的农村的生存哲学是不占便宜就是吃亏。当初同意这门亲事，朱如珍也是看中潘咏梅，说话不怵头，歪理多，粗壮身材是把吵架好手。朱如珍不免设想，把她娶进门，婆媳联手，乡邻会礼让三分。婚后，潘咏梅先对准朱如珍，几场生活琐事引发的争吵和拳脚相加后，刘家完成了政权更迭。潘咏梅以凶恶的性情，独揽财政和外事权，小到控制刘亦农夫妇的饭菜，肉类不能频繁出现，老年人要以素食为主，更有益身体保持康健，投入到劳动中。乡邻婚丧嫁娶的份子钱，朱如珍也必须和潘咏梅商议。朱如珍也不总是赞同，骂不过，也打不过，也就顺应了。

　　潘咏梅嫁过来后，没出去上过一天班。前几年，怀孕生子，没办法出去。闲来无事，潘咏梅也不去果园帮忙。朱如珍对潘咏梅的评价是，看着像头猪，其实还不如猪。潘咏梅自己不上班，也不让刘昆仑去，一个月起早贪黑才两三千块。她有自己的生钱之道，刘亦农夫妇的果园收入，足够他们一家三口的开销。碰到年景不好，手头拮据，潘咏梅也让刘昆仑出去工作。手头一有闲钱，就让刘昆仑辞职。众人以为她疼丈夫。刘昆仑心知，她只是不想做家务。儿子念初中后，潘咏梅想做点小生意。住宅靠乡道，多年前加盖的偏房刚好作为门头房。

　　王能进原本在镇上盈科环保门口经营大排档，城管不让摆摊，他租下刘昆仑家的门头，从开张到关门的三个月里一直濒临倒闭。王能进的母亲卫青是辛留村人，小舅卫学金前些年生病去世。刚开业时，妗子付英华来吃过一次。王能进把前两天的鱼又红烧了一下，加重料除异味是他的厨艺之道。付英华吃出味道不对，再也没来过。王能进租了半年，让刘昆仑退还两个月租金。潘咏梅拿出合同，退钱没门，不行就打官司。王能进搬走的时候，想把门头上的招牌一起拆了，潘咏梅不让。不出半个月，潘咏梅干起了快餐，一起合伙的是刘昆仑酒友冯兴山的老婆小张。小张是东北的，不能生育，几道拿手的家常菜应付得来。小张主厨，潘咏梅打下手，招牌是羊汤。一条乡道上，原就有三家饭馆。其余三家店大，多承接婚庆酒宴，价格也偏贵。顺鑫快餐价格亲民，多面向外来务工人员。经济形势不好，周围许多工厂关门，外地打工的走了大半。没多久，他们做起早餐，炸油条卖豆浆。坚持了没几天，潘咏梅早上起不来，快餐店也就关门了。

自从十多年前，村委挂上"辛留村拆迁安置指挥部"的招牌后，村里围绕着即将到来却迟迟未来的拆迁利益分配频频爆发矛盾。宏远物流占了村西的一大片土地，有蔬菜大棚和果园的村民，一次性分得几十万。其中就有王庆和刘爱玲，只是他们家只有一个蔬菜大棚，仅赔偿了十万出头。这些钱，在随后的几年，刘爱玲为治腰椎花得差不多。

大半生面对暗无天日的生活，一束阳光透过厚重的乌云，投射在村民的脸上。远嫁出去的女儿，纷纷把户口迁回来，伸出双手迎接迟迟未来的巨款。兄妹，姐弟，也就爆发了各类冲突。民间风俗，女儿嫁出去，家里所有的一切都和你无关。这是封建思想，不甘心的女儿们拿出法律武器，我又不是不赡养老人，凭什么没我的份，去法院打官司，我也占理。现代法律面对民风民俗，显得软弱无力。刘爱玲夫妇在被潘咏梅夫妇打得鼻青脸肿后，对乡邻哭诉，他们什么时候管过父母，就知道去要钱。乡邻劝慰她把猪圈关了，别和弟弟一家有牵扯。刘爱玲咽不下这口气。乡邻明白，其实是舍不得钱，猪舍建在果园，拆迁赔偿多少也有十几万。潘咏梅也不让步，果园里的猪圈在她的眼中，是一根随时扎下来的针，让自己没机会亲眼看到上百万的赔偿款。

过后，刘爱玲和王庆仍在果园养猪。为了不知什么时候会掉下来的十几万，忍受刘昆仑和潘咏梅的打骂。刘爱玲腰不好，上下身体脱节，干不了重活。王庆五十出头，脸色灰沉，头发花白，走在路上，散布着猪粪味。春天，他用铡刀切猪草，把两根指头切掉了。儿子在西安读完研究生，一时找不到合适的工作，赋闲在家，想过段时间去青岛碰下运气。全家把希望都寄托在猪圈上。

拆迁和占地，也影响了辛留村的政治生态。刘猛和王本道是冒出来的两个政治强人，在最近十五年，他俩交替上台主政，先是刘猛当了两届村主任，共六年，后王本道当了两届村主任，共六年。在最近的一次选举中，刘猛被村民重新选为村主任。王本道在自己任期内，拉拢原来的党员，又发展家族亲属成为党员，虽丢掉了村主任的头衔，却牢牢把控村书记的位置。刘猛的村主任当了不满一年，国家出台政策，受过刑事处罚的人不适合再当村干部。刘猛的政治生涯宣告终结，为了安抚民心，上级让他在村里挂名村委员，不再主持具体工作。中共中央印发《中国共产党农村工作条例》，村支书村主任一肩挑。王本道在村民微信群里转发，一片呼应祝贺声。在刘猛为主导的另外一个村民微信群里，众人回忆他为村民做过的实事，修建村中公路，兴建老年公寓，按时发放占地补偿款，在和邻村的土地纷争中，打赢官司，赢回土地。褒贬相随，在王本道的两届任期中，村中没有任何的基础建设，选举时许诺的福利没有做到，没能力向占地企业讨要补偿款。邻村重新上诉，原本赢回的土地，又拱手相送。村民说，什么叫丧权辱国，这就是。

　　在残酷的基层政治斗争中，刘猛和王本道脱颖而出，代表了两种不同的模式。刘猛凭借早年好勇斗狠，在四里八乡树立恶名，并成功在参政之后将其转化为服众的威信。村中大小事务说一不二，也甚少有反对的言论，刁民在他的眼中是不存在的，只要掌握住了方式（不外乎威逼和利诱），都是亲切的乡亲。在他的任期内，各项事务顺利开展，拆旧屋扩展公路，拆迁款分配不均，都一一摆平。制约刘猛政治生涯的，也是他在两届任期后，意外落选的原因，是他户族小。刘、王、卫是辛留村的三大姓，其中又以前两者居多。刘猛的父亲兄弟少，和大多的刘姓出了五服（亲属关系超过五代，不再为之服丧，叫做出服，也叫出五服）。在纷繁复杂的农村政治中，宗族势力是无法回避的。这也留给了王本道可乘之机。王本道的父亲兄弟五人，不出五服的也有几大分支，其中不少和刘、卫两姓联姻。这是王本道的优势之一。之二，王本道经营物流公司，有雄厚的经济基础，随便拿出点钱就收买了刘氏家族。

王本道收买的刘氏家族就是刘昆仑这一支。刘猛和王本道的一落一起，让刘昆仑意识到了自己家族在村里政治中举足轻重的地位。刘亦农兄弟五人，除大哥早逝，大嫂带着儿女嫁到邻村，其余都在村中开枝散叶。刘爱玲嫁给王庆，王庆兄弟六人。刘昆仑和刘爱玲这对姐弟多年的矛盾，只有在每三年一届的选举时得到缓和。亲人，这个词汇被刘昆仑反复提及，说服王氏家族手中的选票。在不足千人的辛留村，刨去不满十八岁等没有选举权的，刘昆仑能掌控的选票在一百张左右。

不论是刘猛还是王本道上台，都对刘昆仑论功行赏。刘猛上台时，他让刘昆仑在村委看门，一个月二千块。不到一个月，刘昆仑监守自盗，连夜把烧锅炉的几吨煤炭，低价卖了。宏远物流占村西的土地，在其中小煤井的赔偿上出现分歧。刘猛派刘昆仑等人看守小煤井。刘昆仑把人支开，趁夜将小煤井里的废铜烂铁卖光了。王本道刚上台时，让刘昆仑去负责土地浇灌。这差事简单，来钱容易。村民灌溉农田所需花费，是刘昆仑所得。他需要做的就是交电费，以及开关闸门。先前负责浇灌的，几年的时间就为孩子在城区买房攒下了首付。没多久，刘昆仑把水泵卖了。村民刚种上小麦，无法灌溉，错过生长期。当年，村里小麦普遍减产。

刘猛重新上台后，让刘昆仑负责向村民分发纯净水。现在，村民在刘昆仑家中取桶装纯净水。对于这份闲职，刘昆仑瞧不上眼。他时刻关注着村里的政治动向，见刘猛大势已去，他向王本道靠拢。刘昆仑的政治抱负是在两年后的选举中混个村委成员。刘亦农的死，带走了一张选票，刘昆仑在灵堂守孝发出时不我待的感慨。发丧当日，看到前来吊唁的乡邻，刘昆仑心情沉重，家族中手握选票的长辈们在逐渐死去，留给他的时间并不多了。

刘亦农（1945 — 2018）

　　辛留村南边，离开居民区，在乡间公路东边的一整片地都是果园，分属四五户，靠路边的一块是刘亦农的。刘亦农夫妇都已经七十多岁，经年累月的农活，让他们弓腰驼背，皮肤黝黑，裸露在外的肌肤随处可见逐渐加深的皱纹以及不断冒出来的老年斑。一些常见的慢性病正在侵蚀着他们的身体，床头柜上摆满了各式大小的药瓶，降压、止疼、化瘀。布洛芬是他们每天必吃的。入秋后，刘亦农会陷入长达半年的咳嗽，夜晚的喘息声让老伴和他分屋睡。朱如珍身上的几处关节长了骨刺，疼痛让她总是心情不佳。望着满园的果树，树枝上那一天天长大的果实，也没让她心情好转。一场雨水或者大风，果子落地腐烂，附近的野狗跑过来吃。两个老人拿着木棍，被野狗引着到处跑。

水果上市的日子,刘昆仑夫妇——有时派儿子,频繁来要钱。儿子没要回来钱,或者数目太少。刘昆仑提溜着木棍出门,走几百米的乡道,和路边的乡邻打招呼,说,老不死的欠收拾,孙子不是亲的了?不一会儿,刘昆仑从果园出来,提溜着木棍回家,和路边的乡邻打招呼,早点给,哪还有这么些事。儿子走后,屋里一片狼藉,朱如珍把地上的汤面倒在狗舍的饭盆里。刘亦农蹲在门框上抽烟,望着夜色中的果园,果树枝繁叶茂。西山上高耸的炼油厂火炬,喷射出火焰,映照出一块天空,背后的乌云向未知的地方涌动。

上世纪八十年代,南边的群山破土动工建厂,运沙搬石,一天几毛钱,村里几乎全部的壮劳力都去了。工地塌方,死了七八个人,其中一个是朱如珍的侄子,十六岁,具体长相他已经不记得了。来年,炸山通隧道,又死了一批人,本村的李广全少了一条腿。盯着夜色中的群山,那些点缀其中的厂房,刘亦农总是忍不住幻想工人们的生活,他们如何让这些庞然大物运转,流淌出污浊的废水又怎么侵入土地。许多年前,刘亦农骑着大梁自行车,驮着两筐满尖的水果,骑行在蜿蜒的上坡路。工人们下班,结伴而出,他们脸上没有农民们劳作一整天的倦怠和辛劳,说笑着经过水果摊。刘亦农把水果价格抬高几分钱,也很快卖光。

齐鲁石化建成后的几年时间里,附近各类化工厂、塑料厂冒出来。农闲时,村民放下锄头,有了赚钱的门路。这些和刘亦农的关系不大。又过了几年,井水不能喝了,沟渠里流淌着污水。水果没有以前甜了，发涩，个头也小。齐鲁石化的工人们，不再买刘亦农的水果。啃一口，发涩，摇头走掉。在果园门口摆摊，一天下来也卖不出几个。四里八乡都知道辛留村的水果不能吃。刘亦农夫妇去外面赶集市，牌子上写着"正宗沂源水果"。

刘亦农已经老到失去了好奇心，工人的生活和他没关系，地下水不能喝，政府免费发放纯净水，果树还在生长，结出什么样的果实，他就卖什么，卖不出去就让它们腐烂。朱如珍的哀怨声传来，上辈子作孽，养了这样的儿子。她出来，指责丈夫软弱无能。刘亦农身上被儿子打的地方还在作痛，尊严扫地是从什么时刻开始的，他记忆模糊，亲人们围在他的身边，指责和谩骂成了常态。或许是从一棵果树生虫，他束手无策开始。刘亦农很早就自动放弃了对家庭事务的决策权，一同放弃的还有自己的脸面。妻子、儿子、女儿、儿媳、女婿、孙子，这些称谓并不能组建成一个家庭，他们单个存在，中间隔着的那些顿号，犹如在刘亦农大脑皮层淤积的病变斑点。

朱如珍早就注意到刘亦农的变化，忘事，行动迟缓，不搭理人，待在某个地方，就像现在，刘亦农一坐半个多小时，一动不动，和他说话也没什么回音。她以为，都是衰老造成的。九月份，炎热还是持续，已经一个月滴雨未落，土地化为粉末。果园里，弥漫着掉落在地的梨和不知死在何处的鸟禽尸体共同腐烂的味道。早上，朱如珍让刘亦农摘梨。快到晌午，刘亦农坐在梨树下，盯着篱笆，一群麻雀在野草间跳跃，竹篮还是空的。老不死的，让你干什么了，朱如珍踹倒竹篮，抓起一把土扔在刘亦农的脸上。过了一会儿，刘亦农起身，踮脚从树上摘下一只梨，捂在手里，走远了。朱如珍跟在后面，骂了一路。刘亦农两只脚麻了，拖着步，如同生锈的铁犁，伴随着扬起的尘土，在地上留下一道浅痕。

自从找错钱，朱如珍就不让他守摊了。他还能干些什么呢？朱如珍向妇女们抱怨，活都让我干了，他连饭都不会做，昨天把锅烧烂了，今年这是第三个。刘亦农的不屑，儿子的不孝，骨刺不断生长带来的疼痛，这些都没换来同情。朱如珍的刻薄、蛮横，得到了该有的惩治。每天晚上，聚在果园前乡道的路边闲谈的妇女们，总能从朱如珍的口中，听到当天刘亦农又做了些什么不招人待见的事。黑暗中，看不清彼此的脸，朱如珍不知疲倦地对着黑夜诉说。偶尔经过车辆，车灯将妇女们幸灾乐祸的表情一一点亮。

年轻时的朱如珍身材匀称，活到七十多岁，肩膀侧滑，梨形身材，褶皱的脸上刻着两道法令纹，途经嘴角，延伸至下巴。早已花白的头发，还以三个月的频率染黑，家庭的纠纷和繁重的劳作，让她习惯性地扶住额头。你们不知道刘亦农有多么气人，她说，该干的不干，春天刚栽上的核桃树，他都给砍了。

村子要拆迁的消息传了十几年，一直没什么动静。上级下达文件，两年之内一定要拆。拆之前，政府引进项目，先占地建物流园保税区。村民们在庄稼的缝隙间种上核桃树枣树，政府见种满了树，调整政策，不再按数目赔钱。不管种了多少棵树，一亩只给固定的多少钱。早在几年前，宏远集团要占辛留村的土地，分歧出在这片果园上，包括刘亦农在内的几户果农，每户索要上百万的拆迁款。协商不成，宏远集团占了邻村的土地。拆迁的消息再次传来，上级下发的红头文件，在村民的手机上传播，主管的领导甚至在当地电视台做出了逾期完不成拆迁安置任务辞职的承诺。朱如珍没看到文件，她不认识字。

卖树的人拉来一卡车树苗，朱如珍和刘亦农花了三天时间，把树苗种上，浇水又用了两天。期间，儿子刘昆仑来要过一次钱。女儿刘爱玲铲了几个树坑，说自己腰疼，要回去贴膏药，再没回来。经过春夏两季，树苗存活了大半，长势不好，和果树离得太近，养分都被吸收了。几天前，传闻拆迁的事又无限期推后了。那一天刘亦农没吃什么饭，在果园里来回走。朱如珍回想起来，他早预谋好了。

果园有三处砖瓦房。其中一处在果园深处，也是最晚建的，刘亦农的女儿和女婿把果树砍伐开辟空地建的猪舍，小打小闹，最多的时候养了五六十头猪。另外两处，如下：

经乡道，一段十几米的下坡，进果园后坐北朝南的砖瓦房，是刘亦农夫妇的住所。青灰色砖墙面，没有屋檐。前面是一块天井，只在门前的一小块位置铺设了砖面，其余的地方铺撒的石子，容易积水，上次下雨时踩踏出的坑洼依稀可见。篱笆以及围着种植的花椒树当作院墙，深秋到来，树叶落尽，从乡道经过，刘亦农家平日里的生活一览无余。从建果园时用几根木头和帆布搭建的帐篷，然后土坯房子，再到砖瓦房，用了五年的时间。第一批果树成熟的那年，卖水果的钱，又向亲戚朋友借了些，勉强盖起了这一排三间。

小三十年过去了，除了顺应时代添置的家电和厨房用具，其余的并没有多大的变化。刘亦农夫妇盖的棉被还是结婚时留下的，鲜红色的花朵以及游弋的鸳鸯沾染着多年的污浊。被褥的里衬，盖头的那端，一长溜已经泛黑多年。一天劳作后，他们顾不上洗涮便躺下歇息。唾液，汗液，尘土，房间里散发着的臭味。他们的嗅觉退化，逐渐被死亡笼罩，身上又多了老年人挥之不去的异味。除了饭桌那一小块区域可以坐人，房间让人下不去脚。

另外两间屋是储物室，堆放着各类农具，东边那间添置了一张单人床，刘亦农经常睡在上面。床头放着砖头大小的收音机，是他消遣和了解这个世界的途径。每日必听天气预报，计划明天的劳作。大到各国政要的紧张日程，小到定点播报的城区交通状况，它们构成了刘亦农的精神世界。刘亦农从电台广播了解到不少养生知识，没有告诉朱如珍。学而致用，吊瓜富含大量维生素，强身补肾，他在地里种了不少，代替主食。吃芹菜软化血管，清理肠道，他又种了芹菜。张悟本的绿豆汤包治百病理论，刘亦农深信不疑，喝了半年的绿豆汤后，有了胃病和尿频的问题。夜晚，刘亦农去茅厕，路过东边的房子。五征牌的三轮汽车没在的话，说明石长义还没回来，只有小彭一个人在家。小彭，是刘亦农的另一个世界，有关内心残存的那点不可忽视的欲望。

刘亦农遵循着农民的习性，手里有些闲钱，无非是盖屋和娶妻纳妾，东边的两间砖瓦房就是后来加盖的。十多年前，附近各类工厂，吸纳了本地村民和周边偏远地市的青年男女。本地有些不太体面的职业——收废品，没什么人干了（拾荒者除外）。辛留村先前至少有三四户人家收废品，如今也只剩下王姓一家。收废品的少了，居民垃圾和工厂废弃物越来越多，偏远地市的人，填补了空缺。他们有的随打工的子女而来，有的先前在老家就从事这个职业，听同乡说这里形势更好，重操旧业。

他们大多来自莒县、沂水等地，穷乡僻壤让淳朴与剽悍的民风共生，蓝色五征牌的三轮汽车是他们的标配，平时走街串巷，喇叭循环播放：高价回收废纸废铁旧电视旧冰箱。当地农忙时，三轮汽车停靠在田野间，把村民丰收的粮食运送到家，一趟二三十块不等，一天下来多则上千，少则五六百。至于他们的住所，拿辛留村来说，不少先富起来的村民搬到城区，把村里空置的房子租给他们，一年二三千不等，十年过去了，租金也没什么变化。除了辛留村南边的土坯老宅，村北的砖瓦房不太愿意租给收废品的。没合适的位置，他们也会租村北的房子，天井小，不方便收废品。基于此，刘亦农果园的这两间屋特别抢手，天井够大，可存放废品。两间屋，够住，租金也便宜。

李长海父子老家是莒县，当年骑着三轮摩托车行驶了几百公里来到辛留村，租下刘亦农的房子，租金一年三千，付电费，免水费（果园有井）。老乡们多在周边厂区打工，以此关系，刘长海承包了几个厂区的垃圾。两年后，李长海花了不到一万，买了五征牌农用车。三轮摩托车留给儿子李学强，走街串巷收废品。儿子一米七五，瘦弱，不爱说话。李长海想锻炼他的社交能力。

租住的四年间，李长海父子和刘亦农夫妇摩擦不断。废品占地方，来回行走不便。朱如珍认为卖给李长海的废品价钱偏低，没顾忌她房东的地位。前两年，李长海把租金都给朱如珍。后来，刘昆仑让他把钱给他。李长海知道刘昆仑的秉性，钱没给他。李长海虽五十多，有把子力气，把刘昆仑摁在地上。事后，刘昆仑领着三四个帮手，都是平时在村里结交的婚姻不如意的酒友。李学强收废品回来，拿着一把生锈的菜刀，把他们吓退。最后一年，刘昆仑抬高租金，一年八千。这是存心让李长海走。

近几年，经济形势下滑加上查环保，小工厂接连倒闭。当地居民不是丢工作就是长达半年发不出工资，生活变得难以为继，也只能苦熬。外地人在这里赚不到什么钱，没有待下去的必要，收拾行李去了别处。租金下滑，石长义一年不到三千，租下刘亦农的房子。石长义不到五十，显老，看起来像六十多。一米六的个头，喜欢穿松垮的迷彩服。秋收，石长义站在田间地头等活，村民付英华走过来打趣道，老石，你老婆呢？不知道跑哪了，石长义摇头，这个娘们没法说。付英华说，就你这样，有人跟着你就不错了，你还挑三拣四。石长义羞怯地点头，又问，你家玉米什么时候割，我给你拉。付英华说，你先找个联合收割机，我就让你拉。石长义开着农用车，去找联合收割机。

石长义在老家沂水结过婚，后来离了，一儿一女归他，在老家念书，寒暑假来这里住段时日。小彭是石长义捡的，没领结婚证，以夫妻相称。小彭三十出头，短发，脸大身圆，状如年画里童子的成年版。她一年四季穿深灰衣物，是石长义收破烂捡来的，不是肥大就是紧身。肥大的如袍，走在路上，裤脚扫地。紧身的把她包裹成米其林。小彭说不出自己的家在哪里，认识石长义后，她能吃饱穿暖。小彭不会做饭，也不认识钱。石长义给她多少钱，让她买什么，必须是一次性的，不能说两样，买馒头就单是买馒头，若加上再买点菜，小彭的脑子就陷入混乱，着急出汗，在原地跺脚。

小彭不做家务，喜欢沿着乡道来回走。石长义给人拉货，路上开车，看到小彭走着，对窗外喊，还不回去。小彭听不见，继续走。从后视镜，看着小彭的身躯，石长义叹气加摇头。小彭饭量大，不爱吃肉。刚领回她的时候，石长义热衷于男女性事，小彭随便摆弄。只是一摊肉，这是石长义对她的评价，没多久也厌烦了。一起生活了半年，初春时节，土地还没化。晚上到了饭点，小彭没回来。半夜，石长义坐不住，出去找。在村南施工修路挖的坑底发现小彭用土盖住身子，呼呼大睡。石长义跳下去，狠踹了小彭两脚，又抱住她，你是猪脑子，爬不上来，不会喊几声。几年过去，起初石长义觉得是小彭离不开他，后来发现自己也离不开小彭。

石长义外出时，朱如珍让小彭干活，小彭不干。朱如珍说，吃那么胖，人活不干，吃瞎了。小彭不为所动，出门，沿着乡道走。刘亦农极为欣赏小彭这一点，这才叫为自己活。反观自身，我什么时候能为自己活。病情进展迅速。山楂下市，一场持续了两天的秋雨后，气温骤降，树叶掉落大半。广播上说，一场骇人的流感在蔓延。众人换上秋衣，刘亦农穿着单衣，在果园里一走就是几个小时，把朱如珍安排的事抛在脑后。到了夜里，刘亦农不睡觉，把衣物塞进编织袋，捆在自行车后座上，要去劲山找大哥。二十年前，刘亦农的大哥在劲山的石料厂上班，下班没回家。几天后，在山里一个废弃的窑坑里发现尸体，脖颈上有根麻绳，被勒死的。案子至今没破。朱如珍拽着车后座。刘亦农不为所动，出了果园，骑行没多远，碰到刘昆仑。刘昆仑把父亲拽回家，捆在床上，留下句，老不死的，存心找事。第二天早上，朱如珍端着饭菜，推开门，臭味扑面，刘亦农躺在屎尿中，昏昏欲睡。

刘亦农的生活被限制在一间小屋，白天用铁链拴住，活动半径不足三米，可以蹲在门槛晒太阳。晚上捆在床上，不能翻身，朱如珍为他准备了婴儿用的尿布。他老糊涂了——这是亲属们对外概括的刘亦农的现状。刘爱玲的儿子王庆大学念的心理学，毕业后就业形势不好，又读研，寒假回来，见姥爷像条狗一样被对待，红着眼把铁链打开。刘亦农说肚子饿。王庆去找吃的，回头不见了。

亲友几十口子人到处找，去派出所报案，又四处张贴寻人启事。过了两天，仍没消息。朱如珍说，就当他死了吧。第三天，刘亦农自己回来了，鞋子丢了，身上生了冻疮。问他这几天去哪了。他指着果园。刘亦农重新被拴在屋里，没人再放他走。王庆说他可能得了阿尔茨海默病，应该送去医院。没人回应。大家都以为刘亦农熬不过这个冬天，他再次让人失望。春天，满园桃树生出嫩绿的枝丫。刘亦农躺在床上，恢复了往昔的宁静，能顺利喊出朱如珍的名字，消失的那些记忆渐次回来。解开身上的绳子，也不再挣着向外跑。刘昆仑过来看了他一眼，招呼朱如珍出去，说，这是回光返照。朱如珍买肉剁馅，包了水饺，喂给刘亦农吃。他吃完了两盘，说有几句话想和小彭说。朱如珍说，你和她有什么好说的。刘亦农躺在床上，浑浊的泪顺着脸颊流下，被皱纹吸干。朱如珍说，你等着，我去找小彭。

在等待小彭的间隙，刘亦农拿起床头的收音机，试了几次，没有打开，电池没电了。刘亦农在死前对小彭说了些什么，至今依旧让活人们疑惑，也是他留给自己的精神世界的寄语。石长义问过小彭，小彭不说。朱如珍也问过，小彭也不说。刘亦农知道小彭不会说，才放心把那几句话说出来。

卫学成（1943 — ）

　　大伯卫学成在四里八乡有些名气，这是二十多年前。如今，除了我们这些亲属，没有多少人记得他。他只会在特定的情形下被人提及。妇女们凑在一起，统计村里出现过的智障人士（智商偏低更为恰当）时；邻村的一个老光棍，背着麻袋，在垃圾池里翻找东西时。这也仅限于年龄偏大的人。

　　仍活跃在村里的朝巴（淄博方言，智力障碍者的意思），年龄最大的老衰四十好几了，没成家，在建筑队当小工，风雨无阻，赡养父母。小芹，快三十了，起先托人在镇上的塑料厂下车间，又调到仓库，还在食堂帮过厨，现在是办公楼的清洁工，她常年相亲，还没嫁出去。光头强，三十出头，工作不固定，半年前去了新建的塑胶管厂，工友把脏活累活都留给他，他喜欢上网，这些年累计被诈骗六七万。建业，十八岁，初中上了两年，后辍学在家，成为他奶奶的专职电动三轮司机，他以后的出路，也困扰着家人。大峰，二十多了，有严重的癫痫，至今还不能走路，村里的人们对他只闻其名，没怎么见过，略过不提。

和以上的几位不同，大伯不是先天性的，也不是父母双方中有智商偏低遗传导致的，他小时候发烧，把脑子烧坏了，也傻得更彻底些，四肢健全，有劳动能力，没有工作能力。同样是捡拾破烂，别人是为了生计，他是个人爱好。大伯天不亮出门，天黑背着麻袋回村南边的老宅。村西边的铁路，绵延几十里，南连胶济线，北通岭子铁矿。大伯从铁轨出发，从铁轨回来，问他去了哪里，他也不说。

爷爷奶奶去世后，大伯一个人住在老宅。他身体清瘦，脸被胡须遮盖看不出五官，上身老式的蓝布大褂，下身绿色军裤。父亲给他换下来的衣物，没几天就扔在一边。隔几天，父亲给他送些现成的馒头和咸菜，别的给他，他也不做。让他来家里吃饭，他很少来，没吃的才来，进门不说话，胆怯地站在一旁，吃顿热饭，抬脚就走。几天见不到大伯，为了让他吃顿热饭，父亲故意不给他送饭。碰到农忙时节，就算是没饭吃，大伯也不上门讨吃的，作息时间也调整到让人捉摸不透。

有年麦收，大伯背着麻袋，从远处走来，看到父亲拿着木棍候着，他停下，掉头跑也不是，又不敢往前走，在父亲的训斥下，耷拉着脑袋，像条狗一样往前挪。父亲拿着棍子，要打断他的腿，大伯踮着脚躲。烈日高照的晒麦场，大伯拉着石滚压麦子，一天下来，身上晒爆了皮。等我到了没办法逃避农活的年纪，倒是羡慕起了大伯，可以明目张胆和父亲周旋。

除了农忙，大伯作为壮劳力，家里要抓他的丁。平时要隔三岔五给他送点吃的。大伯不让人操心。他整日游荡在外面，远离人群，面对众人的取乐，他躲得远远的。母亲嫁过来后，看到村民戏弄大伯，骂他们，他不懂事，你们也不懂啊，耍他干什么。回到家，母亲气不过，用教育孩子的口吻告诉大伯，他们再这样，你就打他们。家人对这一切习以为常，他要是听你的，就不是他了。

大伯是九七年还是九八年走丢的，我记不清了。十月份，地里种上玉米后，好几天没见大伯上门讨要干粮，晚上父亲去老宅，把馒头和咸菜放在桌子上。过了两天，桌子上的馒头和咸菜没变样。家族成员聚在一起商议，大伯神出鬼没，平时会去什么地方从没对人提过，寻人没有具体的方向。大家拿着打印的寻人告示，去附近的村镇张贴。告示贴出去几百张。去派出所备案，警力有限，也不可能派出专人寻找，让家属回去等消息。

没过几天，其他人都有事要忙，寻人就剩下父亲。大海捞针不是办法，他拿着大伯的八字求教算命先生，先生掐指一算，指着西北的方向，三天之内找不到就找不到了。父亲骑着摩托车又跑了三天，毫无收获。走到这步，找人不是单纯的找人，变成掩人耳目，让别人知道，不是不继续找，是实在找不到。父亲去当地电视台登寻人启事，黄金时段在屏幕下面滑动播出一行字，一共滚动了四次，收费四百块。一切恢复正常，大伯走失这件事很快也没人议论了。

走丢前，说好掰玉米大伯没来。六亩地的玉米堆满胡同，人工剥掉苞皮要三四天的时间。一大早，父亲去老宅，把大伯堵了个正着，领着他来到村北边的新宅。时年五十多岁的大伯，像个孩子低头站在天井里一言不发。父亲拿着棍子要砸断他的腿，被母亲拦了下来。父亲说，饭知道吃，活一点都不干，平时往外跑没人管你，家里有活你也跑，我看你想干啥。父亲骂完，出去剥苞皮了。母亲领着大伯进屋，好言相劝，劲留着也攒不下，忙的时候就这几天，平时你往外跑也没人管你。我端出玉米面黏粥放在桌子上。大伯腼腆地笑了，坐下端着喝。母亲在旁边说，你看，家里人对你多好，你还到处乱跑，干点活能累死你吗。大伯不搭话，喝完粥，出去剥苞皮，剥一阵子，趁着去上厕所，不知去向了。见大伯没回来，父亲坐在积压如山的玉米堆里笑了，笑里面既有无奈也有自嘲。母亲也笑了，你哥说傻，也不真傻，我看比咱俩都聪明。父亲笑着说，闭上你的臭嘴，干你的活吧。

如果不是后来大伯的走失，我不会对当天的事，如此记忆犹新。这也是大伯留给我的最后的记忆。开始，我们寄希望大伯能有天自己回来。半个月后，父亲收拾大伯的房子，从床底下找到一个木箱，撬开后有个塑料袋，里面是一沓钱，最大面额十块，毛票居多。还有从杂志上剪下来的女性画册，大多穿着比基尼，里面有巩俐。箱子底下有个小箱子，里面是几个大小不等的芭比娃娃，有的身体完整穿着衣服，有的缺胳膊少腿。他们不知道的是，我对大伯的这些遗物并不陌生。趁大伯不在家（门没上锁，用铁丝缠着），我和小伙伴打开箱子（没锁，缠着铁丝）偷过几次钱，也看过那些杂志上性感的照片。

老宅没人住，很快破败了，荒草丛生，院中只剩下搬不走的石磨。几次雨水后屋顶塌了，父亲想过修缮，手头不宽裕，也未成行，只在岌岌可危的院墙上挂上瓦片。

家里有本大伯的残疾证，上面的照片丢了。母亲说大伯长得比父亲好看，像奶奶。奶奶长什么样，我更记不清楚了。母亲说，大眼睛，高鼻梁，有排场，只看长相，不傻。二十年过去了，父亲都过世七年了，大伯留给我们的记忆越来越少，母亲翻来覆去也总是在说一件事。那时，我姐姐刚学会走路。村里有人结婚，大伯去凑热闹，抢了几块喜糖，不舍得吃，拿回来给我姐。母亲问，只给你侄女，我的呢。大伯说，你多大了，还和小孩抢吃的。每说到这里，母亲就笑起来，你说他傻吧，他还有点心眼。更多的时候，母亲说大伯丢了也不是件坏事，她说，不用你养老，给你减轻负担。

父亲死后第二年的清明节，母亲决定给大伯立个坟头，从家里找了个鞋盒，从老宅铲了土放进去，用红布包起来。我和母亲扛着铁锨，来到坟场，在父亲坟头的旁边，挖出一个坑，把鞋盒安放进去，填上土，拍打结实，点燃香纸。母亲双手举起三支香，四个方向鞠躬，边鞠躬边说，大哥，你走丢了十多年，不管你在什么地方，回来吧，陪着咱爹咱娘还有你弟弟，咱是一家人啊。这句话，母亲重复了四次。

母亲给大伯立坟头，除去亲情的成分，更现实的意义是，过几年全村拆迁，多一个坟头多一笔拆迁费。临走前，我看着坟场里数不清的大小坟头，心想，再过几年，这里将是一片欣欣向荣的厂区。七八年过去了，村子没拆迁，墓地先被物流园征用，建了厂区。在村西北的山上，另建了墓地。迁坟时，父亲的骨灰盒已经烂了，骨灰散落出来，里面有些骨片，我捧起来，放到另外的盒子里。大伯坟里的鞋盒烂没了，另外找了个鞋盒代替。

附：

家族里走丢的不只是大伯。还有另外一个堂伯。在他走丢之前，儿子卫东超也走了一年多。堂伯的媳妇肺病死的，死时儿子刚学会走路。她身体不好，擅长针线活，总是坐在炕上给一家人缝补。母亲嫁过来的时候，跟她学针线活。那年头缺衣少布，伯母手艺没得到施展的空间，大多时候都在给衣服缝补丁。家族里有小孩出生，她做虎头鞋，有模有样。

堂伯母死后，堂伯没再娶，边喝酒边含辛茹苦把儿子拉扯大。盖了砖瓦房，屋内像猪窝，院子里常年有鸡在跑动，到处都是鸡粪。堂伯智商没有问题，母亲不这么认为，即便不是弱智，也差不多。堂伯右手的两根手指头少了两截，受伤的当天，堂伯指头上缠满卫生纸，鲜血直流，孤身一人站在村口。母亲经过，问他怎么了。堂伯说手伸进机器里，少了两根。母亲说，你不赶紧去医院，站在这干啥。堂伯说，他们取钱去了，我等他们。

卫东超初中毕业后，在镇上的塑编厂上班，认识了同厂不同车间的小任。小任是日照莒县人，几年后和卫东超结婚。堂伯酗酒，把脑子也喝傻了，干不了重活，在家里照看孙子，和放羊一样，也不怎么管。小任回来，看到儿子身上脏兮兮的，磕得身上青一块紫一块，对堂伯又打又骂。腊月寒冬，小任把一盆凉水泼在堂伯的身上，让他站着不动，不许换衣服。堂伯站在院子里，身上结了一层冰。卫东超的出走和小任的凶悍不无关系。冬天下了一场大雪，堂伯去镇上帮朋友盖房子，喝完酒往家走，走没了。第二天一帮人把各条路找了个遍也没找到，一个大活人就像融化在雪里。

卫东超的离家出走，让我母亲非常看不起，感情不和把自己老婆打跑的多，没见过自己跑的。堂哥走后，堂伯没到处找，总说他过几天就回来了，过几个月就回来了，过几年就回来。他没见堂哥踏进家门，自己先走丢了。反而我父亲，骑着摩托车载着小任十里八乡地寻找多次。有年大学暑假，我回家知道这事，给电视台的民生栏目打电话，接线员说走丢的事情太多了，况且这是自己离家出走不是被拐，就算被拐，也没什么大惊小怪的。总之，卫东超的离家出走没有新闻价值。那几年，对堂哥家来讲，流年不利霉运连连。没过多久，小任骑着电动车在村口被车撞了脑袋，送医院缝了几针，出院后成了一个光头，长长的伤疤在阳光下熠熠生辉。本族的人，也认定堂哥不会回来，对小任颇为冷淡，一心想把她赶走。

我拨打热线电话和嫂子出车祸是不是同一年，我记不清，但是车祸和我去寻找堂哥是同一年。嫂子听人说，在泰安附近一个衣衫褴褛的流浪汉和堂哥极为相似。我们租了辆面包车，拉着另外几个堂哥去泰安。嫂子递出两人结婚照，里面的堂哥油头粉面一副公子哥的打扮。仔细端详后，目击者言语变得含糊，从电话中的斩钉截铁变成不好确定。我们坐上车，顺着乡间小路逐个村子递出堂哥的结婚照给人看，一无所获。

我结婚前夕，卫东超回来了。他在河北保定打工，老板拖欠工资，他盗窃了电脑什么的抵账。老板报警，警察抓住他，通知老家的派出所。再次见到卫东超，他们一家三口来我们家玩。幸福的三口之家，看不出多年的离别。我问堂哥这么多年都去什么地方了，堂哥害羞地说，地方多了去了。大家在教育卫东超的同时，也赞赏小任的坚韧，带着孩子忍辱负重，维持着家庭，让他回来还有个家。这些话，把一旁的小任说得眼泪直流。长大了的儿子，丢失的父亲，五味杂陈，都在卫东超的默不作声里。

堂伯身在何处，寻找无济于事。父亲寻找过大伯，无济于事。我寻找过堂哥，无济于事。堂哥的再次出现，是他自己努力的结果。这么多年过去了，走失的亲人变成巨大的谜团，不时困扰活人们看似平静的日常生活。他们究竟去哪里了，尚存人间的可能性不大，不能确凿认定死了，也就尚存一丝的希望。怀念亲人的时候，总会被迷惑不解打断。内心深处，我希望他们已经死了，而且早就死了。这个世界，对他们不会有丝毫怜悯。

二

青年男人

徐　成

孟有武

牛　阳

董必智

卫东胜

卫华邦

刘长江

徐成（1985 — ）

1

　　徐成的左胳膊上密密麻麻排列着二十几个烟疤，在浓密毛发的遮掩和时间洗礼下，并不容易注意到。第一个是高中刚毕业时和人拜把子留下的，以此来表达结义的决心。没过多久，他们慢慢疏远了，甚少联络。后续烟疤因数目众多，具体时间早已记不清楚，但大多是上大学时留下的，理由多为戒烟戒酒戒赌。徐成说，烫烟疤和文身一样容易上瘾，烫过一次后，每遇到后悔的事就拿起烟来烫，用来表决心。左侧肩头上有徐成身上的文身，是2009年夏天的某个午后，花了三百多块钱在市区理工大学旁边文的。狼头毛发藏蓝眼睛深红，栩栩如生谈不上，倒也称得上逼真。七年过去了，除去颜色淡化，因徐成体重的暴增，狼头也随之变形，原本威风凛凛的形象倒有些温顺慈祥了。

徐成出生在山东省鲁中地区的某个农村。整个乡镇有大小七十余座山头，虽不是严格意义上与世隔绝的深山老林，早年前交通不便造成的城乡差距还很明显。徐成上初中时，政府曾组织过手拉手活动，和县城的中学生结对互助。没过几年，房地产繁荣发展，对石料迫切需要，几乎所有的山头在采石机和破石机的轰鸣下被挖空了。有点背景或者头脑的人，置办几台机器，一年豪取百万并不夸张。生态破坏的同时，是巨大的贫富差距，财富聚集在少数人手中，绝大部分老百姓靠贩卖苦力养家糊口。此地剽悍的民风远近闻名，在遥远的农民还需交粮食税的年代，徐成所在的村庄曾发生过村民拒缴公粮被乡政府人员殴打，村民们围攻乡政府的事件，最后以乡政府免除三年粮食税告终。

没有发财的门道时，好勇斗狠往往纠结在鸡毛蒜皮的邻里小事和酒后苦闷情绪的释放。在金钱的诱惑下，平日赋闲在家的小混混们被能人们圈养着，没事时吃喝玩乐，等到因占山圈地引发了流血事件，身上多几处刀疤甚至送掉性命。大学寒暑假，每次返乡，徐成都会听到某个儿时的玩伴被砍。如果不是考上大学，徐成无疑会是他们其中的一分子。也正是在读大学的四年间，徐成和他这些玩伴有了各自的境遇。高昂的学费和家庭缺少一个壮劳力，让本就不算宽裕的家庭更加拮据。反观那些玩伴，开上了汽车还在县城有了房子。虽然如此，当时的徐成并不灰心，怎么说自己也是个大学生，毕业后的人生会更加辉煌。难道不应该这样吗。

2

家里并没打算让徐成上高中，但考虑到十四五岁的他身体还没发育完全，外出务工赚钱少是必然，还容易跟社会上的人学坏了。徐成讲义气，初中总是出头帮人打架。父母似乎预判到，自己的独生子会在不远的某天惨死在街头巷尾。恰好二舅家表哥邓有金在县城的一所私立高中读书。这所刚成立两年的私立高中，面向考不上高中但又不想读技校的劣质学生，对中考分数没有要求。其对外宣传的全军事化管理，也恰好迎合了父母的心意。不指望学有所长，花钱让老师看管几年，等他身体发育完成也好。

谁也没料到，三年后的徐成会成为我们这届二百多名毕业生中仅有的几个考上本科的学生。在我们毕业多年后，从学弟们的口中得知，徐成时常被老师们提及，被当作学渣逆袭的典型。徐成前两年的高中生活，可以用这样几个关键词来进行概括，睡觉，恋爱，打架。至于学业，简单地用差是不足以形容的，他甚至没正经看过几眼课本。冗长无趣的课堂，单纯睡觉已经不足以熬过去，老师们对这类学生只有一个要求，别闹出动静影响其他同学，干什么都行。挤布满脸上的青春痘成为徐成的主业，在高耸课本的遮掩下，将一块小镜片置于书本中间，伏案挤来挤去打量自己坑坑洼洼的脸部，顿时觉得时间如梭。

浓密的体毛和青春痘，让徐成感到自卑，好在接近一米八的身材和打架中散发的雄性特征，还是有女生主动投怀送抱。晚自习期间，同班的一个女生把徐成约在女生宿舍见面，脱光衣服躺在床上，反而把徐成吓坏了，低着头说了几句莫名其妙的话，跑掉了。

我和徐成的相识也和打架有关。我和同班的李明打架，他找来的帮手正是同村的徐成。徐成看了我一眼，和李明耳语几句，走出了我的宿舍。留下李明一个人，无所适从，空放了几句狠话。四年后，离大学开学还有两天的暑期，勤工俭学的李明在村边的山上驾驶着小型铲车运石料，天刚下了雨，山间的土路有些湿滑，连车带人翻下山。李明被卡在驾驶室动弹不得，过去两个小时，救护车还未赶到。李明厌烦了，先走一步。

认识徐成前，我对他有所耳闻。一天在楼道里，徐成和几个同学手持棍子将一个同学打得在地上爬不起来。凶狠发疯的状态是我对徐成的第一印象。后来相熟后，得知这次打架的理由，是对方擦肩而过，给了他一个不友善的眼神而已。学生时代的打架，理由不外乎看对方不顺眼和因为女同学。徐成打架更多是因为自己的尊严受到了冒犯。生怕被别人瞧不起，也正是我们这些农村子弟，去县城求学时隐藏的卑微心理。学生中，徐成的同乡人数最多，抱团形成最大的一股势力，欺辱那些来自县城的学生。有一次，徐成在公用的水房洗头发，洗头膏用完了，他将水灌在瓶子里，晃悠一会儿，然后倒在头上。这场景被来自县城的某同学看到，他打趣道，穷得连洗头膏都用不起了吗，来，用我的。徐成没说话。晚上，我们七八个人把这位同学拉到一间不住人的宿舍里，一顿拳打脚踢。

高二分文理班，文科班主任拒收徐成。晚上徐成一个人走在漆黑的操场，陷入深思，上学上到没有老师愿意接纳的地步。没有选择的境地下，徐成成了美术特长班的一员。半年的时间里，毫无任何功底的徐成开始孤注一掷，空旷的画室里他在画板前达到了忘我的境界，十几年来被认为脑子愚钝的他开始用心做一件事，他找到自己所擅长的领域，他对色彩有着常人少有的敏锐，他进步神速成了整个班里最出色的那个，他成为老师同学们口中的才子，他拿到了好几所大学的校考合格证。离高考还剩半年，徐成开始恶补文化课，酣睡一片的教室里徐成专心听讲，泔水横流的宿舍里徐成废寝忘食，徐成认识到自己的智商没有问题，以往宛如天书的课本知识也能参悟，时间犹如男性的海绵体，求知若渴的时候会被拉长，老师们投射来的欣慰目光，让他感受到了久违的师生情谊。徐成收到了重庆一所三本院校的录取通知书。

高考后的漫长的夏天，徐成作为家族的荣耀沉浸在对大学生活的美好憧憬中，为女友张丽的意外怀孕筹集堕胎费用，确实让他心烦意乱了一阵，但对扼杀亲生骨肉的悔恨和惋惜，九年后儿子出生他才有了更深的体会。拜把兄弟没在筹钱上伸出援手，倒更让徐成耿耿于怀。此时的徐成在心里已经有意识地和其他人区分开来，自诩为艺术青年也罢，但对放浪形骸的行为，他有了恰当理由进行自我说服。搞艺术就是要独特点，堕胎不恰好可以磨炼身心吗。

3

留在老家县城当书店销售员的张丽提出分手，把徐成背井离乡的大学生活分为了两个阶段。前两年，徐成享受空前自由的同时，拒绝了几个女生的投怀送抱，他把多余的精力释放在篮球场和画室。对爱情的忠诚并不能抵消相隔千里的寂寞和空虚，每逢寒暑假在张丽宿舍里数日的肉体狂欢，只是这份感情残存的唯一要义。彼此心中已对这份感情的无望达成了默契，尽管如此，张丽提出分手的时候，徐成还是难以接受，他开始自暴自弃，旷课去网吧玩游戏，在宿舍聚众赌博，用酒精麻醉自己。一副被爱情摧残得痛不欲生的样子。更让徐成绝望的是，两年之后的校园中，已经没有多少异性可供选择。曾经对其有所表示的也早有归宿，而剩下的寥寥几个，外观给人不留余地。那我们的徐成还能做些什么，熬夜和酗酒已经让他没有心思再挥洒汗水，赌债的日夜叠加，让吃饭也成为一个问题。他只好躺在床上尽量减少新陈代谢，对前来索取赌债的同学们摆出一副生无可恋的样子。刚踏入校门时意气风发的年轻人不见踪迹，他长发飘扬面黄肌瘦用虚空的眼神打量着周遭，思索的也都是人类存在的意义等永远不会有答案或者到处都是答案的哲学命题。一个寄居在宋庄郁郁寡欢尚未成名的年轻画家形象，展现在世人面前。回首往事，让徐成庆幸的是，幸好当时没有面向大学生的黑心网络贷款公司，不然他肯定身背上百万的债务自杀了。

七八年后的今天，徐成对大学生涯的总结陈词只有两个字，平淡。但四年求学生涯，还是对他以后的人生有着并不显著却也无法回避的影响。枯坐或站立三十二个小时的漫长火车旅行，以及在异地生活上的各种不适应，让徐成一早就打消了四处闯荡的念头，他没有四处看看世界让自己眼花缭乱的欲望，在出生地耗完尚不确定年岁的一生并没什么不妥。这就排除了徐成变成背对着我们发出混不好我就不回来的豪言壮语继而成为成功人士的可能性，因为他缺乏坚忍执着的品质和圆滑狡诈的性格。携带着学位证的徐成站在我面前的时候，没有了以往的洒脱，他不再那么容易暴怒，那不是成熟的表现，他身上虽然还遗留着些许的高傲，可更多的是隐忍。和我一样，作为初入社会的大学生，手脚不知道怎么摆放。那个在长途大巴车因尿急，把尿注射进矿泉水瓶，瓶子装不下又将其歪倒在地，使尿液流满整个车厢，当乘务员前来询问时假装睡觉一脸无辜的大学生形象时常出现在我的脑海中。就是他，在社会的旋涡中晕头转向迷失了方向，逐渐接受且不再抱有爬上岸的念头。

4

报考事业编教师无果后，徐成在某美术培训学校当老师，校长高傲无知和副校长保持着不正当的男女关系，对教师们过分压榨。接连两个月有朋友结婚，刨去份子钱和房租，每月六七百的工资一分不剩还要借债。徐成沉不住气了，辞掉工作，寄居在表哥邓有金家。徐成说人生的第一份工作还是很关键的。短暂的美术培训行业经历，让他再也不想从事这一行当。

这年深冬，穿着单衣的徐成出现在刚下过雪的街道上，犹如死掉几天已经长出的尸斑。残酷的天气没能压住徐成内心对艺术翻滚的热火，几个月后春天来临，他没画出一幅画。那么只剩下一条路，创业。抱着发财的目的，我们在市区租了一套房子。我所做之事忽略不计。徐成将目光瞄准墙绘市场，在洁白的墙壁上涂抹几笔以彰显自己优雅的生活情调正风靡大城市。五线城市相对落后，在不远的将来必定是一个很大的市场需求。徐成斜躺在床上踌躇满志，似乎看到只有手边插满烟的烟灰缸这一生活用具的空荡房间里整齐码满了人民币。几天后，徐成用从家里拿来的五千块启动资金购置了一台电脑，接通网线后，他端坐在电脑前点燃一支烟调整好心态开始创业。半年后的深秋，徐成收获了数千块的外债和因酗酒徒增的二十多斤肥肉。没看到人民币，厨房里倒是摆满了喝光的小绿瓶牛栏山二锅头。多月以来熬夜通宵网游，让徐成的面部浮肿，他胳膊上的烟疤尚在结痂。而我在一番徒劳后，只换来后脑勺上的一块斑秃。

大半年同居的朝夕相处，让我和徐成明白，再这样厮混下去只是加快腐烂的速度，那么分道扬镳，各自找个角落慢慢烂掉，会更好一点。我收拾好行李，去投奔了在青岛工作的女友。徐成搬到另外一个小区，租了个大致容得下床铺的房间，晚上去附近的网吧通宵网游，白天在房间里养精蓄锐。这种黑白颠倒的日子持续到第二年的春天。一年来的自我放弃，耗光了父母的耐心，对儿子刚毕业时的满心期待降低为只求其找份能喂饱自己的工作。徐成在劳务市场找到了一份在商贸城装卸货物的工作，货车载着他和货物，到达地点后徐成像只工蚁将货物放下，然后再去下一个地点。每天十几吨的货物，徐成感受到了活着的痛苦，不再那么麻木了，他的肥肉在逐步消失，然后他辞职了。工蚁徐成开启了他波澜曲折的职场生涯，不要把他频繁换工作认定是追求成功的方式，更准确的说法是，他在被动寻觅着生存的可能。难以捉摸的蚁后无处不在，紧盯着徐成，在两份工作之间的漫长休整期，加重其内心的痛苦，让其一步步降低生活的标准，完全将艺术这个玄虚毫无价值的东西，赶出他的凡胎肉体。朋友们，在广大的劳工阶层眼里，艺术是毫无价值的，它只会让你心存懒惰和侥幸的心理，而这恰恰是社会所不允许的。

　　站在盈科环保公司的生产车间里，徐成扫视着一条条生产线上黏合着的工人们，他们和散发着热量的机器融为一体，不分你我。这样说不对，机器是占据主导地位的，你要按照它的节奏来运动，这意味着金钱，可以让你回到家中从容面对父母和妻儿虎视眈眈的饥饿眼神。在即将成为机器的时刻，徐成退缩了。然后，他和堂弟小超来到塑料厂，干了三天的投料工人，累成了一条年迈的狗。通过求助省城当官的亲戚，徐成来到济南，成为一名国企酒店的工作人员，在二三十层的大楼里，每日跑上跑下送东西和修理物件。其间，徐成和张丽恢复了联系。

多年后，形单影只的两个人怀揣婚姻的念头走在一起，并在徐成父母四处借债在市区购置婚房后，成为合法的夫妻。多亏官员亲戚，徐成成为市区一家生产电池企业的极片修理工，工作内容异常清闲，只需拿着砂纸看哪里不平磨一磨。多年来，徐成感受到了久违的轻松。张丽怀孕了，面对即将出生的孩子，徐成慌张了，不能安于现状要尽快发财，为老婆孩子提供安逸的生活环境。他和表哥邓有金一拍即合，由表哥出资，两个人跑到武汉学习制作辣鸭脖。学成归来后，他们没有冒险在繁华的地段租店经营，而是选择一处偏僻的农贸市场。情理之中，半年后，鸭脖店经营不善关门了。表哥作为出资人，对这个项目失去了兴趣，宣告散伙。

儿子出生，面对日常花销，徐成没有任何选择的余地。他在一家没落的国企当拉丝工人，这个颇有些专业的词语，虽仅有两个字，他却学习了整整一个月才稍微能控制住。落伍的设备让工作内容烦琐无比，徐成辞职不到一个月，这个国企也倒闭了。马不停蹄，徐成又去了惠人化工，工作轻松，但对身体有害，干了几个月攒了一笔生活费后辞职走人。儿子一岁左右，徐成把市区的房子卖掉，在县城买了个二手房。置换房子让徐成手中有几万块可以支配，他的心又躁动起来，是再找份工作，还是自己干呢，这个问题困扰了他大半年，等他做好决定时，钱也花得差不多了。拿着从老婆亲戚那里借来的两万块，徐成和朋友大壮跑到泰安学习果木烤鸭的制作，半个月后学成归来。又过了一个月，烤鸭店在农贸市场开张。头一个月生意火爆，半年的店铺租金已经收回。尽管每天起早贪黑两只手在解冻和烤制鸭子的过程中僵疼，联想到未来的小康生活，徐成喜不自胜。速生鸭在养殖中使用催生剂等负面新闻被媒体曝光后，生意一落千丈。徐成和大壮相互打气，这只是暂时的，过了半年他们总算接受了现实。这一年，不仅没赚到什么钱，还新增了外债。在郊外的小树林里，徐成端着酒坐在我的对面，头颅垂下，再三问我，到底要怎样，我该怎样呢，你总说会好起来的不会比现在更糟了，我怎么觉得生活深不见底呢。两个月后，徐成在恒久化工厂上班，恰逢建新车间，各种杂活都干。三个月的时间，徐成瘦了二十多斤，人也显得精神不少。只是他灰暗的眼神难觅光亮。

5

六七年里徐成就是这样一步步走过来，现在的他体重一百八十斤，留着小平头，脸部略显肥大，面对旁人的询问，他总是先嗯一声，然后头部往外探出一点，眼睛因眼皮耷拉没有神采，等待对方重复一遍。仔细听完对方的话，徐成会习惯性地沉默一阵，然后悄声说上几个字，你从他的嘴巴中得到的答案也都可有可无，让你无话可说。他是个合格的话题终结者。而就此认为徐成是个木讷容易欺辱的胖子，那就错了。每个徐成工作的地方，总有一两个人被他辱骂过，内容不堪入目。被骂者的表现总是当场愣住，然后在徐成拽其衣领时，用力往后躲的同时表达歉意。被激怒的徐成没有善罢甘休，继续问候对方母亲的下体。这类人有个共同的特点，性格开朗以取笑老实人为乐趣，在领导面前总是一副奴才相。而懦弱的本质，又让他们在强硬者的面前夹起尾巴。

去年冬天，下了夜班的徐成坐在沙发上，刚喝了几口塑料桶装的廉价白酒，再次萌生了换工作的念头，不抱希望地在手机上查看着招聘信息。盈科环保公司正在招聘油画师。徐成终于找到一份和自己专业相关的工作，每日在已经打印好的画上涂抹几笔，给人以真实油画的错觉。他没有了以往的浮躁，他偶尔会有动笔作画的念头，却因家庭琐事总是中断。他喜欢莫奈，阳台的画架上，一张人物画几个月也尚未起形完毕。三岁儿子坏掉的玩具车在画架旁边，上面落了一层灰。

七年前的秋天，徐成躺在出租房里面如死灰。右胳膊上因被藏獒咬住的伤口还在隐隐作痛，相比于心灵上的痛苦却不值一提。几分钟前他刚接到二舅的电话，这个善于交际的农村能人，给自己的外甥带来了个好消息。今年负责征兵的干事是他的老同学，有一个面向毕业大学生的名额，送到军校学习两年，毕业后安排事业编制工作。而这个名额，毫无疑问是属于徐成的。徐成几乎要从床上跳起来，他点上一根烟，言语因激动有些语无伦次。而左肩头的狼头文身已经蜕皮完毕，正面目清晰地打量着徐成的居所。他如实告诉二舅。二舅没说话，只哀叹一声。改变人一生的机会只有那么一两次，徐成已经错过了一次，余生他还会等到第二次吗。

孟有武（1986 —　）

　　人的一生没有所谓的最重要的阶段，每个阶段都来自前一个，每个阶段都同样的重要。没有哪个阶段比其他的更加重要。

　　孟有武是我们县城的一名普通外卖快递员，一单五块钱，每天从早上九点到晚上十点，生意好的时候能送五六十单，淡季二十多单，平均下来每天三十多单的样子。所送区域是五公里以内，孟有武骑着后面装着黑色外卖箱的摩托车，每个月要跑五千多公里。老员工告诉孟有武，在送餐的过程中，不要把自己当一个拥有七情六欲的人类，你只是个工具，和胯下的摩托车没有两样。孟有武虽称不上优秀，但尽责，有几次在送餐的路上，因赶时间躲避行人摔倒在地。他瘸着腿扶起摩托车，受到惊吓的老妇走过来，对孟有武说，小伙子，你看你是不是应该把我送到医院检查一下啊。孟有武苦笑，大妈，你横穿马路，我为了躲你摔成这个熊样，我没找你赔钱就不错了。

工作中的烦恼按下不表。孟有武是两个孩子的父亲，女儿两岁，儿子四个月，经历了多年的发财无望后，现实生活的压力切实地摆在面前，脚踏实地以体力换取报酬，也确实是无奈之举。送外卖是孟有武在参加市内公交车资格考试前的权宜之策，家人已经找好关系，只要证考出来，他就是公交驾驶员，虽不至于发财，但比外卖员清闲和体面。

在这一年的送外卖中，中间孟有武干了两个月的工业堵漏。公司给孟有武买了高额的商业保险，经过简单的培训后，跟着一个老师傅去周边县市的化工厂堵漏。工资不高，但不累，给老师傅递工具打下手。危险是难免的，简单的防毒面具，并不能解决什么根本问题。要说危险，你走在大街上也有被车撞死的可能。加缪有言，所谓希望，就是在街道的某处，奔跑之中被一颗流弹击倒在地。他和同事小张（化名）都有离职的念头，两个商量好，小张先走。过了几天，小张没说，孟有武先辞职了。半个月后，我在网上看到当地的一起安全事故的新闻。8月17日18时10分，天津江达扬升工程技术有限公司在山东东岳氟硅材料有限公司氯甲烷车间实施带压堵漏作业时，发生中毒事故，致堵漏人员1人死亡，1人受伤。死者正是二十出头，父母刚给他在市区买了婚房处于求偶阶段的小张。这个出事的工厂，孟有武和小张去过两次，孟有武自知没能力堵漏就走了。如果孟有武没辞职，这次事故他是跑不掉的。

所谓的大难不死必有后福，只是对虚惊一场人们的心理安慰。福无双至祸不单行倒是更贴近孟有武的情况。两个月后，孟有武尚在襁褓中的儿子在一次肺炎中被确诊为先天性心脏病。从县医院确诊不力到市医院的重症监护室，在长达一个月的时间里，孟有武的家庭和儿子陷入了无解中，肺炎治不好无法进行心脏手术，因为心脏的问题所以肺炎不容易治好。心脏缺口在不断变大，本市的红十字会可以免费做手术，却又局限于医疗条件，不能贸然对五个月的孩子下刀。孟有武儿子目前的这种情况，显然不能再等上一年半载。

　　孟有武和妻子牛静守在重症监护室外的那些个日夜，为儿子的病情胆战心惊和对每天两三千的医药费忧虑万分之外，出于对现状反思或者逃避，他们时常偷偷审视着对方，心底泛出了几丝懊悔的味道。这三年的婚姻生活中，彼此都被影响着。孟有武从之前的踌躇满志，逐渐认清了自己，懂得在家庭中为子为父的责任。二十五岁的牛静，三年内两次生产对身体的考验，以及被这对儿女吸吮得日渐瘪塌的乳房，一千多个夜晚的睡眠不足对精神上的摧残，这些显而易见的事情都体现出了伟大的母爱。原本羞怯的牛静，可以把在三分钟内说清楚的两件事与你促膝长谈一个小时，你若不打断还会饶有兴趣继续讲下去。在医院休息的长椅上，牛静对我说，本来我父母都不同意我和孟有武交往，他比我大这么多，可是他总找我，让我偷户口本，从新疆跑到山东来和他登记，连个正经的婚礼都没办，你说我当时怎么那么单纯，就照做了呢。可孟有武告诉我，他送完一天的外卖，晚上回到家中，你还会给他揉肩捶背，他很感动。牛静捂着嘴笑起来。

　　孟有武和牛静是在新疆认识的。孟有武在新疆的山东钢铁公司当司机。河南人牛静的父亲在新疆承包点小工程，一家人也跟着去了。在追求牛静前，孟有武订过婚，女方也是县城的，长得不错，就是个头矮一点。双方见过家长，男方给了女方一万礼金。女方家长许诺婚后买车。一切井然有序。敲定婚事后，孟有武又回到新疆。婚事没成，是孟有武的姥爷死活不同意，觉得女方个头矮，影响家族本就不起眼的身高。悔婚后，礼金也没脸再要。没人考虑过孟有武的感受，在家庭事务中他也缺乏主见。女儿出生后，孟有武去妇婴用品店碰到了这个姑娘。姑娘也认出了他，给了他一个厌恶的眼神。是否可以这么理解，眼看着周围的朋友都已结婚生子，年逾三十的孟有武错失一次机会后，心浮气躁了，在女性匮乏的戈壁滩上，他注意到了牛静，展开了并不符合自己性格的求偶攻势。

　　孟有武不喜欢司机这份伺候人的工作，经理是他特别不喜欢的一类人，挑剔苛刻，事无巨细，训斥完下属后再给颗甜枣，全身散发着国企欺下媚上的气味，在上级那里受虐完毕后，再向下属施虐，偌大的企业便在他们互虐排泄出的体液中湿漉漉地运转着。受虐时间长了，也会体会到快感。孟有武至今视经理为给自己最多关爱和帮助的贵人。得知孟有武回山东老家心意已决时，经理流着眼泪告诉他，不顺心随时回来，这里永远有你当司机的位置。找到一个合适的伴侣是多么的困难，放在工作上道理一致。在孟有武之前，经理不知道换了多少司机。孟有武能坚持下来，是他前面亏掉了十几万，按月要还银行贷款，这里的工资比外面高不少。

2011年，刚大学毕业不久的孟有武，带着发财梦和二十万这两样东西只身来到新疆，在当地县城最好的商场租下店铺卖衣服。商场统一分配导购员，孟有武所做的就是进货和按时去和商场对账。空闲的时间，他窝在租住的地方，上网玩游戏和炒股。离家千里迢迢，人生地不熟，随着孤独滋生的是衣锦还乡的迫切渴望。他炒股被套了几万，把进货款投入到股市中，想尽快涨回来。开始不是很着急，时间长了就没耐性了。恰好这时有人向他推荐炒黄金，架不住这个人巧舌如簧，孟有武把股市的钱套现全部用来炒黄金，两个月后赔得分文不剩。服装店没有了周转资金，很快就关门了。用孟有武的原话，那段时间他的脑袋空白一片，在出租屋里活成了行尸走肉。他换了两个工作，一个是在个人单位，一个是在联通公司兜售手机卡，工资都不高。他从银行贷了十来万，稳住了父母，然后每月还近两千多块。五年后，终还清。

孟有武大学读的警校，先在武汉上的专科，又在保定读的本科。大学毕业后，家里托人找关系，让他考狱警。在体检的环节，孟有武裸足身高不足一米七被刷下来。仕途不通，只剩下经商这条路。孟有武的父亲是贵州人，在铁路工作。孟有武的母亲是本地的，在县城火车站摆摊。三十多年前，小商小贩确实赚钱。没几年，孟有武的母亲和亲戚合伙在火车站附近开饭馆,从不起眼的小饭馆到大饭店。几十年下来,按说钱没少赚,可孟有武的母亲不识字不管账,每年分账到手的只有几万块。饭店两层楼,一楼是大厅,二楼是包间。毕业后孟有武在一楼帮忙管账,每天从账上拿一百块,一月一千多块,账面压根儿看不出来。对母亲说,我舅妈这么多年暗地里克扣了多少钱。

眼看周围的亲戚朋友腰包日渐充盈,孟有武的父母把多年的积蓄交给他,语重心长地说,亲爱的儿子,发挥你的聪明才智,去祖国的大西北淘金去吧。孟有武有过迟疑,更多是对身处异乡的不适感,倒不是对发财缺乏信心,这世界上难道还有比赚钱更容易的事情吗?临别的夏日,我们在小饭馆为其送行,气氛融洽,有人对孟有武的背井离乡表示出了担忧,我不这么认为,我认为他应该走得更远一点,比如出国,或者干脆离开地球,只要能发财,有什么地方不可以去呢,毫无疑问,多年之后,他会满载而归,成为朋友们中率先暴富的。我们会献上殷勤的话语,让他体会到高人一等的优越感。我们的要求也不高,希望他念旧情,把我们从艰难的生活泥沼中拉拽出来。三年多的时间里,孟有武甚少和我们联系,这让我不免对友谊的下场产生担忧,毫无疑问,孟有武发达了,在奢靡的生活中忘却了我们,这真令人痛心啊。我多虑了,相隔千里,孟有武在电话中用虚弱的声音,告诉了我不幸的消息,他不仅没寻觅到半块金子,还背负了巨额的债务。我的声音也跟着虚弱起来,语调悲痛,那些苍白的安慰之词,同时也是自我慰藉。

大学临近毕业,孟有武在市里的某小区派出所实习。白天在宿舍睡觉，晚上开车在四周巡逻到凌晨。多数时间无事可做，偶然也参与抓捕行动。孟有武总是缩在后面，让那些领着俸禄的人民警察冲锋陷阵吧，为了几百块的实习工资一命呜呼了不合算吧。不过他也勇猛过，一个小偷在逃跑的过程中拿砖头拍了孟有武一下，他急眼了，毕竟高中是体育生，他奋起直追，将小偷放倒在地。抓回派出所，一顿打是免不了的，初冬的季节，脱光衣服绑在院内的树上，辣椒水之类依次用上。巡逻时接到斗殴的报警，孟有武和同学会绕道而行，约莫着架打完了，再去查看。一个多月的实习，他碰到的各类治安状况，比普通人一辈子遇到的还要多。大开眼界和丰富人生阅历，让自己潜在的兽性找到合乎常理的宣泄渠道，这都是应有之义。

在湖北，熬过艰难且麻木的三个月军训后，是相对轻松的文化课。大二的暑假，孟有武做了包皮手术，开学后在同学的陪同下，一名从事性工作的女大学生为他举行了成人礼。有个问题至今萦绕在孟有武的脑海中，戴套而做的成人礼算数吗。伴随大学课外生活的丰富多彩是每月一千多生活费的捉襟见肘，一日三餐的减免是必须的，年轻人吃点苦没什么不好的，在泥淖的成人社会中修行才是正道所在。三年的专科后，孟有武来到保定继续进修。与湖北比起来，靠近祖国心脏的保定更能施展他的手脚。增加的几百块生活费并不能解决实质问题，孟有武认识了贵州姑娘小欢。依靠娴熟的足疗技术，未满十八岁的小欢轻松月赚几千块，除去寄给家里，花掉剩下的钱并不容易，孟有武的出现顺利解决了这个难题。他们是这样认识的：

孟有武和同学结伴误入正规足疗中心，做完足疗后在结账的时候，小欢拿着本子和笔跑到他的面前，让他留下联系方式。至此，一段孽缘的幕布拉开。堕胎是此类恋爱的常规桥段，在身上文下恋人的名字也是少不更事的正常表现，互相折磨至分手是必然结局。

　　略过我和孟有武乏善可陈的高中生活，让我们直接回溯对他性格养成至关重要的童年。用孟有武的话来说，上小学之前他是在村里调皮捣蛋每天领着一大帮孩子乱窜的孩子王，领袖气质一览无余，完全不是后来的内敛深沉。父母把他带到青州市区上小学，是他人生的节点。到现在他都记得，死活不想去但没办法。父亲单位的铁路大院基本都是外省的子弟，他们全都干干净净，还讲普通话。反观孟有武，说着方言脏啦吧唧，根本玩不到一块去。第一次在院子里玩，他们拿着石头丢他。压抑的环境中，孟有武逐渐自卑起来，然后归于沉默。尽管后来熟悉了也一起玩耍了，领袖气质自此丧失。

　　半个月前，孟有武的儿子顺利在北京做了心脏手术。因拖欠院方药费，他押了身份证，等网上募捐的一万多块到账。没有身份证，连网吧也去不了，整日窝在租住的地方，吃完饭在附近的小区走一走。每天上午和下午打两次电话，询问募捐款的情况。夜深人静躺在床上，孟有武不由想到，位于儿子肋部因手术留下的疤痕，这会影响到他未来的人生旅途吗。

牛阳（1985 - ）

两年前的一天早上，我和朋友约在市区的书店见面。路边摆摊卖早餐的人力三轮车前围着不少人，一对男女戴着围裙低头忙着做鸡蛋灌饼。我过去排队，和站在人群外缘，手里攥着一沓钱，负责收账的牛阳不期而遇。双方都有些意外。他拿出一个马扎，礼让我在旁边坐会儿，并嘱咐摊主，免费做一个，外加一杯豆浆。突如其来的热情和优待，搞得我有点坐立不安。当时已过八点半，城管规定的收摊时间到了。牛阳站在路边，招揽过往行人的同时，眼神四处寻觅，尽可能第一时间发现执法城管的身影。没一会儿，城管出现，牛阳和摊主夫妻合力推着三轮车跑进身后的小巷中，交钱排队的顾客也跟了过去。

忙完后，我和牛阳在路边抽烟说话。如同多年前，我们的父辈在农忙的间隙，蹲在田间地头抽烟解乏。先前在村里，有几次碰到牛阳，问他在忙什么，他都避之不谈。我说，自己做点小生意，有什么不好意思说呢。牛阳摇头，说我不懂。也没说我具体不懂什么，这不懂又指向什么。后来我意识到，他生怕经我之口，让乡邻们知道他这并不光鲜的营生。自从父亲去世后，牛阳那位消瘦个矮的婶子，时常以关心的名义，散布他不务正业的行迹，诸如三十多的人了没房没车没正经工作，离婚了也不再找个，语气尽管充满了亲属的哀叹，却成功为牛阳树立起了不好的名声。

我们又聊了几句生意上的事。得知他和朋友，也就是那对年轻夫妻合伙经营。牛阳指着身后小巷一处维修手机的沿街房店面说，以前在这里开了个小餐馆，不到半年，不赚钱。我问，你就站在路边，要你有什么用呢。牛阳不好意思地笑起来，辩解说自己挺重要的，比如招揽顾客，而那对夫妻恰好不善言辞。牛阳擅于交际，和在周围写字楼以及商场工作的人（女性为主）建立了良好的联系，中午他会亲自送餐。话说到这份上，我点头认可了他的价值。

那对夫妻每天早上三四点起床准备食材，不到六点三轮车已停在路边。此刻，牛阳从二十里外的家中起床洗漱，步行两百多米到村口。去市区的公交车十分钟一趟，夏天六点多天光大亮，冬天六点多漆黑一片。寒暑之间，视线和温度适宜。牛阳喜欢冬天，天气虽冷，走在路上可以免去和乡邻不必要的寒暄。车二十分钟左右到市区，牛阳下车再步行几百米。开餐馆那阵，牛阳和那对夫妻租住在一起，不常回村。自从摆摊后，下午两三点过后，没有特殊情况（比如朋友聚会，这里牛阳表现出一副朋友太多，不堪其扰的痛苦表情），牛阳就坐公交车回村。在市场上买点菜，自己做点饭，没什么事，就早早休息了。

如此简单的生活，基于先前对牛阳的认知，我是不相信的。作为一个离异男性，儿子不归他抚养。母亲在丈夫去世后，和村里一个同样丧偶的男的搭伙过日子，平时住在男方家里。一个完成了基因传递的单身男性，获得空前的自由后，会如此打发自己的生活，未免有些可惜了。后来每次见到牛阳，我都问他一个人在家里干什么呢。他终于被我问烦了，摆出哭笑不得的表情，说他确实没别的爱好，不过也确实在持之以恒地做一件事。牛阳指着自己的手机，我在手机上斗地主赢话费，我这几年都没交过电话费。并建议我也效仿。

这几年我虽然在村里，却总是碰不到牛阳。作息不同是一方面，况且我们同样不爱出门。尽管我们出生在村里，到了三十多却发现，村子的人和事，已经和我们没有多大的关系，同龄人都散落在外面，和村里的长辈与老人偶尔见面打个招呼，没有生活的交集。离婚后，牛阳从前妻的房子里搬出来，和朋友合伙做生意，也没多大的起色，在外租房是笔不小的开支，只好住在村里。

我和牛阳恢复交往，有别于以往的点头之交，而是重新延续了发小以及同窗的情谊。会这样，有两个原因，一是，牛阳坦诚告诉了我，关于他的事情，包括他之前回避的工作以及个人生活。这是友谊的基础。二是，我向他说出了多年的愧疚。讲述中间，牛阳用不以为然的态度打断了我多次，说没事，都过去了。我坚持把事情说完，这让他有点难为情，因酒精过敏而发红的脸色上闪过羞怯。道歉完毕后，心里的郁结终于消散，以茶代酒和他碰杯，脑海中不停地浮现过往的岁月。

我家和牛阳家在一条胡同，相距不到五十米。他比我大一岁，自小个头比我高，成年后倒身型相当了。从育红班到小学再到初中，我们都在一个学校。小学那会儿，牛父骑三轮车带着我们去镇上，我生平第一次见到三层以上的楼房。小时候的牛阳，手特别胖，手背有四个酒窝。我经常握住他的手，肉肉的，很舒服。这都是因为，牛阳家的伙食好。上初中，要骑自行车去镇上。我每天去牛阳家喊他一起，他妈让我坐下一起吃碗面条。再后来，我们的关系变淡，责任在我。

初二的一天下午，放学后，我和牛阳推着自行车往校门走，围上来十几个人要和牛阳谈一下。我没动，站在一旁看着牛阳被带走。他再回来的时候，身上多了很多脚印，眼睛红红的。一路上，我没问牛阳发生了什么。这么多年过去了，这事一直压在我的心底。后来我看了很多黑帮电影，参加了多次打斗，逐渐明白了哥们义气，以及拉帮结派的重要性。

在很多方面，牛阳都比我早熟。他喜欢上一个大眼睛的姑娘，给姑娘送花时我还不知爱情为何物。牛阳的卧室里贴了好几张郑伊健在《古惑仔》里的海报，光着膀子手持大刀片子。牛阳的脸上开始长青春痘，嗓子开始变声（我升入高中才这样）。

十二三岁，牛阳开始注意服装和发型，知道爱美和异于常人。他抽烟喝酒，走路的姿势不再合群。在学校里，他的发型也独一无二，前额的左边一缕厚长发（并且染成淡黄色），其他的还是短发。老师没令其改变发型，他有别人没有的优势，一块头皮被理发师剃掉，那条五公分的明亮伤疤需要遮掩。

初中毕业，牛阳进了陶瓷厂办的学校念中专。那年头，这是个不错的出路，毕业直接下厂当正式职工，摆脱农民的身份。两年后，陶瓷厂濒临破产，中专的学子们安排的工作，月工资两百，还没有各项福利。有那么十多年，我只是零星从别人的口中知道牛阳的事情，也没有去求证。有一次，我骑着电动车载着老婆，碰到牛阳在路边等车。没说几句话，老婆就催促我赶紧走。不由得羡慕起牛阳，希望能像他一样，一个人在细雨中等车，可以永远等下去。

那些年牛阳没结婚，和他的父亲脱不了干系。牛父生病前，他家刚买了辆天蓝色的卡车，在屋后的空地上建了车库，车进去后我没见它在路上跑过，不久为了治病又变卖了。多年起早贪黑开车跑运输，牛父的肝脏出现严重问题，四十出头正是年富力强的时候，却风烛残年了。他的肝脏割掉一半，剩下的一半也岌岌可危。我经常在黄昏时看到牛父站在集市口，脸色乌黑，骨瘦如柴，两眼深陷如同即将熄灭的烛火。他扫我一眼说话的口气轻微，没有一丝的底气。

我念大学那几年，牛阳在镇上的盈科环保工作，在一次车间蒸汽泄漏事故中，把一只脚烫伤了。春节期间他出院回到家，有个同学喊着我一块去看望牛阳。那阵子我过得也不如意，身体不好，也出院不久，羞于见人。牛阳挂着拐，受伤的脚包裹着，见我们来到，艰难地从沙发上起身。多年没来，牛阳家里的陈设没有什么变化，那些家电依旧是早年家境宽裕时添置的，至今虽然被细心维护，却有些落伍。牛阳的父亲，行为缓慢地为我们端来瓜子，喉咙宛如一口枯井，发出让我们吃的邀请。简单说了没几句，我们就走了。牛阳二十四岁生日那天，他的父亲去世。三年后，我父亲得了肝癌。父亲死后第二天凌晨，我正在灵堂守夜，牛阳走了进来，点上烟，我们说了几句话。在殡仪馆，我接过骨灰，一路上抱着，等到下葬时还烫手，这是父亲留给我最后的温度。这样的感触，牛阳也一定有过。

恢复联系后的这两年，我和牛阳不成系统地又吃过几次饭，和当初的两人对坐不同，后来的几次都是三人，除了我俩之外，第三人并不固定，只有一次是和我的朋友徐成，其余的都是我们从小到大的玩伴。多年来，牛阳在我生活中构成的谜团，也随之被他一一解答。

2004 年，高考结束后的暑假。离开学还有两个多月的时间，我和几个同学在中介交了四十块钱的中介费。几天后，没有找到工作的我们想把中介费要回来。中午我们坐在区医院门口的馄饨摊上，牛阳的妈妈从医院走过来，后面跟着一个胖点的姑娘。牛阳的妈妈抬头看到我，我们友好地点头微笑。牛阳妈和那姑娘自始至终没有说过半句话。多年后，从牛阳的口中，我的猜测得到了证实。这个姑娘就是牛阳当时的女友。牛阳又补充道，我们是技校的同学。意外怀孕后，加上一些别的事，难以继续相处。他口中的别的事，大概也包括父亲患病。

牛阳父亲去世的那天，我也在家。母亲慌忙从外面回来，说看到牛阳家的门上在张贴白纸。我跟了出去，看到他家门口围着不少人。母亲让我去帮忙，我没去。一个找不到工作的大学生，羞于见人是一方面，更多的还是自私，并不觉得周遭发生的事，和我有多大的关系。换个角度来说，也是认为自己对这个世界可有可无。对于这个细节，牛阳没有多谈。但后来，我父亲去世后，他能陪我抽根烟，也佐证我的身上缺乏他的热忱。我没再过生日，牛阳说，也没什么可过的。

父亲死后，卸去压力没人管束的牛阳在市区游荡，健谈的他和不少异性发生过感情纠葛。在一次朋友的聚会中，他见到了未来的妻子，一个星期后闪婚。说到这里，牛阳强调，他当时不知道妻子的家境富裕，比如丈人年收入几百万，还不止。婚后，牛阳也不知道妻子是个病人，每年都要发病几次，在医院花费十几万进行治疗。牛阳又说，当然这些钱对她家来说并不算什么。妻子上初中时出车祸，脑子受伤，不定期癫痫。可以想象，婚后，妻子第一次发病时，牛阳脸上错愕的表情。顺理成章，他有种被欺骗的感觉。等妻子顺利诞下男婴，面对牛阳提出的离婚要求也没多加阻拦。这又给了牛阳另一种错觉，尤其是每逢看到街头张贴的美妇借种生子的小广告。令人生疑的是，他娶妻生子也是在大家毫不知情的情况下完成的，婚礼等环节也一概省略。对此，牛阳的解释是没人操办，自己去做又费心劳神，他也不重视这些，无非就是给亲戚们创造一个场合见面说闲话而已。那些亲戚的本来面目，在父亲生病的那些年，牛阳早就看透了。

随着这些谜底的揭晓，后来我们的话题也只能固定在村中琐事、同学近况、童年往事几个方面。

前面胡同的老成妈脸和脖子上长了瘤子，据说身上也是，家人把她挪到门口晒太阳，太阳照不到了，就在阴影里，等待家人回来再挪到有太阳的地方。牛阳说，那天她和我打招呼，我没听清说的什么。我说，她没几天活头了，你想知道的话，得抓紧问她。牛阳说，我去问，空手不太好，怎么也得带点东西吧。我说，这么多年的邻居，不用这么见外，她也吃不下什么。我们沉默下来。一张张熟悉的面孔，在不久的将来，会逐一消失。如同我们的父亲。我记得你爸爱眨眼。牛阳说，睡眠不足眼水少。牛阳说，你家老爷子有护胸毛。我亮出自己的给他看。

牛阳的婶子前些年脑溢血后身体孱弱，大概也没几年的活头了。牛阳说，毕竟是一家人，她死了我也得披麻戴孝。我问，你会哭吗。牛阳说，哭不出来，也得干号几声，把脸憋红了，和哭过一个样。村里换届选举，我们手握选票，对候选人评头论足。牛阳说，选谁都一个样。我怂恿他也参选，走仕途。我肯定会投他一票。牛阳笑起来，也行，咱也尝下贪污腐败的滋味。

我们和那些同学没什么来往，这个话题最为简短。不过偶尔也有些新鲜的事情。比如，去年邻村的王姓女同学患骨癌去世。前些年，她母亲在冬天的早上，横穿国道时被货车撞倒，天黑看不清，天亮后，人已经被碾压到肢体四散。她那天早上是去找算命先生，女儿婚后几年没怀孕，她一直惦念。她女儿，几年后也跟着死了，没留下任何子嗣。牛阳说，她小学的时候身体就不太好。我说，那时候喜欢她的人不少。牛阳说，我也挺喜欢她的。

前些年，牛阳还热衷参加同学聚会，喝酒唱歌，抱头痛哭。我问，你后来怎么不去了。他说，没什么意思，固定就那几个人。后来听说，有个许姓同学喝酒喝中风了。我说，他上学那会儿篮球打得特别好，赤木刚宪。牛阳说，他这辈子能走路就不错了。也有混得不错的。牛阳问，你还记得老余吗。我点头。牛阳说，他开了两个化工厂，不过人家子承父业，他家里就是干这个的。我们陷入了短暂的沉默，反观自己没什么起色的人生。

追忆童年，我们情绪最为高涨，由于时间过于久远，彼此的记忆出现了不小的偏差，时而产生分歧。我们难以说服对方，在争执中欢笑，然后又坠入失落。幸运的是，每次的争执，都帮助我们唤起被遗忘的细节。比如，刘亮是在小学几年级的暑期淹死在村西头的水坝里。牛阳说是三年级，我记得是二年级。

那天的经过，我们共同的记忆是，刘亮喊我们一起去下坝，我们没同意。刘亮喊了胡同里一个比我们小一岁的刘胜天去的。没多久，刘胜天光着脚跑回来，说刘亮下了水坝，游了一会儿就不见了。我们跑向两里地外的水坝，路上遇到大人，一起赶到时，岸边有刘亮的衣服，水面平静。大人让我们回村里喊人。等我们再赶去水坝，中途就被大人骂回来了。我的记忆中，刘亮被打捞上来后，还站在岸边撒了泡尿。牛阳认为这不可能。后来，刘亮的弟弟出生，和记忆中刘亮的长相完全一致。对我来说，童年的美好，还在于牛阳父母起早贪黑贩菜，给他留足零花钱。他买很多零食，喊我去村后面的麦场。我们在高高的麦垛上挖出洞穴，躲在里面吃得很欢快。

我们感叹时间过得太快，又发现性格外貌以及其他后来附加在身上的东西，都理应会如此，即便再重新来过，也不会有分毫之差。牛阳还是喜欢说大话，乐于充当气氛调节的角色。徐成在和牛阳喝过一次酒后，心情阴郁了多日。他对我感叹道，你这发小真够走运的，老丈人有钱，自己什么都不发愁。听到牛阳早就离婚，前丈人的有钱和他毫无关系时，徐成才松了口气。

在牛阳的诸多性格中，显著的一条是，他渴望被人发现自己的价值，在被利用或者求助面前，他是从不袖手旁观的。他向我夸赞自己朋友众多，此言也是不虚的，把山东人重感情的帽子加在他那四方的脑袋上，也是妥帖的。

2016 年的春节，童年的四个玩伴聚在一起。马兵在北京，带回来新婚不久已有身孕的妻子。卫东胜没多透露自己的事情，我们只知道他至今单身，和少年时的活泼相比，人变得内向拘谨。除了少年时光，近况确实没什么可谈的，多年来，我们在彼此的生活中是缺失的，酒精的烘托下，我们面面相觑，身形样貌退回到二十多年前，桌上的菜肴和酒杯，也变成了弹珠纸牌等玩具。散局时，我们摇晃着身子，走出马兵的家，在北方寒冷的黑夜中，我们约定以后要常聚。约定是真诚的，但确实也没必要进行贯彻执行。有半年的时间，牛阳的微信头像是我们四个人的合影。照片中牛阳面色潮红，一脸羞涩地依偎在卫东胜的怀中。

　　留在农村的只剩下我和牛阳，和父辈不同，农活并不繁重，却也不能弃地不管。牛阳家人丁稀少，除去被征用的地，只留有一亩多，我家里还有五亩。有时农忙，我正好在外地，母亲一人照顾不过来，我就给牛阳打电话。今年秋天，玉米收割后，堆到家门口的胡同里，扒皮后装袋，用绳子拉到屋顶上晾晒。我瘫坐在屋顶，看着牛阳在黑夜中，干劲十足地拉着绳子。我说，抽根烟歇会儿，不着急。牛阳说，这点事，还用得着三歇五歇的。末尾，不忘对我长久脱离体力活动而虚弱的身体进行了嘲讽。

　　农活后，我和牛阳在屋里吃西瓜。他脱下短袖，露出满背的文身。我有些吃惊，拿出手机拍照，问他什么时候文的。他淡然地说，早就文了。这激发了我的好奇心，那些年他究竟在外面干了些什么呢。牛阳说，瞎混。在我看来，这是欲盖弥彰。牛阳补充道，这几年胖了，有点变形，刚文的时候还是挺好看的。我不怀好意地问，能发网上吗。牛阳说，你随便。那文身，状如强子文身的失败案例。蓝色墨水勾勒出一条散架的龙，四周以几个"ΛΛΛΛ"表示若隐若现的群山。学名，蛟龙出水。寓意，这个人刚出道。

董必智（1985 — ）

半年前，董必智想在县城租个门面卖莱芜火烧，问我需要注意什么。尽管我几年前在县城开过店，但并没什么成功的经验可以传授。一年前，董必智问我借钱，碍于同学情谊以及多年前他曾借给我钱，没有不借给他的道理。在这之前我们已经有三年的时间不来往，原因是当时董必智的妹妹结婚，他喊我过去玩，我谎称在外地。董必智认为我不顾及兄弟情义没去捧场，而我倒觉得他为了多捞点份子钱不择手段。两个称不上磊落的家伙，在这份友谊没有再维持下去的必要这一点上达成了罕见的共识。

我和董必智是初中同学，那时他留着平头，圆硕的脑袋歪在脖子上，眼睛眯缝着习惯用余光瞟人，敞怀穿着校服，走姿大幅度左右摇晃，让人怀疑身患脊柱侧弯。他总是当众对老实之人开略显讥讽的玩笑，企图引起大家的哄笑，发觉大家一脸冷漠后，立刻收回脸上夸张的笑容，当什么事都没发生过。而其他人开玩笑时，董必智附和着笑得最夸张，让场面再度尴尬。

这样的一个人，初中四年却几乎没和女同学说过话。2001年我们读高中，不在一所学校，换了新的环境，和旧日的同学保持书信联系，是排解孤独的一种方式。几乎每星期一封，有时两封，内容多是发泄苦闷和对往日时光的追忆。从信中，我了解到董必智所在的高中管理不严格，男女关系混乱，他亲眼看到情侣们在教室里相拥接吻，然后大受刺激四处求偶。讨论如何取得异性的青睐成为书信的主题，董必智开始注重外貌，他留起头发，却因发质枯黄打卷，如同插在脑袋上的一撮坚硬的篱笆。他熟读言情小说并对当时风靡一时的《我的野蛮女友》痴迷不已，本着广撒网多捕鱼的原则，默写台词送给女同学们不在话下。令董必智痛苦不已的是，他炙热的情感没有得到一丝的反馈。他开始反思，认为自己的追求手段太过老土不能体现出真挚的情感和无上的恒心，而我当然不能告诉他症结所在是他本身。

某年情人节，董必智顶着漫天大雪手持玫瑰花乘坐了一个小时的公交车又步行半个小时来到淄博的某个农村。一路上，冻得瑟瑟发抖的他都被自己的举止感动了，不禁畅想他将在空旷的雪地里和姑娘拥吻在一起，因动作过猛娇嫩的玫瑰花瓣散落在雪上，如同鼻血滴在洁净的公厕地板砖上。他在村里的小超市里打通姑娘家的电话。姑娘不愿意出来。在董必智的再三恳求下，两人在人烟稀少的树林见面。姑娘无情地拒绝了董必智的鲜花，并对他的鲁莽行为进行了斥责。董必智委屈极了，目睹姑娘离去的背影，他得出了一个结论，为女人付出感情是愚蠢的。

2004 年高中毕业后，董必智应聘成为附近炼油厂的职工。刚成年的他很快厌倦了朝三晚五的生活，想趁年轻去外面开下眼界。这时我们共同的一位好友从外地给他打来电话，说有个发财机会，让他能带多少钱就带多少钱，立刻赶过来，来晚了就没机会了。第二天董必智就坐上了长途车，他没见到朋友。朋友在他来之后，顺利脱身。之后，每当回忆起这一个月误入传销组织的生涯，董必智总是先问候几遍朋友的母亲。显然，不论从生理还是心理上董必智都遭受到了非人的待遇。经历此事后，他丧失了出去闯荡一番事业的心气，扎根故乡最为稳妥。董必智在钢铁厂谋得一份过磅员的工作，岗位清闲待遇也说得过去，手上有点小权利，时常收到货车司机的香烟。可是年轻人的欲望是填不满的，2007 年他监守自盗厂里的钢材，在拘留所住了半个月。后来家里疏通关系，董必智最终判刑两年缓刑两年执行。

刚从拘留所出来时，董必智头戴与季节不符的帽子，行为举止刻意追求不羁，他在我的房间里走来走去，谁都不放在眼里的架势。我问他为什么理光头。董必智走到镜子面前，几乎将整张脸贴了上去，问我，像个流氓吗。我能怎么说呢，即使他在身上搞几处文身，脖子上挂条大金链子，脸上多几处刀疤，都不会给人好勇斗狠的印象。他只是一个贪恋女色的流氓，不是杜月笙那个体系的。我明白，董必智在向我炫耀，在中国的乡村，违法犯罪在更多的情况下并不丢人，甚至称得上是一种荣耀。哥们我蹲过监狱，见惯大风大浪，不服我们出去练练。只不过，偷盗的层次太低了。

董必智说他早晚要教训一顿保安科长，并邀请我到时一起。我没答应。他有些不悦，你哥们被人欺负了，你不应该出手吗。我说，可是你确实偷东西了，抓你是他的本职工作，你有什么理由教训他呢。董必智说，可你是我哥们啊，你应该和我一起去弄死他。

七八年的时间，董必智从一个不敢和女同学说话的少年成长为以风流为宗旨的青年，从一个对女性抱有美好幻想的高中生蜕变成只想玩弄女性的流氓。对于这一切，你又能讲些什么。过早的进入社会使董必智身上沾染了不良习气，为人世俗现实。对金钱的崇拜和对女色的沉溺，当然这也没什么不妥，人类本来就是这样的玩意儿，他只是面对社会上的种种诱惑没办法做到清心寡欲，他只是因为家庭不够殷实未能成为一名纨绔子弟，他在努力改变这一切，企图让自己的肉体获得足够的快感，他缺少成为一名成功人士该有的素质，家庭背景才识人脉关系通通没有，他仅有一颗不愿向命运屈服的心脏。作为一个在身体和相貌上都过于乏味的家伙，董必智也只有那颗尚在跳动的心脏证明其对女性的孜孜以求。

我重新审视自己，我有必要在董必智对待异性的态度上如此认真吗，装得站在道德的制高点上对人指手画脚，我只是嫉妒他可以放下姿态赤裸裸地追求性爱，他的下流和龌龊太过光明正大，他的人生追求是那么浅薄，想想吧，我对董必智坦诚的低俗看不顺眼，而我还一直追求着坦诚。

感谢科技进步，感谢通信设备的普及，感谢互联网的发展，董必智开始频繁结识女网友，骑着摩托车四处奔波和女人碰面交流直到上床然后再换个目标。每次见面董必智主要的话题都是女人，他不断收到信息然后回复，在没有微信的时代，他的话费居高不下，他学会了节约，用我的手机打电话，一口蹩脚的普通话把自己塑造成一个有情有义的好男儿，他巧舌如簧语言因过于书面化而令人肉麻不已，他开始有针对性地观看韩剧，记住了其中大量的煽情台词，他震惊于自己的记忆力竟是如此好。

在电话中董必智告诉对方他不能没有她，她是如此的美丽使他在人海中只看了她一眼就再也无法忘记她的容貌，他越来越离不开她见不到她就心如刀绞，他这一生需要的就是她这样的女人，只是很多时候他都感到自卑根本不配拥有她这般美好的女子，经过长时间的左右为难今天他终于鼓足勇气向她表白。以上的对白念完，董必智胸有成竹，很明显此女子已经动了心并主动要求约定日期见上一面。董必智已经占据了主动权，他根本没打算和这个女的立刻见面，他打这个电话主要是向我展示一下口才和个人魅力。

2006 年我曾有幸陪董必智见过女网友，获取了第一手的资料。多年来他一直想买台外观和性能更出色的摩托车，据说久居乡镇的女人更喜欢坐在这样的摩托车上谈情说爱。这天上午，董必智骑着他那辆锈迹斑斑的二手摩托车载着我穿过一条条乡间小路来到附近乡镇的一条商业街上。他的心很忐忑，对还未谋面的网友充满期待。他们约定在街对面的公交站点见面，我们在不远处找到一个隐蔽的地方观察。女网友还没到，附近是个菜市场，不时有家庭主妇和老大妈出没。我们一根接一根地抽烟。一个女人出现在站点前，我问董必智是不是她，这女的不错，挺漂亮的，你看这身材和相貌。董必智走过去，佯装看站牌，他刻意不正视那个女人，他本就鬼鬼祟祟的举止因刻意隐瞒而显得不伦不类，垂头丧气像极了刚被阉割的小公猪。董必智没有和女人说话就匆匆回来了，他一脸的失望。他说，我们走吧。我问，怎么了。董必智说，这女的太漂亮了。我说，那不更好，干什么要走。董必智说，她肯定看不上我，想都不要想了。

这就是董必智，一个骨子里充满自卑的乡村青年，长久在女人面前的失败使他面对略微有些姿色的女人就立刻阳痿落荒而逃。我建议董必智最好确认一下，不要无功而返。他拨电话，对面女人没有拿出手机的举动，电话接通了，对面的女人仍在目中无人地等公车。董必智恢复了先前的斗志，他的声音响亮镇定自若。你看，希望对一个人是多么的重要。后来，约见的女人出现，我们性欲全无，董必智和她热情地交谈了一番，字里行间都是日常的生活琐事。董必智表现得十分真诚，对一个相貌并不出众的女子嘘寒问暖，这真是了不起的行为。从始至终，董必智没有任何不礼貌的举动，他们像一对多年不见的闺密，看得真让人心生感动。临别，他们依依不舍地挥手告别，永不相见。回去的路上，董必智说，你知道我为什么喜欢跟女网友约会吗，不只是为了和她们上床，我享受的是和她们虚情假意交往的过程，只有在这里面我才能偶尔尝到爱情的滋味。

在董必智并不丰富的性经验中，他已经察觉到，女人分为两种，一种是好看的，另一种是不好看的。当然，不好看的女人数目占优，若要迅速积累性经验，最直接的途径是降低要求。器官这玩意儿，每个人身上都有。人的一生每个阶段有每个阶段的问题，你无法回避，但必须要有所取舍，甚至有时候要忍辱负重违背自己的意愿，这所有的一切都是为了迎接更美好的女人。我挺佩服董必智的，现在他已经做得非常出色，对任何形态的女人都能全盘接受，这是一种多么可贵的美德。和发情的种猪不同，董必智经历过一段阵痛期，偶然回首往昔，他依然会为自己曾经的高标准而悔恨，并扪心自问，人要多么的粗鄙才会将异性和五官联系在一起呢。

后来，董必智时而向我汇报战果，多数情况下没到上床的环节。不过天道酬勤，几年间，不说收获颇丰，却也值得费点笔墨。夏天在朋友的工厂宿舍里，董必智和一个大乳房的姑娘在床上一丝不挂纠缠得汗流浃背之际，被人开门撞见。董必智就是这么节俭，宁肯借用朋友的宿舍，也不肯多花点钱开房，或许他认为对方的姿色不值得破费。成功让董必智变得肆无忌惮起来。一个在洗头房工作名叫晓兰的姑娘，在他的花言巧语之下，辞掉工作执意要和他生活在一起。洗头房的老板生气了，放出话要卸掉董必智的一条腿。董必智随身携带一把匕首，在恐惧中熬了半个月，人都消瘦了一圈。事情以晓兰重回工作岗位作为了结。

如上文所言，董必智除去花言巧语和脸皮厚之外没有任何吸引异性的地方，他有自知之明却心有不甘，渴望把漂亮的女人搞上床。这可不是件易事。他开始谎称自己是富二代，家里是开矿的，有两家化工厂。他生活清贫，这全都是因为父母信奉穷养儿富养女，他必须自力更生，这便很好解释了他为何在一个钢铁厂上班和骑着一辆不起眼的摩托车。当然，父母总会死在他的前面，作为独生子家产也早晚是他的。董必智顺利欺骗了一个女的，而且还有男朋友。董必智没有和这个女的上床，但这已经无关紧要，拆散一对情侣使他更有成就感。董必智的高光时刻是在网上碰到一个富家女，两人约在宾馆见面。上床之前，他们在是否用套这件事上产生了分歧。女方执意用，董必智不情愿。他只好将套反过来戴上。董必智问女方能否颜射。女方不同意。后来董必智还是颜射了，如同片里演的那样。

肖女士是东北人，个头不高性格温柔，因对自己的面部照顾得当，虽年长董必智几岁，却显得更年轻些。肖女士在镇上经营一间理发店兼卖化妆品，董必智数月如一日在理发店打扫卫生献殷勤，她终于敞开怀抱接受了这份爱，并在 2008 年与其结为夫妻。时年董必智二十三岁，婚姻并没有束缚住他那颗浪子的心。不到两年，肖女士不顾身孕，执意和董必智协议离婚。离婚在如今的乡村并不罕见，只是结一次婚对并不宽裕的乡村家庭本身是巨大的消耗，父母的责备和邻里的异样目光，确实让董必智倍感压力。离异后空前自由带来的快感消退后，他想尽快找个老实本分的女人结婚，倒不是对婚姻生活有多么怀念，更多是为了堵住父母的嘴巴。可是新人迭出，董必智暮色初露头顶着二婚的光环，年轻的姑娘不考虑结婚，年长的要求颇多。我们的董必智感到疲乏，意识到世界已经将其抛弃。只是，这个世界何时又属于过他呢。

感情不顺，董必智先把心思放在发财上。镇周边规模可观的工厂，都留下董必智偷奸耍滑的身影，或因待遇低或和同事不合，短则数天多则数月，他甩手不干，并立志有生之年决不当厂狗。三十岁的董必智，意识到必须要有一技之长，他去济南的蓝翔技校学习挖掘机。学成归来后，又发现没经验很难找到工作。托关系，董必智在一个工地干了大半年，购置了辆五菱宏光的面包车。年底，董必智再次结婚。我受邀参加。如果说上次结婚并不热闹的话，这次可以用冷清来形容。在接亲和闹洞房的环节，大家提不起一丝的兴趣，站在四周，冷漠地注视着新郎董必智和新娘薛女士。三十一岁的董必智去薛女士的家乡莱芜拜师学火烧制作工艺。学成归来后，先在家里试验数日，傍晚在附近村庄集市售卖，得到乡亲们的一致好评。不久，镇中心街道毗邻自行车修理铺的门头挂上一面随风招展的红旗，上面写着"正宗莱芜火烧"六个大字，董必智正式成为个体小老板。

2016 年夏日的一个夜晚，我和董必智伉俪坐在路边摊上，吃着麻辣串和青椒炒肥肠。有必要说明的是，这背景是建立在我的慷慨借钱和董必智的主动还钱上。多年在社会上的历练，让我们同时明白，同学情谊依旧值得信赖。真正的朋友不是伪装自己过得多么好，生怕对方看低自己，而是愿意分享失败和困难。

这个夜晚，在蚊子的肆虐下，我们倾诉这几年的不幸。刚开始做莱芜火烧摸不到门道，火烧卖不出去，只能成堆地扔掉。置办烤炉和各种材料，把几年来微薄的积蓄都投进去了，过年的时候家里还有不到一千块钱。从傍晚在乡村小市场贩卖，到拉着烤炉去各大集市上现做现卖，这中间有半年时间的阵痛期。同行恶性竞争甚至引发吵架斗嘴等糟心事暂且不提，客源主要是农村的中老年妇女，言语的刁难和价格上的斤斤计较是难免的。每天，董必智要凌晨三点起床和面制作火烧，早上驱车十几公里出早市。每隔四天是周边乡镇的集市，他一早用面包车载着烤炉占据好显眼的位置，薛女士打下手，他和面揉团擀平撒上些许芝麻放进烤炉，一系列工序，早已驾轻就熟。忙碌半天，五百多块的进账。薛女士在算术上有些吃力，家里的一切开销都需要董必智精打细算。他戒烟，不常喝酒，对我不管远近都开车不顾及油费的行为痛心疾首。如果说董必智在生活上还有什么野心的话，那就是他认为自己的出众手艺，不应该只局限在乡镇这一级别上，要走向更宽广的舞台，让更阔绰和舍得消费的县城居民品尝到他的莱芜火烧，也借此赚更多的钱。面对这样一位顾家且勤劳的三十岁出头的乡村青年，你需要做的只能是尊重和祝福。

我至今记得，2001 年冬天，高中放了一天假。晚上，当得知董必智也放假在家，我要求父亲骑着摩托车带我去见他。所谓的半年未见甚是想念，就是这个意思。来到董必智家，父亲和董父这两个中年人略显尴尬地坐在客厅说话。在卧室，我和董必智坐在床边，满腹话语因时间有限不知如何开口，只是笑着打量着对方。一直以来，我对父辈们总有个疑惑，怎么活了大半辈子，连个知心的朋友都没有呢。我注视着十六岁的董必智，认定我们的友谊是不朽的，将会贯穿我们的余生。

卫东胜（1985 — ）

　　卫东胜说他父亲死了的时候，已是晚上六点多。卫东胜是我的堂哥，我们同一个曾祖父。前天晚上，我去卫东胜家的新房，敲了一阵门，没有人出来。我从里面打开，径直走进去，天井比村里其他的要小。前些年，推行农村危房改造，政府拨款给村里还住老式土坯房的划地建了砖瓦房。新房建好，村委换届，一些事情没谈拢，闹了几年，直到前不久，二伯一家才搬进新房。屋里没有亮灯，黑乎乎的。我推开门，在客厅的沙发上看到躺着的二伯，卫东胜正蹲在那里给他按摩身体。打开灯，二伯的光头醒目，鼻子上插着氧气管，因过于消瘦，身体显得十分长，占据了整个沙发。卫东胜看到我来，对着我笑。他比我大一岁，我们从小一块长大，上小学和初中。他初中读了两年，上武校练习散打，自此不经常见面。细算下来，这十多年，我们大概只见过三四次面，都是在春节，匆忙一见，说不上几句话。

我坐在沙发旁边，和二伯说了几句话，询问他的身体状况以及说宽心的话，诸如好好养病。对于我的到来，二伯感到高兴，言说自己现在多了一个儿子。少有人来看望他，他有些感动。对于病情，二伯并不乐观，提到我那死了两年的父亲，说他没想到会和我父亲一样。这句话让我有些不悦，但是没表现出来。身患重病的二伯的态度不错，脾气并不暴躁，和我父亲重病时截然不同。

二伯比以往爱笑和爱说，我长这么大加起来和他说过的话也比不上这半个小时。交谈的间隙，他会央求卫东胜把氧气开大一点。对，是央求，而不是命令。卫东胜说，这已经是最大了。二伯说，喘不过气啊。当时我老婆刚怀孕一个多月，二伯说，那我就要当爷爷了。我说，对。卫东胜说，你要养好身体抱孙子。卫东胜尚未结婚。二伯表达了自己的着急。卫东胜说，你病好了，我今年就结。二伯说，病不好也要结。卫东胜说，好。二伯还对未来充满憧憬，是他并不了解病情，还是故作姿态，这我无从得知。一会儿，二伯嘴巴里发出呻吟，他问卫东胜，能否再给他按摩身体。卫东胜爬上沙发，双手揉捏二伯皮包骨的身体。

氧气没了，我说村里有户人家卖氧气瓶。卫东胜用独轮车推着氧气罐去换气。春天，村道路两旁的樱花盛开，空气中弥漫着香气。卫东胜问我平时和村里谁来往多些。我说，你们都在外面，也不认识谁了。氧气没换成，那户人家是工业氧气。

回去的路上，卫东胜问，这怎么办，村里的卫生室也没有。我说，只能等明天了。

二伯是下午两点左右去世的，尸体没放进棺材里，躺在客厅的木板上，木板下面由几个马扎支撑着。堂姐和伯母坐在沙发上，屋子里弥漫着一股焚烧黄纸的味道。磕完头，我和卫东胜去村委大院，拉来那副全村公用的棺材，将二伯放进去。

本族的其他人没有过来帮忙，我去找大伯（二伯的亲哥）。大伯性格内向，从我记事起田里的农活不管，也不出去工作。这几年，六十多岁，身体僵化，上厕所都要他人脱裤子。平时没人把他放在眼里，现如今亲弟弟死了，作为长辈他被人记起。在他的一生中，除了儿子婚礼当天拜堂之外，被人簇拥的机会也就这么一次了。大伯坐在椅子上，僵硬的身体缩成一团，神情怯懦。大伯颤巍着，伸出手，指着两个儿子说道，你们谁要是敢去，我就死给你们看。父亲在世时早就料到会是今天这个局面，当时嘱咐我，不管其他的族人如何，但凡卫东胜家有什么事，我们不能袖手旁观。

两家结怨的陈年往事再次提起，不是什么深仇大恨。我没出生前，大伯和二伯住在老宅，共用一个院子。为了鸡毛蒜皮却涉及尊严的事吵闹。比如今天鸡越界跑到对方的院子那边吃东西，明天谁家炒菜的锅不见了。大伯母在院子里碰见二伯母，便上去抓住头发一顿厮打。大伯母体力活干得多，身强力壮，总是处于上风。二伯母不干农活，没锻炼出力气来，只有被打的份。大伯母是个罗锅，说句不好听的，大伯这种懒汉，能娶到老婆实属不易。二伯母人倒长得俊俏，但是不会过日子。大伯沉默寡言不事劳作，年龄很大也没找到媳妇，本来大伯母是介绍给二伯的，那年代讲究长幼有序，当哥的没结婚，弟弟怎么能跑到前面去。二伯把媳妇让给了大伯，这个说法也成立。我有时在想，如果当初二伯和大伯母组成家庭，两个如此勤俭持家的人，日子过得定不会是如今这幅光景。

　　卫东胜家是村里最后住进砖瓦房的。政府把房子盖起来后，需要交付五千块，这已然不错，盖砖瓦房没有十万块是下不来的。他们迟迟没交钱，等到村里换届选举，新的村书记上台，改变了主意，要交一万块才允许他们搬进去。二伯家不交，和村里闹了很长时间。二伯母把揭发村委的材料送到镇政府，镇政府的工作人员找村委谈话，问题要妥善处理不要闹大。村委没让步，还扣下他们一家的福利，逢年过节发放的米面鱼肉，都没他家的份。向镇政府揭发不成，二伯母又到区政府，门还没进去，村里闻讯赶到，用车拉了回来。她还想过要去省里，省里不行就去北京。二伯制止了。

　　二伯一家在村里少与他人来往，大年初一拜年，他们也从不参与。二伯母有时找我母亲聊天，觉得乡邻都在针对她，抱怨咒骂他们，污言秽语，不仅这辈子死不出好死，下辈子也猪狗不如。母亲劝说她不要在意那么多，有什么用呢，只会让自己生气。母亲对二伯母的话感到厌烦，便躺在沙发上闭目养神，剩下二伯母在那里不停地说，等她感觉无趣自行离开。二伯母说话独特，语调低沉，话语密集，外人很难听懂她在说什么。

母亲说，你又不会说话，来回絮叨，本来是你占理，也不是你的理了。二伯母停下，脑子捋不顺，又说起二十多年前的旧事。

二伯母供奉菩萨，信佛之人讲究宽恕，这在她的身上没有一丝的体现，她诅咒大伯全家不得好死。二伯母手巧，擅长针线活。现在二伯死了，她的巧手派上了用场，端坐在客厅的沙发上，守着棺木，在《地藏经》的伴奏下叠元宝。金灿灿的元宝，逐渐占据着四周的空间，二伯母身处其中，默不作声。

小时候，我去卫东胜家玩，经常见二伯母在作画，水彩画，色彩艳丽，人物栩栩如生，所画对象大多是神话传说中的人物，比如菩萨八仙过海之类。潮湿阴暗的土坯房子的墙壁上挂满了二伯母的画作，由于作品太多，有些只能收起来。这些画作带给人美的享受，却没带来任何的收入，画纸和颜料也是一笔不小的支出。不干活贴补家用就算了，还乱花钱。这些年来，二伯和二伯母的关系并不融洽。二伯母埋怨二伯为人老实没有能力发家致富，二伯责怪二伯母不操持家务连饭都不做。

二伯母执意让卫东胜练习散打，初衷是为自己报仇。某年，二伯母被大伯家的两个堂哥打断了几根肋骨。二伯母腰部戴着自制的帆布护具，弯腰走路，像是个老太太，更多的时候，躺在床上唉声叹气。天井的大树下吊着一个沙袋，里面装着没有筛过的沙子。我打了几下感觉疼就不打了，卫东胜打得很起劲，手背被沙子划破血流不止也不放弃。二伯母从房间里走出去，督促卫东胜不要偷懒，要练出一身好武艺，替母报仇。卫东胜拿过几个散打比赛的奖牌，但是并没有替母报仇。现如今，卫东胜一米八多的个头，眉清目秀，说话慢吞吞，身上看不到多少的戾气。

卫东胜在外多年，具体做什么大家不知情，他的父母也说不明白。仅有的几次碰面机会，我问他，他含糊其辞。这不禁让我产生了许多遐想。基于卫东胜有散打的底子，他参加了帮派，给人做打手或者是保镖之类的。但这似乎也说不通，果真如此，父母在老家受人欺辱，他岂会忍气吞声。另外一种可能是从事色情服务，卫东胜也的确有这样的外形条件，和那些时尚杂志上的男模相比，他并不逊色。这样也说不通，色情服务是个高收入的行业，如果是的话，卫东胜日进斗金怎会让自己的父亲没有得到更好的治疗，还欠了外债。

卫东胜说他在一家洗浴中心从事管理工作，在外面花钱的地方多，这么多年下来，没攒下什么钱。他有出众的外表，为何连个老婆都没搞到手，是因为穷吗，但不重金钱只重外观的女人应该还有吧。堂姐卫宁，这个曾经因在体校早恋被开除的运动健儿，如今三十五岁尚未结婚。给她介绍的对象已经从适龄青年变成离异带孩子的。卫宁没兴趣，她身材高挑相貌不丑，心高气傲。一个男的找不到老婆可以理解，一个女的嫁不出去，就有点说不过去了。这也由不得闲话四起，说她在外多年私生活不检点失去了生育能力，诸如此类的猜测太多了。

我说这么多究竟要干什么。为二伯凄凉的家境和不成气候的子女感到惋惜，或者供诸位进行嘲弄吗？这是以上叙述所带来的额外反馈，我只是作为亲历者陈述事实。我何尝不希望二

123

伯家境殷实，他的子女在社会上混成体面人，让那些多年瞧不起他们的左邻右舍只有啧啧羡慕之份。很遗憾，一个家庭无可救药呈现破败之势，亲人阴阳相隔。二伯躺在棺材里，对周遭正在发生的事情毫不知情，料想不到，他的妻儿正在为如何按部就班不出任何差错将其尸首火化骨灰埋进土里而犯愁。

必要的民俗陈规还是要遵守，亲人离世的悲恸退居次席，为了顺利发丧，要有充足的人手抬棺木，最好从本族中选，求助于外姓族人会被人耻笑。大伯的两位哥哥，于情于理都应该参与进来。我提议让二伯母放下先前的矛盾，以二伯能顺利发丧为重，由她亲自去和大伯讲和。二伯母态度有些松动，在我们的簇拥下向大伯家走去。随着离大伯家越来越近，二伯母脚步犹豫起来，掉转头往回走。二伯母说，这两个混蛋玩意儿以前把屎抹在我做饭的铁锅里，这事我到死都忘不了，让我向他们低头，门都没有。我站在原地，为胁迫一位刚失去丈夫的老妇丢掉大半生的仇恨而羞愧难当。

一个人但凡死了，不管场面是否体面，被火化以及埋葬是必然的。二伯以一种与他生前相匹配的情形，化为灰烬。

春天，二伯死了。入夏，二伯母平整家门口的地面时摔倒，膝盖磕在石头上。民间迷信，家中死了人，三年内诸事不顺。如果二伯没死，家中的大小事务就不用二伯母费心，不用去平整地面，膝盖也不会受伤。二伯母认为，她受伤是前邻堆放的石头占用了道路。受伤后，母亲去看望她。坐下说了没几句，二伯母又说起陈年旧事。这对同样丧夫的农村妇女，说不到一块。一个还沉浸在丧夫的悲痛中，另一个已经逐渐适应了寡妇的生活。母亲丢下一句话，这才刚开头，不顺的日子还在后头。

二伯母拄着木棍，虽说走得慢一点，还能活动。前些年，她翻阅《本草纲目》，自学中医。治好二伯的胆囊炎后，对自己的医术刮目相看。二伯刚查出癌症那会儿，在医院住了没几天，不信任现代医学更是担心医药费，出院回家。二伯母熬中药给二伯喝，直到临终。如今，二伯母自我治疗，对儿女送她去医院的行为不予理睬。刚开始喝，上吐下泻，原本的膝盖疼转移到全身的关节，她下不来床，认为有几味药镇上没有，药效没发挥出来。她坚持熬中药，满怀希望喝下去。她再也没恢复到直立行走的状态，股骨头坏死，全身浮肿。

常年不回家的卫东胜和卫宁，交替着先是每月回来一趟，再是半个月，备足蔬菜、馒头、面条等生活用品。费周折，也影响工作。这样过了一年多，二伯母失踪了。村里打电话，她也不说在什么地方。失踪前，发生了件事。二伯母先前和村委有过节，上访过几次。村里再有上访的，拉着坐轮椅的她去充场面。有时在政府门口等几个钟头，二伯母尿裤里也没人管。寒冬腊月的一天深夜，家里的玻璃被人砸了。二伯母蜷缩在沙发上，在电热毯散发的微热中，听着呼啸的北风，一夜没合眼。

春节，卫东胜没回来。夏天，村里传闻卫东胜进去了。我给卫东胜打电话，没人接。入冬后的一天，我接到卫宁的电话，证实了传闻。卫东胜在莱芜的一家洗浴中心干了半年的会计，两年后，在一场扫黄打非的运动中，他作为涉案人员关进了看守所。这是七个月前的事。镇上的人下来调查，卫东胜是否适合缓刑托管。卫宁找到我和堂哥卫东超配合。问到卫东胜的情况，我如实回答，他很少回来，确实不知道他这十多年在外面做些什么。几天后，卫宁说镇上不托管，要找别的地方接收。为了这些事，前后花了几万块钱，后面还要用钱。卫宁说她想借高利贷。

半年后，我和卫东胜在世纪路上吃烤鱼。他出来有段时间了，人看起来精神了不少，和以往在村里见面时不同，他没那么拘谨。在外面待久了，回到村里整个人的气场都变了，众人的关心说到底也都是些责问。衣锦还乡当然能从容面对，还会期盼有人来问，没人问自己也会找机会去谈。这么多年过去，不欺少年穷在卫东胜的身上也不适用了。

和卫东胜见面，本族兄弟为其接风洗尘是一方面，对他在看守所的遭遇，我也有兴趣了解，甚至偏重后者。面对我的好奇心，烤鱼还没端上来，卫东胜先说起来。上次他如此健谈，还是 2001 年的秋天，我刚上高中，他还在武校四处打比赛。秋高气爽，我们坐在他家院子里，被金灿灿的玉米包围，他向我描述电影《少林足球》里的情节，神采奕奕中夹杂着开怀大笑。后来看电影时，和卫东胜描述完全吻合。十六年过去了，卫东胜描述在看守所的一年多，他不激动也不抱怨，点缀其间的脏话，没有咒骂政府的意思，也不是对命运不公的扼叹。人生履历加了这笔，那就接受。

一个号里三十多个人，一张木板，躺下前胸贴后背。新人按照规矩，第一天晚上蹲在门口守夜。再进来新人，接了卫东胜的班。每个号子都有号长，负责维持秩序和审问盘问新人。卫东胜犯的事不大，也谈不上不光彩，加上他态度老实，没受到刁难。几天后，进来一个壮汉，不守夜，说他连交警都敢打，还怕你们。打了一顿老实了，第二天申请换号，没走成，又打了一顿，没脾气了。也有交代问题不说实话的，有个男的，四十多，说自己是诈骗。从管教那知道他是强奸犯。熄灯后，交代完作案的细节，递给他一个枕头，当作他母亲，示范作案过程。一次不合格，再来一次，派人跟着学。哭也没用，边哭边做。

时间久了，卫东胜和同姓的小卫成了朋友。小卫二十出头，莱芜本地人，发现女友和别的男的睡在一起，把女友杀了，捅了十几刀。众人帮助小卫分析，有说判死刑的，有说走关系可以死缓。小卫话少，和卫东胜能说上几句，说得最多的是和女友养的那只叫"火烧"的小猫，不知道过得怎么样。夜里睡觉，总能听到高跟鞋咔咔走路的声音，这片区都是男的，起初卫东胜以为有女的，想入非非过几次。后来听资历老的人说，十几年前，这片区只关押女的。有个女的在结婚当天，身上穿着婚纱，因涉嫌杀人被抓进来。死刑下来，被拖走的时候，一路上喊冤，红色高跟鞋掉了一只。从那以后，夜里就有了高跟鞋的声音。

卫东胜说，还是在里面好，无忧无虑什么也不用想，生活也规律，早上起来吃饭，然后叠手套（吃烤鸭用的那种薄手套），午饭后休息，下午继续叠手套，五点多吃完饭看电视，只能看中央一和中央三，中央三就那几个小品重复放，冯巩蔡明还没有赵本山，把人都看崩溃了，要不就是《回声嘹亮》，全是民歌和中国梦什么的，七点准时看《新闻联播》。就是晚上睡不着，三十多个人挤在大通铺上，侧着身子也睡不开。

临出来的前一天，卫东胜和小卫比赛叠手套，他一不小心叠了三千多副，创造了所里的纪录。说到这里，卫东胜笑起来，晚上，我给自己点了份小炒，带肥肉片的。他沉默片刻，说道，也不知道小卫是死刑还是走通了。

如今，卫东胜是一家跆拳道馆的教练，试用期工资不到两千，最近他在考教练资格证。他和二伯母租住在市区的一个三居室里。二伯母的身体挺好的，还是坐轮椅，能自己做饭。我说有空去看望，至今也没去。卫宁在外地工作，具体什么地方没说，不常回来。缓刑托管的派出所在市区，他每天上午和下午发送定位，证明自己没离开管辖区域，每周去报到一次，递交一份思想汇报。接下去的两年，都要如此。工作上，除去教课，就去街上散发传单，拉生源。这是卫东胜的生活，三十四岁，不知道这样的状态要持续多久，或许无亲无故更好些。先忍过去再说，这是他的原话。

卫华邦（1986 － ）

　　下午三点多，卫华邦抽完烟坐回椅子上，意识到今天不会再写出点什么。他坦然接受，穿上衣服，准备出门接女儿放学。这样的状态，已经持续了几年。三十五岁的卫华邦，正处于写作事业的瓶颈期。每年时而有作品在刊物上发表，也都是之前的存货。有评论家写道，卫华邦这几年的创作令人失望，不仅没有丝毫的进步，还越发稚嫩，和新晋的几位小说家相比，不论在格局还是完成度上，都不是一个档次。文末，评论家痛心地指出，如果卫华邦再这样停滞不前没有令人信服的新作问世，被文坛抛弃和遗忘是唯一的出路。看到这里，卫华邦笑起来，言外之意文坛曾经接纳过他，似乎还准备给他预留个位置一样。现在，卫华邦要被挪出去，腾出位置留给后来人。

路上，卫华邦回顾了自己接近十年的文学道路，出过几本小说集，虽不至于让出版社赔钱，但也称不上畅销，带给自己的收益更是微薄。他受邀参加过几次所谓的培训班和研讨会，大多是陪客的身份，在会毕的合影留念环节，他也识趣地躲在角落，脸上挂上几丝微笑表示尊重。刚进入写作这个领域时，他在一次民间小说比赛中，得过一次奖，奖金让他坚定了写作这条道路。之后，他奋笔疾书，质量暂且不论，单从数量来说，倒也对得起自己。因作品格调不高的原因，他从未得到过官方大小各异的文学奖认可，入围过几次，让他兴奋过一阵，最后换来的是更大的失落和愤慨。

　　这几年，卫华邦深居简出，作品发表有限，相熟的编辑约过稿，面对陈年旧作，几次之后便不再叨扰。写作上的朋友关心卫华邦，问他是否生活出了变故，怎么突然不写了呢。这让卫华邦不无悲哀地意识到，自己的生活确实出了问题，那就是即将人到中年，却无甚变故。

　　妻子上班，早上七点多出门，晚上没有准点，有时十点多，很少准时到家，不是加班就是公司聚餐，免不了喝上几杯酒。此时，卫华邦已经哄睡了女儿，躺在沙发上看娱乐节目，听到楼道中响起脚步声，他立刻从沙发起身，来到电脑前，托着下巴扮作苦思冥想状，并在妻子进门换鞋之际，敲打几下键盘，用以表明自己并未虚度时日。妻子虽时常抱怨工作，却已无辞职在家靠卫华邦为生的妄想。

　　前几年，卫华邦刚在文坛博得一点可怜的名声时，妻子倒是幻想过安心当一个知名作家的贤内助，不外出工作，摆弄下画笔圆一下年少时的画家梦。男人是靠不住的。妻子总是把这句话挂在嘴边。不仅男人靠不住，自己也未必靠得住。卫华邦为妻子能这样想，感到欣慰。对于自己的文学作品，妻子早已失去了阅读的兴致，更不会去询问。但卫华邦知道，妻子内心中一直盼望着他能突然某一天告诉自己，他耗费了几年的时间完成了一部恢宏巨著，博取大名和留名青史都是应有之义。如果说这是她对家庭生活的唯一念想的话，有些欠妥。不过这倒是她对丈夫感到厌恶的出发点之一，身为一个作家（如果还称得上的话），对文学失去了应有的追求，不论怎么说都有些可耻，即便是能力有限写不出巨著，憋点欺世盗名的东西出来，这要求不过分吧。可卫华邦呢，一天到晚也不知道在做些什么，不热衷于外出参加活动，对夫妻之间的那点事也看淡。他是个废物。最终，她只能这样宽慰自己。

女儿还在上小学，复习功课的事自然落在卫华邦的身上，在他看来学业并不重要，所谓的全面发展也都是托词，他常对女儿说的一句话是，差不多就行，不需要刻意追求什么。讨厌的是，女儿倒挺积极的，对自己严格要求。这样也好，除去每隔几个月必要的感冒发烧，女儿不需要卫华邦太过费心。

年迈的母亲，除去该有的老年慢性疾病需要每日服用药物之外，她越来越少言寡语，孙女上学后，她选择独居过活，前几年还念叨二胎以及孙子的问题，见卫华邦毫无行动力后，彻底失望，把注意力完全放在自己身上，控制饮食和按时运动，尽量让时间在身上停留得久一点，久到多参与几次熟人的葬礼。

如果说卫华邦这几年还有什么收获的话，就是在自处的过程中，对自己有更深入的了解。置身于旁观者的角度，对自己有了新的发现。身材臃肿，表情木讷，走在路上尽量靠边站，不要影响到其他人的怯懦中年人。与陌生人有限的交谈中，卫华邦总是欠着身子，客气语频出，希望对方能感受到来自他的善意，也期望对方把他当作一个人物。令他遗憾的是，对方并不总是有他这般的意识，语言粗鲁态度鲁莽是难免的，这总让他感到气愤，却碍于面子，不表现出来。事后在心里琢磨，到底是哪个地方出了问题。深究下去，为何对方会这般无理呢，是他卫华邦让人无法重视起来。

这个发现，让他难受极了。他用了三十多年的时间，把自己活到了可有可无的地步。要命的是，多年来靠写作积攒下来的存在感，也面临着严峻的考验。即便如此，卫华邦也没有为了受到重视，再写出点作品的迹象。不是他不想写，他在尝试，却总以失败而告终。换句话说，如果以获得重视而进行创作的话，本身这个出发点就十分值得怀疑。这不应该在他卫华邦的身上出现，倘若被忽视是生活对他的馈赠，那么他需要做的只有接受，而不是再继续抗争。对生活有所企图，并且富有心机地去争取些什么，不是他的作风。

卫华邦期待自己能重拾对文学最初的感觉，抛弃掉所有的功利性的因素，单纯从爱好谈起，也不要说什么文学理想，生理性的渴求怎么样，难道不应该如此吗？他想拥抱文学，为此他重新阅读青年时期给予了心灵冲击的文学作品，却又遗憾地得出一个结论，他永远不会写出这类的作品。而阅读自己之前的作品，又让他瘫坐在沙发上流下了眼泪。他不得不承认，自己是平庸的。不是现在平庸，是一如既往的平庸。他为过去不知羞耻追逐文学理想脸红。如果说当时他还年轻，总是对生活饱含无知的热情，那么现在再这么赤诚地进行下去，就只能是厚颜无耻。

　　这天晚上，遵照这几年来的生活作息，卫华邦准时在凌晨三点醒来，他躺在床上进行了以上的思考，做出了一个决定，天亮之后要清洗掉作家这个身份。这个决定，让他欣喜不已。如果你们对卫华邦的未来感到好奇，在这里我可以透露一点。后来，他再也没有失眠过，尽管一直保持着阅读的习惯，却再也不会下手写点什么。卫华邦走出家门，干过许多营生，多是你走在街上能遇到的，比如交通协管员、停车场收费员等，他变得乐于和人沟通，整个人也开朗了起来。

刘长江（1991 — ）

1

　　早上我去村委帮母亲领养老金，出来的时候在公路上碰见一个男的。他喊住我，你认识我吗。他又瘦又黑，戴着眼镜，眼神倒是很活跃。他手里拿着一根烟，问我有火没。我拿出打火机，递给他。他将烟点燃后，问我打火机还要不要。我说，你要用就拿着吧，我还有。他将打火机放进口袋里，再次问我，你真想不起我是谁了吗，你是我哥的儿子对不对，我是长江。他还提了几次我那死去父亲的名字，以此佐证他是我长辈这一事实。自从我父亲死后，极少有人在我面前提他的名字。父亲从刘长江的嘴巴里出来，伴随着他欢快的语调，完全不像是死人。刘长江又问了我在哪里工作之类的，并说有时间去找我。

我随口答应下来。道别后，刘长江走了几步回头看我，露出微笑。回去的路上我又想了下刘长江，关于他以及他家的事情，逐渐浮上来。刘长江比我小六七岁，现在也就二十出头，但看起来像是三十多，皮肤是那种在阳光下暴晒后的黝黑。他七八岁的时候，母亲喝农药死了，过了没多久他姐也疯掉了。

刘长江的姐叫刘燕，和我姐是同学。我小的时候刘燕来我家玩，坐在客厅和我姐说话，我姐这个人话不多，都是刘燕一个人在讲，讲起来没完没了，我姐就坐在一旁听，也不知道听没听，反正她就是不发表意见。后来我再也没见刘燕来过我家，可能是我姐在外求学，不经常回家。或者是我姐根本没有把刘燕当作朋友，这一点是我在刘燕疯掉后想到的。反过来结合总是刘燕说话，我姐一点参与的兴趣都没有，她俩的友谊是多么的可疑。

刘燕疯掉的那几年，我在上大学，假期回家，总是看到刘燕穿着一身黑污的棉袄站在村口，盯着过往的每个人看，露出愉快的笑容。我问家里人，刘燕怎么疯掉了。家里人倒是显得很平静，已经疯掉好长时间了，只是我不在家不知道而已。关于刘燕如何疯掉这件事，说法不一，但基本上和刘燕母亲的死有关。刘燕的母亲生病后，就在家里躺着也不去医院看，不是她不想去，刘燕的父亲不带她去。后来刘燕的母亲挺不住了，身体是一方面，更多的应该是精神上的，自己的丈夫打定主意让她等死，还能怎么活下去，瞅准机会喝农药结果了自己。

刘燕认为母亲完全是被父亲逼死的，父女的关系紧张。父亲打刘燕，时间长了，刘燕就被活生生打得精神失常了，有家不回，终日在村子里游荡。刘长江被父亲带到外地去上学，不经常回来，刘燕一个人在村子里走，肚子饿了就去垃圾堆里捡吃的，有时候村里人碰见了，就给她拿点东西吃。刘燕成了疯子这件事，又持续了几年。我每次看到她的样子，总觉得她活不了几年，吃的不卫生，也没个遮风避雨的地方，以常人的思维，肯定会生病，继而死掉。奇怪的是，刘燕这样生活了几年，也没事。直到有天，发现很久不见刘燕站在村口冲人傻笑。

刘燕再次被人提及时，我已经大学毕业，一时半会儿找不到合适的工作，就在家里待着，除了去村里的超市买烟极少出门。有天下午，我去超市买烟，有个个头很小的妇女向我打招呼，说我是那谁吧。我说，对。她问我，你姐姐现在干什么呢。我就把我姐姐的情况说了下。她说，好几年没见你姐了，还挺想她的。我笑了笑。这女的走后，我纳闷这是谁呢。她就是刘燕，我很吃惊，她变成了正常人，还是那么多话。

2

几天后一个晚上，我和刚怀孕不久的老婆去小商品街买西瓜。走到美食街，刘长江迎上来问我，你去哪里了，我刚才在街上走了几个来回看见你店里关着门，还以为你不在，刚好在这里碰见你，去你店里坐一坐吧。我被他的一连串话搞得有点蒙，旁边的老婆一脸疑惑看着我。我向她介绍了下刘长江。刘长江又说了一些话，他不愧是刘燕的弟弟，话说起来没完没了，不容别人有任何表达的机会。他说什么要洗澡之类的。我说，店里没有办法洗澡。夏天我们平时也只是把水放在脸盆里，用毛巾擦拭身体，如果要是淋浴的话，真是不行。刘长江解释说，不是要洗澡这个意思。那是什么意思呢。没等我问清楚，他已经把话题扯到别的地方了。

我们来到店里，把西瓜切开。刘长江从塑料袋里拿出沙琪玛，问我们吃不吃。我们说不吃。老婆在电脑前坐了一会儿，觉得无趣便先上楼了。我和刘长江在店里坐着，说了几句话。他在店里看了看，问有没有合适他穿的衣服。我说，全都是女式的，没有你穿的。刘长江问，为什么不进点男式的衣服呢？我说，男的买衣服没有女的频繁。刘长江问我有没有烟。我拿出烟，他刚要点上，我说还是去外面抽吧。我和刘长江站在店门前，这条街上的店铺都已经关门，店和公路之间是十几米宽的绿化带，路灯光让茂密的树叶挡住了。

刘长江开始关心起店的情况，问我为什么不把招牌做成LED，这样过路的人都能看到，不会像现在这样黑灯瞎火都不知道这里还有个店。我敷衍了几句。刘长江对我的态度不满，在他看来他提的这些意见都非常有价值，能保准让店经营更好。他还说我应该把前面绿化带里的树砍掉，它们遮挡了视线，路人不容易发现有这个店。我不想浪费半点口舌，只是点了下头。或许是我的这个态度，让刘长江有了诉说的欲望，他紧接着又提了些意见，比如让我印些宣传单到对面的电影城去散发，又或者多进货，现在店里的东西太少了，要给顾客更多选择的机会，还有些其他的，我就没再听。我实在是忍不住了，将店玻璃门上转租的广告指给他看，我们已经打算转手了，你说这么多有什么用呢，你根本不了解情况。

我打断他的话，问他在哪里上班。刘长江愣了下，说现在还没找到工作，最近在劳务市场打零工，前两天刚给人卸了几吨的煤，虽然累点，但是自由。说到这里，刘长江把话又转到我的身上，问我为什么不找份工作，两个人守着一个店完全没有必要，你可以另外找份工作，这样多一份收入呀。我说，你就不要替我担心了，我有我的活法，你先担心下自己，行吗？刘长江说他知道我干什么，你在写书对不对，最近你在写什么题材。刘长江向我身边靠过来，眼睛盯着我，你知道吗，你可以把我的经历写一本书，我这几年的经历完全能写够一本书了，你不知道我这几年都是怎么过来的，很传奇的，如果你认真写的话，我可以保证这一定是本可以传世的书，放心我不会向你要稿费的，你看这样好不好。我笑起来，看着刘长江这张极度认真的脸。他问我笑什么。我说你根本不懂，隔行如隔山，这个道理你懂吗，你为什么要搞得自己什么都懂的样子。刘长江叹了口气，整个人纠结起来，你根本不了解我，我不是这种人的，我不是不懂装懂，我是真的懂，你别看我年龄比你小很多，但我在这个社会上摸爬滚打这么多年，经历过的事情比你多。

我最担心的事情还是出现了，他开始讲这几年的经历。说完自己的经历后，刘长江开始展望未来，他要建个化工厂，开个大酒店，搞个墓地。他还说了些其他的，听起来都很宏伟。

也就是从这一刻起，我觉得刘长江的脑子多少有点问题。不是说刘长江这些听起来不切实际的想法，年轻人时而畅想下美好的未来，也不是不可以，谁不做点梦啊，对不对，失去了幻想的权利，人活着多么的乏味。但刘长江不同，他在宣读自己的人生计划书时，表情十分严肃，那坚毅的样子，有几秒钟我倒是真有点把他当作一个胸怀壮志的有为青年了，紧接着我觉得不对头，眼前这个家伙倒更像是在传销组织里被培训过，要不就是成功学方面的书看多了，再有一种可能，他的确是脑子出问题了。

不是我打击刘长江，他的确不是成功企业家的料。要说明，我没见过什么世面，也不认识什么有头有脸的人物，实在不明白一个人如何白手起家。但有一点，我知道在如今的社会单靠自己的能力没点贵人相助，屁都干不成。所以刘长江，他算个什么东西呢，还想富甲一方。我说你准备怎么做，化工厂和酒店可不会从天上掉下来，而你的父亲也只是个在村里割玻璃的手艺人。对于我的质疑，刘长江十分不悦，说我想太多了，只管听他说就可以了。刘长江又问我要了一根烟，短时间内他已经抽了我三根烟，我不想给他，但是他知道我还有烟，不给未免太小气。我暗下决心，等他抽完这根烟，我就让他走。刘长江点上烟，继续手舞足蹈，他真兴奋，所谓的热血青年大概就是这样。我现在是积累经验，我为什么不找份稳定的工作干，要频繁换工作，就是要了解各行各业的情况，不是我说大话，你能想到的行业，我都干过，别看我现在不起眼，过不了几年我就会让你们刮目相看，我注定是不被常人所理解的，这也是成功人士所要付出的代价，我现在去劳务市场找活，不是图那点钱，是为了吃苦，磨炼自己。你们都不了解我，我爸也不了解我，现在都不让我进家门，他让我去工厂里上班朝九晚五有什么意思呢，我可不想一辈子什么都没留下就死了，男人要有自己的事业，没有事业谈什么家庭，我说的对不对。刘长江看着我，自信地点了点头。我问他为什么不回家。刘长江看着我，反问我，我家的情况你不知道吗。我说，不就是你妈自杀你姐疯掉吗。刘长江不再说话，眼睛看着别的地方。

3

后来刘长江又来店里一次。早上刚开门不久，店里没什么人，我坐在电脑前上网。刘长江走进来，精神不是太好，一屁股坐下，没有之前见面那么兴奋。我问他怎么了。刘长江说他刚从网吧出来，玩了一个通宵。我说，那你不回家睡觉来这里干什么呢。刘长江说，我也想回去，但是车票钱让我花光了，回不去了。我没有接话。刘长江等了一会儿，问我，你能借我三块钱坐公交车回去吗。我从钱包里递给他五块钱。刘长江拿着钱说，我过几天还你。我慌忙说，不用，真不用，又不是多。说实话，如果超过五十块钱，我断然不会给他，但是就这么几块钱，算得了什么。刘长江说，那我走了。我嗯了一声，没有起身。刘长江出门，走到阳光底下，他低着头，整个人的身姿因睡眠不足显得疲沓。其实，我希望他不要再来还这五块钱。

但是他说还钱的口气这么坚定，势必会来的。令人惊喜的是，此后刘长江再也没出现。

几天后我回家，母亲和我说起刘长江这个人，言语间咒骂不已。刘长江第一次去我店里那天，白天他先到了我家，当时只有我母亲在家。他二话不说走进来，身上黑乎乎全是煤渣，他站在院子里用水冲澡，顺便还洗了衣服，晾晒在我的家里。这一系列举动让母亲大呼意外，他像是没人一样，脱光了自己的衣服，母亲见状回到屋里。换洗完毕后，刘长江和我母亲告别，说晾晒的衣服过几天来拿。

谈到这些，我和母亲说了刘长江这几次去店的事情。母亲听后更加咬牙切齿，这个刘长江怎么变成这样了，以后他去找你，你赶他走，他这算个什么东西。由此我们又说了下刘长江家里的事情。我想到刘燕，她是怎么变成正常人的呢。母亲说，疯癫的刘燕跑到了附近的镇上，恰好被一户人家发现，这家人的儿子三十多了因为腿部残疾没有对象，便收养了刘燕，并且送她去医院把病给治好了。病好了之后，刘燕和这户人家的儿子结婚，还育有孩子。我听后，问母亲，这事你怎么从来没说过呢。母亲说，你也从来没问过啊。我说，我不问你就不说吗。母亲说，没事我提她干什么。

4

秋天的时候，店终于转了出去，价钱比预想的要低，但我们的耐心已经快被耗干了，也顾不得这么多了。我们回到了农村，老婆的肚子越来越大。生活也进入了一个崭新的阶段，觉得还是有点希望的。这天中午我在厨房炒菜，老婆喊我过去，语气很着急。我急忙过去，以为发生了什么事。老婆让我看电视，我盯着电视，正在演本地电视台的一档相亲节目，男嘉宾外景介绍环节，一个戴眼镜的男的坐在草地上，对着镜头扮鬼脸。此男不是别人，正是刘长江。他上电视节目相亲去了，老婆看着我，笑起来了。我看了两眼，就回到厨房继续炒菜。我嘱咐老婆仔细看，一会儿什么情况告诉我。我在厨房炒着菜，不可避免想起了刘长江，关于他上电视相亲这件事，他倒是和我说起过。还是刘长江第一次去店里找我那晚，他说自己刚去电视台征婚。我当时没在意，因为那天早些时候，我的一个朋友来找我，说这个电视相亲节目给他打电话，让他去，说是有三百块的劳务费。我那朋友语气中充满了不屑，三百块钱去电视台相亲，让人当猴耍，还不够丢人的。我当时问刘长江，是不是有三百块钱的劳务费。刘长江有些吃惊，说没有，让你上电视就不错了，怎么会给你钱呢。我笑起来，这个话题就这样过去了。

　　几个月后，刘长江在电视上出现。等我炒完菜，男嘉宾刘长江的段落已经播完，电视上是另外一个男的。我问老婆，有没有女的跟刘长江走。老婆一脸鄙夷，谁会跟他走，没有工作，就知道说大话。我问，他说什么大话了。老婆说，开化工厂大酒店墓地什么的，他又不是没和你说起过。我笑起来，问那些女嘉宾是什么反应。老婆说，能有什么反应，说他有志向什么的，都是些场面话。我想，也对，不然能怎么说。过了会儿，老婆又说，不过刘长江在电视上的表现算不错，不怯场，说话还挺幽默的，如果你没在现实中接触过这个人，仅凭电视上的表现，还真是个不错的小伙。那么为什么，没有女的和他牵手呢。老婆想了想，还不是因为他没工作，也没钱，你以为每个女的都像我这么傻吗，你没钱没房，我还和你结婚。我说，那你现在不也过得挺好吗。

5

年底女儿出生，正月初六按照我们这边的习俗，摆酒席给女儿庆生。本家的一个叔叔来帮忙，无意间我们聊起刘长江这个人。他说，刘长江这个孩子算是毁了，和他姐姐一个毛病，脑子不太正常。我们讨论这属不属于是家庭遗传病史，叔叔说，刘长江他母亲那会儿也有这个问题。而刘燕也扔下她两个孩子不管不顾，回到村里来住。有天母亲碰见刘燕，问她怎么回来了，孩子呢。刘燕把脸一横，孩子他爸爸看着，我才不管呢。母亲说，刘燕的精神好像又出现问题了，虽然不像那几年那么严重，但也不容乐观。说到这里，我将刘长江和我的几次碰面说出来，其中包括我借给他的五块钱。叔叔听后，立刻嘱咐我，千万不要借给他钱，他已经在村里大大小小的超市里赊了不少账。最后，叔叔说到关于刘长江的另外一件事。

有一天，刘长江找到本地的一个知名企业家，对他说，我今天是来和你谈合作的事，这样吧，我把银行卡号告诉你，你今天给我打上一个亿，我明天就把货发给你，怎么样。这已经成为四里八乡广为流传的一个段子，经过多次口口相传之后，原本详细和有趣的两者会面，已经精简成上述寥寥几字。刘长江和这个企业家谈的合作具体是什么呢，张口就要一亿，他究竟是怎么想的呢。还有就是，企业家面对刘长江的合作请求，是如何的反应。是立即破口大骂，还是大笑不止进行了一番嘲讽，抑或他觉察出了刘长江是个妄人，他感到了一丝的害怕，担心这个家伙会有出格的举动，所以他先是进行了安抚，然后借口有事出了办公室。刘长江一个人在办公室里等待，觉得无聊，便起身活动了下筋骨。刘长江环顾办公室，感觉成功在望，他盯着企业家的老板椅，一屁股坐在上面，真他妈的舒服。刘长江的屁股得到了高规格的礼遇。

三
妇女

卫　青
白　珍
付俊英
丁军兰
杨美容
吴书萍
彭太香
李淑英
冯爱月
史　琳

卫青（1947 — 2018）

　　卫青的父亲当过文书，在农村里是个文化人。她没遗传到父亲的任何东西，外貌和内在，都像极了母亲。卫青话多，从小喜欢和人聊天，到了饭点也不回家吃饭。回家也没饭吃，卫青她妈做饭没有时间，午饭三四点钟能吃进嘴巴里算是早的。经常玩伴都回家了，卫青还在街上晃荡。卫青排行老二，上头有个哥哥，下面一个妹妹，一个弟弟。卫青的哥哥比她大两岁，叫卫学成。学成刚出生没几个月，发高烧把脑子烧坏了，见人就躲。

　　这天中午，卫青找不到说话的，往家走，在胡同口碰到从外面回来的学成。天刚放亮，学成就出门捡拾东西。他背着麻袋，手里攥着一根光滑的木棍。卫青拦着学成，让他把木棍交出来。

学成不肯，卫青上去抢。学成把卫青推倒在地，跑回家了。卫青疼哭了，边哭边破口大骂，你这个傻子死在外面算了，还回来干什么。乡邻们出来看，父亲抬腿一脚，卫青这才收声。

四十年后，香港回归没多久，卫学成走丢了。这时的卫青已是快五十的农村妇女，生育了三个儿子，最小的老三虽未成年也已从初中辍学，去建筑队当水泥工贴补家用。卫青的父母在前些年相继离世，大哥卫学成独自住着老宅，弟弟卫学金住在村北边的砖瓦房里，每隔几天来给大哥送干粮。究竟卫学成何时走丢的，已不可考。卫青的大儿子王能越和小儿子王跑步参加了寻找的队伍，二儿子王能进没去，他因偷盗正在服刑，出狱还要再等两年。卫学金带着两个外甥四里八乡贴寻人启事，过了半个月仍杳无音讯，寻人这事就此作罢。卫学成有到处跑的习惯，他走丢了并不奇怪，如果非说点什么的话，那就是卫青没想到他会在四十年后失踪了。难道不应该时间更提前一点吗。

卫青二十岁那年嫁给了镇上的王建设。王建设的父母死得早，和孤儿无异。他还有个怕老婆的哥哥。婚后，嫂子把还没成年的王建设赶了出去。有一两年的时间，王建设连住的地方都没有。村里看他可怜，帮他搭建了个窝棚遮风避雨，比猪圈强一点。后来王建设被招进工厂，成了一名工人。这也是父母做媒，让卫青嫁给王建设的主要原因。在父母的帮衬下，王建设和卫青有了自己的新屋。品尝到了无依无靠的艰辛，在王建设的努力下，卫青一连生养了三个儿子。确实有点人丁兴旺的样子了。王建设要上班，三个儿子照看不过来。卫青照顾小的，把大的扔给父母。王能越和王能进都是在姥爷家长大的，话多这一点随卫青，和谁都能聊起来。卫学成经年累月捡拾的瓶瓶罐罐，都被他俩偷摸着卖掉了。卫学成拿着棍子打他俩，也不管用。兄弟俩挨打后，就跳起来骂卫学成，说他死不出好死来。

儿子没长大前，生活仅靠王建设的工资，日子过得辛苦，但卫青觉得有盼头。人是生产力，何况是三个儿子。儿子多了，麻烦也不少。大儿子王能越，秉性像卫青，话多到令人窒息。到了结婚成家的年龄，王能越的话多成了毛病。王能越眼光高，相亲没有上百次，也有七八十次，都无功而返。同龄人有的都抱上孙子了，王能越还是光棍一条。这时，没人给他说媒了，他的要求也低到是个妇女就可以，但也没人和他过。除了话多，王能越还有酗酒的毛病。年轻的时候，不喝酒，只是话多，找不到媳妇，他也心急，就借酒消愁，愁没消掉，还把自己身体喝坏掉了，腿脚疼得下不来地。

二儿子王能进偷盗坐了四年牢。出狱后去东北干了半年，没赚到什么钱。之后一直在附近的工厂打工，随着两个女儿的出生，三十八的年龄，在盈科环保门口摆摊卖炒菜，日子红火了起来。先是三轮车，后来买了废旧的长途大巴车，改装成小型的饭店。卫青家里的大小事务，多指望儿子王能进。2015年，四十出头的王能进检查出了肺癌，又过了一年死了。

三儿子王跑步，是卫青的儿子中最先死掉的。王跑步的儿子还没出满月，老婆冯丽忍不了家暴跑了。离婚后，卫青照看孙子。附近大大小小的工厂，都留下过王跑步工作的身影，长则几个月短则半天。他脾气暴躁，和同事打架与领导顶嘴。后来，没工厂要他。王建设有一个月两千不到的退休金，生活还是能过去的。王跑步爱好广泛，打牌赌博不说，夏天下河捞鱼，秋天去野地抓兔子，冬天在家养鸽子，谈不上精通，都入了门。2014年，王跑步的儿子上小学二年级，父亲王建设患小脑萎缩神志不清已有两年。离除夕还有三天，王跑步脑溢血在区医院的重症监护室里跑完了三十七年充满争议的人生短途。卫青在医院的走廊里，哭天喊地，质问老天爷，为什么该死的不死呢。这里的该死的，指卫青自己，也指其配偶王建设。在余下的人生中，每想到儿子王跑步，她总是对着神志不清的王建设说出这句话。希望他能有点自知之明，尽快驾鹤西游，不要拖累自己。可另一方面，王建设死了，没有他的退休金，生活上又捉襟见肘，卫青内心很矛盾。

　　五十五岁后，卫青的生活分为两个阶段。一是，照看两个孙女一个孙子。二是，照看丈夫王建设。第一个阶段，卫青身体尚可，虽然累，心情愉快。第二个阶段，卫青暮色沧桑，血压高，腿脚不灵便，守着王建设，情绪愤慨。年龄大了，卫青声调高亢，话多且密，不减当年。王建设被骂急了，用拐棍照着卫青的面门打过去。隔三岔五，卫青脸上就青紫一片。卫家四兄妹姐弟中，卫青是最后辞世的。王建设小脑萎缩后，有些偏执，一到冬天，他守着火炉，谁都不能上前一步。他一直往火炉里添加炭块，整个房间很暖和。卫青的尸体在房间里停放

151

了一个星期。王建设常年不洗澡，弥漫在房间里的尸臭味，还是区里扶贫办的工作人员来调查走访时闻出来的。

王跑步死后，来年的春天，卫青赶镇上的集市，买了点青菜后往回走，碰到年轻时的老相识。两个人站在街头聊天，谈及死去的儿子，卫青老泪纵横。道别后，卫青挎着菜筐，回家的路上，想到老相识说她命真苦这话，边走边哭。她转念一想，这个老相识不到三十岁丈夫就上吊自杀了，至今还在守寡，她有什么资格说我命苦呢。一抹泪，卫青觉得自己这日子还能过。

白珍（1972 － 2014）

　　儿子五岁那年，白珍的丈夫耿仁海酒后把人打成重伤，判了十一年。狱中表现不错，2009 年耿仁海出狱时，儿子刚过完十五岁的生日。白珍等了耿仁海十年，让他出狱后还有个完整的家。耿仁海感动得哭过几回，也信誓旦旦要尽力弥补。

　　刚出狱那半年，耿仁海做饭，洗衣服，对白珍疼爱。若不是和老母亲住在一个屋檐下，他都能每天晚上给白珍洗脚。但这样的低姿态，并没有让白珍动容，反而让她更瞧不上耿仁海，谁家男人像你这样，待在家里混吃，不往家里拿一分钱。耿仁海能忍。十年，白珍把孩子拉扯大，还给家里盖了砖瓦房。没有改嫁，十年活寡，三十出头到四十多岁性欲勃发的阶段。三千六百多个日夜，是一天二十四个小时，一分钟一分钟这么过来的。耿仁海记得，刚进去的那会儿，白珍的身材还很消瘦，脸也白净，没什么脾气。现在的白珍体态臃肿，脸上也晒得如同贴了层灰。脾气就更不用说了。洗衣做饭这些家务活，耿仁海干了，白珍当没看见。当他要几块钱买盒烟的时候，白珍就用眼剜他的肉。钱给了，还不忘放下一句话，不出去赚钱，我这是又多养个儿子吗。

出事前，耿仁海是附近铁矿的正式职工。相对于忙时务农闲时打工的乡邻，工作令人称羡。出事后，耿仁海还不如个农民，农活不会干，工作也不好找。四十岁前，耿仁海不爱喝酒。当初因酒把人打成重伤，不能怪耿仁海喝酒，要怪就怪他平时滴酒不沾，喝大了才发现自己酒品不行。出狱后没三个月，耿仁海爱上了喝酒。先是啤酒，不够烈，转而喝白的。酒量大了后，手头缺钱，就买塑料桶装的五斤散白酒。难喝归难喝，价廉度数高，能迅速喝高，烦恼却丢不掉。借着酒劲，耿仁海话多了，先把村里吃干饭的那帮当官的头砍了，再去炸铁矿。白珍把刀甩给他，去吧，还趁凉什么。耿仁海不说了。

出狱半年后，发生了一件事，让耿仁海和白珍的家庭地位颠倒了。这十年来，身在囚牢的耿仁海，无时不在担心白珍会给自己戴绿帽子。开始是担心，后来觉得这是人之常情，自己何德何能让女人为自己守身如玉十载，不戴绿帽子反而不正常。重获自由后，耿仁海旁敲侧击过白珍，她或是避谈或是对他一番训斥。两个人一直没机会，心平气和谈论这件事。耿仁海的想法是，对白珍过往的不轨之事可以既往不咎，既然他出来了，以后就安心过日子。除了耿仁海，周围的人都知道白珍有个相好的。耿仁海的母亲知道，儿子耿强也知道，街坊邻居也都有所耳闻。大家像是商量好了，都没告诉耿仁海。或许，大家都认为耿仁海知道此事，说出来反而让老耿脸面挂不住。婆婆和儿子背地里劝过白珍，不要再和老赵来往。说起来轻松，十年的感情，也不是这么容易断的。白珍知道，老赵除了和自己有染，也时常在外面勾搭妇女。但白珍不在意，老赵不是她丈夫，她也管不着。何况，老赵对她不错。这十年，没有老赵帮衬自己，一个农村妇女，怎么有能力支撑起家，日子还过得有声有色。不是夫妻关系，还有着坚实的经济利益，白珍和老赵关系融洽，完全没有正常夫妻之间的诸多烦恼。

老赵比白珍大十多岁，个不高，长得一般，脾气好。他经营制造编织袋的小工厂，说是工厂，就是几台机器，四五个工人，有点像家庭作坊。老赵虽是老板，但管事的是白珍。老赵的几个亲兄弟都开着厂子，从他这里进编织袋，不愁销路。老赵对工作不上心，日常事务让白珍负责，自己没事就在房间里躺着喝茶看电视。白珍在账目上做些手脚，彼此心知肚明。老赵的老婆死了多年，他不愿被人管，也没动过娶白珍的念头。两个人就这么维持着不正当的男女关系。

耿仁海怀疑白珍在外面有男人，也没想这么早去拆穿。一个狱友来找耿仁海借钱，他没有钱问白珍要。当着狱友的面，白珍不给，你爹得了绝症，和我有啥关系，我凭啥借给你，我起早贪黑赚钱容易吗，你上下嘴唇一动，钱就给你了。耿仁海急了，打了白珍一耳光。换在平常，耿仁海不至于动手。可是当着狱友的面，且狱友在里面的时候，认老耿当大哥，言听计从。话说到这份上，再不打白珍，颜面何存。挨了打的白珍，跑了出去，几天都没回来。耿仁海出去找，找了两天，在县城的一家宾馆，把白珍和老赵堵在了床上。两个人刚办完事，一丝不挂，老赵正在抽事后烟。白珍见状，衣服没穿，扔下老赵，翻窗跑掉了。耿仁海往死里打老赵，门牙打掉了两颗，内嘴唇缝了七针，半个多月吃饭不利索。

抓奸在床后，对他们三个人来讲，生活上也都有了变化。白珍照旧在老赵的工厂里管事，白天累了一天，晚上回到家做饭洗衣，打扫卫生。稍有怠慢的地方，耿仁海就过来用手指戳她的头，边戳边骂，傻瓜蛋子，这几年白挨肏了。这事后，老赵生活中多了项开销。耿仁海隔三岔五去厂里找他。老赵买肉买酒，两个人坐在屋里一起喝点。临走，老赵再塞给他点钱。老赵是后来才这么痛快的，开始也推三阻四。耿仁海有办法，今天老赵没给钱，第二天白珍的脸就是肿的。老赵疼白珍，只好给耿仁海钱。

这件事老赵算计错了。耿仁海打白珍，以前是酒喝多了打，现在是手头没钱就打。钱不是自己辛苦赚来的，不懂得心疼。十年来在里面吃政府饭，手也松。和村里的赖子们喝酒，都是耿仁海出钱。十年牢狱之灾，别的没有，狱友不少。来借钱，耿仁海是身上有多少给多少，实在不够问白珍要。生活让耿仁海过出了滋味。

又过了几年，耿强到了谈婚论嫁的年龄。白珍给儿子在城里买了房，准备再买辆车。老赵从山区找了个老婆，年轻，笨手笨脚，但吃苦耐劳。耿仁海每天最少一斤白酒，走路打晃，说话也含糊不清。白珍死前的两个星期，老赵出了车祸，左小腿锯掉了。第一个星期老赵的老婆陪床，诸事不顺他的心。第二个星期，白珍去陪护，两个人有说有笑，倒像是一对相濡以沫的夫妻。这天晚上，白珍回到家。耿仁海酒还没喝完，让白珍坐下来陪他。在医院里，白珍和老赵一起吃的晚饭，不饿，就没坐下。耿仁海又让她坐下，白珍不从。耿仁海摇晃着站起来，从茶几下面拿出一把水果刀，抓住白珍的头发往膝盖上撞。白珍忍住疼，说，有本事你捅死我吧，这日子早就过够了。

事后据邻居丘大娘说，她刚进院门，看到耿仁海用胳膊夹着白珍的脑袋。她本来血压就高，一受惊吓，感到天旋地转。有人问丘大娘，你当时怎么不劝架呢。丘大娘说，耿仁海手里拿着刀，我身子又不是铁打的。

付俊英（1946 — ）

　　付俊英领过两次结婚证，一次是和葛家店的葛会富，第二次是和岭子镇一村的贾报国。两次的共同点是都由他人为媒，父亲付公道拍板决定。至于付俊英是否有不同的意见，这不重要，她也没讲出来。付俊英排行老二，上面一个哥哥，下面三个弟弟两个妹妹。她只上过几天的扫盲班，是个文盲。长到三岁，她在家先照看弟弟后照看妹妹。忙不完的农活等着父母，付俊英还没懂事就把弟妹抱在怀里，哄着吃饭，把着屎屎屎尿。在家里，她不像是女儿，是个免费的保姆。

　　二十一岁那年，付俊英在自家的北屋里，见到了葛会富。她抬头羞怯地看了一眼，便被付公道撵到了里屋。她记得葛会富个头不矮，在阳光下身影很大，都投到自己的脸上了。具体

158

的长相，是两个妹妹描述给她的，浓眉大眼，腿长，说话得体客气。当天，婚事就定下了。付俊英梳着大长辫子，五官不说俊俏，但是端正。弟妹都认为他俩很般配。第二次见面时，付俊英送给葛会富亲手织的毛线围脖。葛会富送给付俊英一块花布料。第三次见面是半年后去领证。领证前，两个人总共说过的话加起来不超过十句。登完记，他们没直接回家，听长辈的嘱咐去镇上的供销社截了两块布料准备做成衣服婚礼的时候穿。到家已过晌午，付俊英拿出布料给父亲看。付公道看后，把衣服扔出门外，刚好落在从茅厕出来站在天井里葛会富的脚下。付公道骂道，颜色这么深，是给死人穿的吗，谁眼瞎看上这料子的。葛会富说，我看上的，我觉得好看。付公道二话没说，抽出顶门的木棍就要打葛会富。葛会富没被吓到，架着付公道的胳膊，在天井里撕扯起来。家人闻讯赶来把两个人分开。葛会富走前，付公道留下一句话，我闺女就是嫁给条狗，也不跟你过日子。

头几年，葛会富的长辈和村书记时而登门赔罪求情，希望付公道网开一面，都被回绝了。弟妹们撺掇付俊英向父亲求情，一来，都登记这么久了，还不安生过日子，拖到个什么时候。二来，从反抗付公道这事，能看出葛会富是个有主见的人，有脾气才有活路，付俊英和他过日子，肯定错不了。付俊英没向父亲求情，从小怕惯了，不敢反对。再后来，葛会富的长辈和村书记时而登门赔罪求情，不是为了复合，而是离婚。葛会富已经另找了个老婆，摆酒席过了堂生活在一起，是对没有名分

159

的夫妻。付公道知道后，火更大了，就是拖着，不办离婚。又过了几年，付公道气消差不多了，付俊英也成了大龄未婚女青年，这才办了离婚手续。

二十八岁那年，付俊英在自家的北屋里见到刚从部队退伍的贾报国。付公道拍板决定，付俊英没意见。贾报国走后，大妹付英华不同意，追在付公道的屁股后面，拿贾报国和葛会富比较。论长相和个头，贾报国确实比不上葛会富。论谈吐和气质，葛会富说话利索不怯场，贾报国说话含糊不清，嘴巴像塞着一只死耗子。他俩都是农民出身，但贾报国退伍回来吃上了公家饭。只说贾报国的不足还好，听到葛会富这三个字，付公道急了，转身要揍她们。

当时来看，付公道的话也不无道理。只说工作，葛会富确实比不了贾报国。一年后，付俊英的女儿出生。没多久，付公道病逝。贾报国分配到县城粮店工作，平时住在单位宿舍里，留下付俊英在家照料孩子。当时还是人民公社，女儿尚小付俊英没法出工，没出嫁的二妹帮她捡粪拾柴赚工分。等到分田到户，付俊英的女儿能跑了。那几年粮食紧缺，付俊英的弟、妹从贾报国这里享受到一些惠利，时常能吃到糕点。大家觉得付公道的确看得长远。又过了四年，付俊英的儿子出生。

一个人究竟怎么样，和他（她）过日子的人最知道。一起生活没多久，付俊英就发现贾报国这人不顾家，手里有钱自己花可以，但不拿出来用在生活上。为这事，他们经常拌嘴。付俊英心想，等有了孩子贾报国就不这样了。有了女儿后，贾报国还这样。付俊英心想，生个儿子他就不这样了。有了儿子后，贾报国还这样。没儿子之前，为贾报国不顾家这事，付俊英带着女儿回了趟娘家，要离婚。付俊英她妈就劝，都有女儿了还离什么婚，就算离了，也不好再找对象。付俊英态度坚决，带着女儿单过也好过和没良心的贾报国一起。娘家人没个支持自己的，付俊英又抱着女儿走了。回去后家里还有半瓶敌敌畏，付俊英狠了狠心，喝了下去，喝完难受，女儿在旁边哭，她踉跄着出门找人把自己送去医院。付俊英原本以为，自己以死相逼，会让贾报国改变。也不能说一点用没有。经过这事，付俊英明白了一个道理，男人靠不住，凡事还要靠自己。

贾报国住单位宿舍，一星期也不回来一次。付俊英天热的时候骑着自行车卖雪糕，天冷的时候骑着自行车卖面包和糕点。风里来雨里去，全年无休。这点小本生意，付俊英每月能有三四百的收入，和贾报国工资持平。几年后，等付俊英每月能赚一千多的时候，贾报国还是每月三四百。又过几年，付俊英每月能赚三千多的时候，贾报国的单位已经发不出工资。付俊英卖雪糕面包和别人不一样，别人是走街串巷，她是去厂区蹲点。白天走街串巷，人少，家里都是老人，不舍得花钱。在厂区，年轻人居多，舍得花钱。发不出工资后，单位的人都另谋活路走得差不多了。贾报国没走，粮店别的没有，馒头有的是。他在单位门口支了个摊卖馒头，赚不多够自己花。

五十多岁的贾报国回到了家，不是他主动回，而是单位取消了。政府一次性给了十几万买断工龄。用这钱，贾报国给儿子婆了老婆。隔年，孙子出生。贾报国在家看孙子。付俊英仍旧在外赚钱。五十多岁的贾报国，年龄虽不大，耳朵不好使，一只耳朵几年前喝酒骑摩托车摔倒在水泥地上蹭得只剩下一丁点肉。身体方面，贾报国胃动过一次手术，饭量少，身体消瘦，戒酒戒烟。

五十多岁的付俊英，脸上皱纹多，像是六十多岁，背也驼得厉害。付俊英身体没什么毛病，饭量大，一顿能吃两个馒头，就是腿脚经常酸疼。齐鲁工业园刚兴建时，付俊英就在门口摆摊卖烟和饮料，夏天热冬天冷，她都能忍，不为别的，为给儿子买房。房子买了后，为给儿子还房贷，六十多岁继续干。六十岁以后的贾报国，每月领二千多块的退休金。这钱他自己留着，不拿出来。七十岁以后，贾报国有了买保健品的爱好，一年下来，到手的退休金不够，还偷拿付俊英的钱。付俊英指着贾报国骂，操恁娘，四十多年了，你一分钱没往家里拿，还偷我的钱。贾报国一声不吭，工资卡不交出来，照旧买保健品，买了不喝扔在一边。手头没钱，他变着法子到处借，最后还是付俊英还。付俊英气哭了，老泪纵横。

每次见到付俊英，付英华总是劝她，都七十多的人了，还能再活几年，累了一辈子该休息了。付俊英不听，推托说再帮儿子还几年房贷。这天，付英华在集市上碰到一个老头。老头骑着电动三轮车载着一个老太太。两人端详了下彼此。回去的路上，付英华心里一琢磨，这个老头是葛会富。她心里不由想到，假如付俊英和葛会富在一起，会怎么样呢。

回到五十多年前的那个晌午。付公道为何突然动怒呢，单纯是因为布料的颜色吗。看到领证后的女儿，付公道内心很是伤感，呵护关爱的话语难以启齿，他选择给准女婿一个下马威，让其明白岳父不好惹，务必要对付俊英好。相较而言，我更相信下面这种解释。葛会富边系腰带边从茅厕走出来，脸上流露出人逢喜事精神爽应有的表情。这一切，付公道尽收眼底，他脑袋顿时蒙了，准女婿的一系列动作和表情，和年少时与其结怨的仇人神似。父母早亡的付公道少时受尽欺辱，有个男的冲他的脸撒尿。这泡尿，冲在付公道的脸上，也把付俊英的生活冲臊气了。

丁军兰（1967 － 2015）

丁军兰四十八岁那年，在辛留村东头的国道上出车祸死掉了。

出事那天是星期五，当时她正在店门口择韭菜，准备中午包水饺。丈夫刘兴权去外面修理热水器还没回来。丁军兰的手机响了，是他大哥打来的。电话中，大哥情绪激动，说自己的儿子在国道青田桥附近出了车祸。青田桥离丁军兰的门店不到一里地。挂掉电话，丁军兰扔下手里的韭菜，锁上店门，骑着电动车走了。到了事故现场，侄子正躺在桥下的阴凉位置悠闲地抽着烟，电动车被撞碎，散落一地，车头躺在下水沟里被污水浸泡。肇事的白色小型货车在不远处，司机蹲在路边一脸愁苦地打电话，丁军兰质问他，你怎么开的车。司机低头不言语。

出事的这个位置，北边过来刚好是下坡，视线不佳，车速难以控制。每年都要死伤七八个人，前年一天死过五个人。侄子在地上躺了半个小时，初夏的天气，衣服都湿透了。刚才交警和救护车前后脚赶到，查看后发现并不在自己的管辖范围内，让他们继续等。丁军兰站在道路靠中央的位置维护现场，示意过来的车辆避让。

几年前，当同龄人大多选择进工厂上班时，刘兴权四处借债开了家卖卫生洁具的店铺。头两年生意不好，没少遭到丁军兰的讥讽嘲弄，她的原话，脸都洗不干净还顾得上洗腚。短短几年的光景，热水器在农村风靡一时，似乎大家都开始注意起了个人卫生。一开始刘兴权骑着摩托三轮去安装热水器，半年后换成面包车。所谓小富即安，儿子初中辍学在家玩电脑，刘兴权也觉得没什么。也正因生活水平的提高，不满五十的丁军兰有高血压，最近耳朵也时常耳鸣。

回到这天。天气炎热，丁军兰站在道路中间，感到胸闷和头晕。躺在地上的侄子能切身感受到，车祸是发生在一瞬间的事，不会给你任何反应的机会。刘兴权亲眼看到摩托三轮车疾驰而下，撞到丁军兰的肚子，晃悠了一阵，加速，从他眼皮底下逃逸。丁军兰仰躺在路上，嘴角渗出一丝血迹。救护车还没到，丁军兰已经不行了。

凭借现场遗留下的电话本，两天后，青州市的六旬老头潘庆祥被逮捕。谈到赔偿问题，潘庆祥已经把名下的财产转移，摆出一副死猪不怕开水烫的架势。而当天，潘庆祥开着摩托三

165

轮车先撞了一个人，在逃逸的路上又撞了丁军兰。撞的头一个人只是受了些皮外伤，眼看讨要赔偿没戏后，也就自认倒霉了。对于刘兴权来说不同，发妻就这么死掉了。潘庆祥的态度很明确，让法院判决即可，不论是死刑还是坐牢，他毫无怨言。潘庆祥靠养猪为生，当天开着摩托三轮去拉饲料。刘兴权来到猪圈，七十多头猪尚在，已经在其儿子名下。儿子很孝顺，对刘兴权说，我听我爹的，他想坐牢我也没办法。法院的人也很无奈，让刘兴权多做点思想工作，不然只能宣判，赔偿就没什么希望了。潘庆祥的想法是，自己六十多岁，就算不坐牢，也没几年活头，一条命抵几十万块，还是很划算的。

赔偿事宜进程缓慢，逝者放在太平间不入土为安也不合适。丁军兰死后的第八天遗体火化。丁军兰死后的半年内，有家庭变化如下：

1. 刘兴权经人介绍和沂水一名三十五岁的女人结婚，婚后不足一个月，有了身孕。

2. 儿子刘亚楠和女朋友分手。此事发生在刘兴权新婚后不久。

3. 丁军兰的侄子酒后骑摩托车又出了一次车祸，大脑受创，至今仍在昏迷。

4. 深秋时，一场大风过后，屋后的杨树将屋顶砸出个大洞。

5. 丁军兰的母亲伤心过度，住院半个月，出院后，食欲不佳，总是莫名掉泪。

6. 店铺门前修路，生意萧条。

杨美容（1971 —   ）

有关杨美容的不良作风，村里的妇女们时常凑在一起分享最新的资讯。也仅限于此，没有波及年轻人使杨美容更加臭名远扬。这不能归功于她们的心慈手软，她们知道男女苟且之事讲给晚辈是不妥的，怕教坏他们，或者将他（她）们贫瘠的日常生活启迪了。我想说的是，她们多虑了。年轻人私生活混乱到她们耳闻一下便会脑梗的并不罕见，即便没有生活体验，从各种偷录视频、小电影中对眼花缭乱的男女性事也不陌生。

我的母亲付英华守寡多年，那天她与另外一名农村妇女闲谈杨美容时，恰好被我听到。我很惊讶，立刻求证，你们说的都是真的吗，我怎么不知道。母亲露出鄙夷的表情，不知道别瞎问。我又问，你怎么从来没和我说过。没事和你说这个干什么。我恬不知耻一再追问，才发现自己对生活了三十年的乡村，是如此缺乏了解。我感到羞愧，并不为乡村里频繁的通奸之事，而为自己对乡村一贯的冷漠态度。一直以来，那些见诸报端对乡村伦理崩坍的描述，我总认为是夸大其词，在我生活的乡村并不存在。如今，事实摆在眼前。一扇了解乡村的崭新大门为我敞开了。令人欣慰的是，被我误解的乡村，原来在其呆板暮色的外表之下，是如此丰姿绰约。怎能不让我有所表态，用笔墨描绘一二。

杨美容，无疑是具有代表性的，不仅因为她错综复杂的情史，还因为她拥有着乏善可陈的外貌，身上总是笼罩着一股不被人重视的气质。自从知道她的底细后，在路上碰到打招呼时，从我的心底涌出一股错觉，我是站在上帝的视角，俯瞰众生。王富农是众多与杨美容行苟且之事的其中一员，他最为人津津乐道的事迹是，连续三年骑着摩托车出车祸，骨折的部位先后是，腿，肋骨，锁骨。王富农略显呆滞的头脑，是屡次车祸导致的，还是因头脑呆滞才屡出车祸，其中因果关系，不得而知。王富农早年当过兵，复员回来继续当农民。他此生引以为豪的事，祖上是地主。秋收后，邻居的玉米堆满胡同，晚上挑灯剥苞皮。王富农下班后，洗漱完，换上整洁的白衬衣，手提马扎出来，坐在玉米堆前，皮没剥几个，对着在座的妇女自顾说，我爷爷那会儿，辛留村一半的地，都是我家的。话没说完，妇女们起哄，你是大少爷，用不起你，赶紧回去歇着吧。如今，他不骑摩托车了，以电动车代步，看到人不言语，只点头示意。

自从在镇东头开了家美容店，杨美容的私生活丰富起来。四肢短小且臃肿的她，喜欢穿紧身皮裤，将胯下的电动车骑得飞快，手头缺钱时，她向王富农开口。被拒绝后，她夹着腰说，不给，别怪我堵你家门口。王富农给也不是白给，白天趁老婆上班，他给杨美容打电话，让她到家里取。杨美容把电动车停在王富农的家门口。这天，我出门倒泔水看到杨美容那位少言寡语的丈夫从王富农的家门口经过时，多瞥了几眼妻子的坐骑。

吴书萍（1986 —   ）

十五岁时，吴书萍在县城人民医院做了第一次人流。她初尝性事，要再往前推两年。在普遍不富裕的农村，吴书萍的家庭情况毫无优势可言。母亲是个神志不清的跛子，斜着身子四处奔走找人说理，却又脑子不够用，连句完整的话都讲不出来。她认为别人都看不起她，把生活的怨气都撒在只比侏儒略高的丈夫身上。吴书萍的父亲，沉默寡言，宁愿去伺候家禽，也不愿多看几眼老婆。从吴书萍记事起，父亲身上总有一股酒气，整天睡不醒的样子。他手脚灵活也爱钻研，买过一本大棚蔬菜种植技术的书。吴家的蔬菜每年都丰收，可日子却从没好过。父亲不把钱交出来，母亲就闹，家里鸡犬不宁。吴书萍的母亲像一块破了洞的口袋，装进去的钱，会立刻掉出来。

吴书萍话多，上课走神，作业不写，被老师打得披头散发。母亲去找老师说理，有话说不出急得面红耳赤。后来，老师索性不管吴书萍了。香港回归那年，她勉强念完小学，不再读书。吴书萍去蔬菜大棚帮工，棚里一年四季都热。她这才觉得自己能扛住老师的打骂。十来岁的孩子，干活免不了偷懒。经常父亲在大棚里喊她名字，她早偷摸着跑回家看电视去了。

吴书萍的堂叔吴伯贤，年轻时下煤井，炸瞎了一只眼。煤渣崩进半张脸，像中了霰弹枪，医疗条件有限，煤渣取不干净，就留在肉里。伤好后，半张脸布满不小不均的墨绿色的疤痕，像青面兽杨志。村里的孩子，见到他都躲着走。四十多岁的吴伯贤是个光棍，和兄弟分家后，一个人住在老宅里，和吴书萍家隔着一道墙。一亩多地的粮食足够吃的，农闲的时候，吴伯贤就在村子里闲逛。吴书萍从大棚跑回家，没拿家里的钥匙，在胡同里玩。吴书萍发育的身体，唤醒吴伯贤压抑了多年的性欲。那年夏天，吴书萍十四岁。

半年后，吴伯贤脱同村另一个女孩的内裤时，被女孩的父亲撞见。镇上的民警来的时候，吴伯贤被脱光绑在一棵树上，打得血肉模糊。民警把吴伯贤拖进皮卡的车兜。吴伯贤全招了，也一心求死。认罪态度和求死的决心，在他的罪大恶极面前，也显得廉价。包括吴书萍在内，这两年遭吴伯贤毒手的多达六人，且多为十几岁的未成年少女。家人问吴书萍，她说没这事。后来肚子越来越大，吴书萍这才承认。

在县城人民医院做流产手术，是吴书萍第一次进城。对即将发生的一切，吴书萍没有任何准备。在手术室外等待的时候，瘸腿的母亲和护士发生了争吵。吴书萍记得母亲有些焦躁和慌张，总是问来问去，大概是把人问烦了。母亲本不想来的。没人在意吴书萍的感受，她进了手术室，医生让她做什么，她照做，他们戴着口罩，看不清样子。气氛严肃到，让吴书萍觉得，这些事情就应该发生在她的身上，而不是其他人的身上。她需要做的就是忍受这一切，忍过去，一切都会好的。手术完后，母亲走在前面，吴书萍跟在后面。医院门口有卖馄饨的小摊，吴书萍想吃。母亲没给她买。来年的春天，吴伯贤被执行死刑。此时，吴书萍已经去济南打工。

吴书萍在济南一家餐馆打工。老板姓黄，五十多岁，从机关单位食堂内退。据说他儿子给领导开车，来餐馆吃饭的多是公务人员，不当面付钱，喜欢记账。十五岁的吴书萍，什么也不懂，黄老板安排她端盘子择菜，反正哪里缺人她就去哪。餐馆的生意不太好，空闲时间也多。工作之余，同事带她去网吧。学会键盘打字后，吴书萍迷恋上互联网。她把工资都花在这上面，她加了很多陌生人，开始因为打字速度慢，没什么人搭理她。面对浩瀚且虚拟的世界，作为一个有故事的人，她渴望倾诉。她取的网名叫"失落的叶子"，认识了网名叫"寻找叶子的大树"的肖亚楠。他们进展迅速，几天之后，吴书萍旷工坐车去了泰安。在某技校旁边的逼仄小旅馆中，和肖亚楠上床了。吴书萍至今记得，旅馆的墙上挂着幅画，一个半裸的女人抱着瓷器。

技校生肖亚楠读的摩托车修理专业，不到二十岁，长相老成，头发稀薄。躺在床上，肖亚楠身上的机油味，让吴书萍想到手术后坐公交车回家的那次晕车。她起身去卫生间呕吐，肖亚楠站在一旁，给她递纸巾。吴书萍抱住肖亚楠，哭起来。肖亚楠声音柔和，你别哭，我会对你负责的。吴书萍把自己的遭遇告诉了他，他没说什么。吴书萍有了他的亲生骨肉后，肖亚楠说，怎么证明孩子是我的。在济南仁爱医院的堕胎，吴书萍自己去的，伴随着胎儿消失的还有自己的婴儿肥。这次流产，对于流程她都清楚，也提前准备好了卫生纸。手术后，吴书萍有了痛经的问题，这将伴随她的余生。

没人教过吴书萍，怎么和男人相处，也没人告诉她感情上，不要听男的怎么说，而要看他们怎么去做。这些教训，都是她用血换来的。吴书萍开始注重外貌，把原本有些卷的头发拉直，站在镜子面前，对自己的长相身材不满意，胸部过大，腿又粗又短。学识和修养这方面，她没考虑过。十六岁的吴书萍，想去爱，或者被爱。她脑袋有些笨，是个不称职的服务员，盘子端不稳，上菜又慢，去帮厨，总把土豆皮削得太厚。她想过换工作，又不知道能干什么。在同事张姐的熏陶下，吴书萍开始化妆，却又掌握不好分寸。这年夏天，流行松糕鞋和肚脐装。在餐馆前面留下的照片中，吴书萍穿着松糕鞋，稚气的面孔被妆容掩盖着，像是刚参加完整脚的校内演出。一切都用力过度，过分想成熟和引人注意，却又毫无章法。吴书萍没放弃，她对未来充满好奇心，认为自己不是芸芸众生。男足踢世界杯的这年夏天，李真走进了吴书萍的生活。

李真是莱芜人，刚成年，父母在济南某小区经营莱芜火烧的早摊位。初中没毕业，他被家里送到厨师学校，半年后毕业。餐馆有个厨师生病住院，李真应聘填补空缺，说是厨师但不掌勺，只是配菜。李真个头不高，皮肤有些黑，脸无半两肉，性格开朗，喜欢往女人堆里扎。闲暇时间，李真从厨房顺了好吃的，去宿舍找吴书萍聊天。吴书萍的身体恢复得很快，堕胎不足一月，他们在宿舍的床上睡了。当吴书萍下体见红时，李真感动得眼眶泛红。他将吴书萍紧紧抱在怀里，发誓要保护她一生一世。吴书萍也动容，更多的是疼痛。

李真在意吴书萍，给她买了一部翻盖的手机，隔几天就去营业厅查她的通话记录，逐条问她是给谁打的。说不清楚，李真就拿筷子戳吴书萍的后背，戳成一块块的黑点。李真拿着吴书萍的工资，说既然两个人以后要在一起，就不要分得太清楚。交往了半个月，吴书萍故意和黄老板吵架，丢掉了工作。中午饭点，李真没看到吴书萍，问了缘由，提着菜刀从厨房冲出来，把黄老板砍了。父母来求情，花钱私了，黄老板才没报警。

几天后，李真又找了家餐馆上班，让吴书萍一起去。吴书萍没同意，说厌倦了餐厅服务员，跑去服装店当导购。服装店提供宿舍，李真不同意，在吴书萍上班附近的城中村租了间平房，原以为，白天不在一起工作会好点。李真一天到晚给吴书萍打二三十个电话，问她在干什么和谁在一起。有次，李真看到吴书萍和男同事吃饭，上去把人打了。

李真把吴书萍打得鼻梁错位，打完又抱着她痛哭流涕，祈

174

求她的谅解。吴书萍想去医院，李真说小毛病，找他一个学推拿的盲人表哥，给鼻梁复位，力道不对，有些偏差。吴书萍的鼻梁有些歪，就是这次留下的。吴书萍提过分手，被打过数次。她想过一走了之，又觉得除了李真不会再有人要她。最终决心逃跑，已是两年后。

在这不堪回首的两年间，吴书萍堕胎三次，身上多了四五处的伤疤，患上轻度抑郁症。蹲在开往青岛的火车的过道上，吴书萍想起在济南历下区博爱医院的三次堕胎。她明白过来，李真并不爱自己，只是把自己当作泄欲的工具，他每次都拒绝戴安全套。吴书萍无法原谅自己的逆来顺受，她厌恶自己。

去青岛前，吴书萍先回了老家。离家三载，吴书萍的出现显得突兀。村民们几乎把她忘了，吴书萍在南方从事色情行业的流言四起。这背后所暗含的是，吴书萍必定发家致富了。也因此，她身无分文回到家，遭到了父母的训斥。没有丝毫的留恋，吴书萍坐上开往青岛的火车。

吴书萍选择的跳海地点，在栈桥旁边。灰黄的大海更像老家的大坝。正值黄昏，游客不多，有一组人马在拍婚纱照。女人被簇拥着，摆着各种姿势。吴书萍想到，自己没机会穿婚纱。她也从没拍过写真，没被认真对待过。在死亡面前，一切都没那么重要。海边凸起的礁石，让吴书萍行走有些吃力，她一步步，走进海里。初秋的海水有些凉意，吴书萍张开双臂，身体被海水托举着，失去重心。她在海里沉浮，海水往嘴巴鼻子灌，之前设想的优雅死态，没派上用场。吴书萍扑腾着，像只困在

175

渔网中的家禽。

二十五岁的摄影师孙晨，从相机镜头中，发现了吴书萍的窘态。他调整焦距，看清了吴书萍扭曲的五官，边脱衣服边跳进海水。孙晨把昏厥的吴书萍拖上岸，慌乱中进行人工呼吸。苏醒后的吴书萍看着眼前的一切，有些陌生。她想哭，忍住了。在围观的鲜艳人群陪衬下，吴书萍觉得自己像礁石上的扇贝，只适合被捡拾。

孙晨把吴书萍接到摄影工作室，找了件礼服让吴书萍换上，当晚让她睡的沙发。为了防止意外，这天晚上孙晨在工作室打的地铺。第一天，两个人几乎没怎么说话。第二天晚上，趁着孙晨熟睡，吴书萍抱住了他。激情过后，孙晨给吴书萍化妆，她闭着眼，感受温柔的手在脸上掠过。她生平第一次被礼貌对待，这和爱情无关，多少有被可怜的成分。换好服装，孙晨给她拍了许多照片。在镜头面前，吴书萍腼腆，动作僵硬。看着洗出来的照片，吴书萍觉得是另外一个人。她这颗乏善可陈的头，安在了芭比娃娃的身上。

孙晨帮吴书萍联系了啤酒屋服务员的工作。那段时间，吴书萍过得开心，她体会到爱的滋味，不求回报去爱一个人也是这样美好。有时，孙晨会带着女友来喝酒。吴书萍看着这个女人，眼神中有掩盖不住的羡慕，也让她打消了妄想。在青岛市南区红十字医院的人流手术，是吴书萍一个去的，她没告诉任何人。

"非典"那年，吴书萍的父亲死了，她没来得及赶回去，电话中，母亲说话颠三倒四，她勉强听明白事情的经过。工厂征地，别人家两个蔬菜大棚，补偿款几十万。吴家的两个蔬菜大棚，给到手只有几万块。老吴不服气，去村主任刘猛的家里讨说法，被刘猛一脚踹进排水沟里。刘猛说，给你多少就多少，再来找，把你扔茅坑里。几天后的夜里，老吴酒后去村南头的蔬菜大棚，天黑看不清，掉进了施工方挖的深坑里。第二天，工人发现时，人已经死了。

吴书萍厌倦了多年的异乡漂泊回到家，陪伴神志不清的母亲。那几年，她换过几份工作。先在塑编厂下车间，熬夜太累，她从来不是能吃苦的人。镇上的加油站，工资低，上二十四小时，休息四十八小时，提枪加油也不累。吴书萍骑着电动车上班，生活平静。到了婚嫁的年龄，经人介绍，吴书萍和郑保国相识。郑保国是临朐人，脸大，五短身材，在镇上的塑编厂上班。他有两个哥哥，一个弟弟，不指望他赡养父母和传宗接代，以倒插门女婿的身份与吴书萍结婚。

吴书萍不会过日子，手松，爱逛街买衣服和零食。夫妻间时而争吵。吴书萍不改，郑保国染上赌博。生活一直入不敷出，没钱，就去借。吴书萍和郑保国都是健谈的人，在一起时没话说。对各自的生活，他们也没有关心的兴致。上班的作息不一致，也不在一个屋睡。婚后两年，吴书萍还没身孕，她慌了，担心是堕胎次数太多没了生育能力。去医院检查，问题出在郑保国的身上。治疗不孕不育，花费不小。生育这事暂且搁下。

二十五岁那年，吴书萍认识了张东。三十五岁的张东是通达物流的货车司机，秃头，走路外八字，开车时喜欢听评书。

和人说话，末了总加一句，且听下回分解。通达物流定点在吴书萍工作的地方加油，加油的间隙，张东不上车里等，站在外面和吴书萍说话。看到张东的秃头，吴书萍发自内心地开心。张东有家室，感情这事忍不住，也没办法自我欺骗。有时，张东跑长途，吴书萍会给他打电话，说些关心的话。知道吴书萍爱吃，张东也带回来祖国各地便宜的特产。镇上赶集时，吴书萍见过几次张东的老婆，梳着过时的马尾辫，身材臃肿穿什么衣服都不好看，一脸横肉倒不像善茬。吴书萍对自己的外貌，有些自信。

　　他俩的第一次是在加油站的休息室。张东从塞外带回来几包牛羊肉，没先回家，也没回厂里。窗外下着鹅毛大雪，在休息室里，他俩在电磁炉上涮火锅，吃出了一身汗。吴书萍不喜欢评书，但喜欢听张东讲故事。那些长途车中的见闻，吴书萍都爱听。刚跑长途时，张东在河南驻马店被人抢过，吓尿了裤子。之后，张东在驾驶室备着砍刀和钢管，晚上路边休息时，从不轻易下车。南方大暴雪那年，张东差点冻死在湖南株洲。张东出过一次车祸，晚上打瞌睡，翻进沟里，胳膊骨折。张东撸起袖子，把伸不直的胳膊给吴书萍看。在一起的时候，他们有说不完的话。吴书萍也说那些年在外打工的事，挑着说，她的故事里没有异性。他们设想过未来，吴书萍跟车，照顾张东的饮食起居，一起走南闯北。

　　来年开春，张东出长途，在河北保定撞死个小孩。弃车逃跑的时候，被小孩的父亲逮住，失手打死。吴书萍怀了张东的孩子,和前面六次不同,这次她想生下来。不是因为死掉的张东,也不是因为医生说她再流产就失去生育能力,而是,吴书萍想有个孩子陪伴。郑保国没生育能力,这个孩子不能生下来。

前年春节小学聚会,吴书萍也参加了。不到三十岁的她,已有农村妇女的姿态,眼睛看人时发怯。上学那会儿,我们俩同桌过。有次语文老师提问背课文,吴书萍背过了,我没背过。这让我一度怀疑自己的智商。散场后,我和吴书萍结伴回去。多年不见也因为喝了酒,话多了起来。吴书萍先痛斥了一番所谓的同窗情谊,不说别人,单说聚会的组织者,富二代郑焕。吴书萍每次给郑焕那辆奥迪车加油时,他连招呼都不打。你说,这算是什么同学,有人味没有?从吴书萍的表情中,我看到一个不被重视的人长年累月积攒的愤怒。这愤怒也只能在酒精的烘托下才得以释放。坐在路边,吴书萍讲述她的故事。七次的堕胎经历,让我惊叹。更深层次的情绪,我无法体会。天空惨淡,不时有乡邻路过,往我们这边瞥几眼。我应该试着说几句宽慰的话,吴书萍没有给我这个机会,她喋喋不休,并不在意我的存在。

彭太香（1944 − 2019）

　　谈起彭太香，村里人都称呼他光荣娘或者王有田家，很少有人知道她叫什么。彭太香的娘家有个表姑。按照农村的习俗，结婚和生孩子后都要去娘家待几天，彭太香去表姑家。那年月，日子不好过，吃住都紧张。表姑去地里捡地瓜叶，洗干净，用玉米面烙饼。吃了两顿，彭太香回奶了。女儿夜里哭，也没人帮忙哄。第二天，彭太香抱着孩子回去了。十几里的路，走累便坐在路边休息。当时 309 国道还没修，四周都是庄稼地。彭太香胆大，玉米长得比人高，她也不害怕。过去几十年，彭太香还经常提这事。

　　生王光荣的时候，彭太香哪里也没去。逢年过节，别人家姥爷这支的亲戚一大堆，走动好几天。王光荣的童年，只有表姑姥可走。表姑姥是个裹脚老太，抽旱烟，板着脸，不爱说话。解放前是地主家的闺女，解放后日子不好过，逢人爱问，家里还够吃吗。走动几年，表姑姥生病死了。临走前，彭太香去看她，表姑躺在床上拽住她的手，小香，多记下对你的好，出殡的时候，你得猛哭。那年彭太香四十岁，没娘家人了。

阴天下雨，彭太香有头疼的毛病。十二岁那年，彭太香的父亲拿斧子把全家人砍了。他临跳井也没想到大女儿能活过来。血腥味把村里人招来，四条人齐整躺在床上，血渗进被褥，还顺着地淌了一大摊。没有挣扎的痕迹，果断迅速。彭太香下面，有个八岁的弟弟，三岁的妹妹。母亲的肚子里，睡着个五个月大不知性别的孩子。半个世纪过去了，方圆几十里灭门惨案就这一起。按说这事我不应该知道，但我母亲和彭太香是邻村。论辈分，彭太香的表姑和我姥娘是表姐妹。这有点扯远了。我想问下细节，比如说，彭太香的父亲为什么要杀人。问来问去，把我母亲问烦了。她那时刚学会走路，这事也是长大后听老一辈人讲的。她说，他想杀，你拦得住吗。当时，也没有精神分裂的叫法。

彭太香头上的疤还没长好，由生产队领导牵头，把她送到表姑家。表姑不愿意接收，多张嘴吃饭不说，十二岁的孩子也养不熟。彭太香没别的亲属，生产队领导做表姑的思想工作，答应每年补贴二百斤粮食，直到十八岁成人。彭太香二十岁那年，经人介绍，认识了辛留村的王有田。

王有田弟兄五人，父母死得早，家里没女人。彭太香嫁过来后，她不让老五读初中，男的都出去挣工分。彭太香个头小，手脚麻利，操持家务洗衣服做饭不偷懒。一天下来，不比在大队里干活轻松。她有了大嫂的样子。家里收拾得干净，屋子里也没了汗臭味。在农村，过日子不心狠不行，物资短缺，你不争，都让别人争去了。这是对外。对内，彭太香也心狠，五个人赚的钱，她一个人拿着。但她只进不出，常说日子是省出来的。王有田老实，有话说不出，四个弟弟性格也如此。时间长了，他们总拿眼斜彭太香。

人口多了，老宅的土坯房住不过来。攒够了钱，王有田在村北边盖起砖瓦房，一家三口（当时还没生王光荣）搬了进去。其余四个弟弟，挤在老宅子里，洗衣做饭没人管，屋子里充满汗臭味。又过了几年，他们陆续到了婚嫁的年龄，问彭太香借钱。她嘴上答应，手没松过。妯娌间有矛盾，王有田和弟弟们的感情也淡薄了。妯娌们在背后，对彭太香的一致评价是，表面跟人一样，其实不是个东西。年轻时的彭太香长什么样，无从考证，大家都习惯了她的衰老，以及臃肿矮小的身体内散发出的自私。

活到小七十，生活在彭太香的记忆中，变成了一件件具体的事。有几年没件事留在脑子里，感觉白过了。七九年冬天，王有田在屋顶上扫雪，脚打滑，摔下来，胳膊骨折。前面胡同的老陈家，装不知道，没送鸡蛋来看望。老陈家再有什么事，彭太香也装不知道，没花过一分钱。八二年麦收，屋后堆着麦垛，不知谁点了火，把整个后墙烧成黑的。半夜起来灭火，房顶的电线烧得劈里啪啦冒火星，吓得彭太香腿都软了。八三年，王有田三弟生的儿子王传强，两条腿不一样长，是个瘸子。孩子出生第六天，送米招待亲戚。彭太香说瘸子以后难找对象。这话传到三弟耳朵里，他让彭太香滚。九三年，风调雨顺，一亩地打了七百多斤小麦，差一点八百斤。九五年夏天，王有田五弟王富农的儿子，去村西边的大坝下水，淹死了。八岁的孩子，就这么没了。彭太香心疼了好一阵。九七年，后邻卫学金家不交公粮，镇上的人开车强制征收。彭太香站在门口看热闹，被卫学金骂了句，看恁娘的屄。世纪之交，彭太香没太大印象。家里添置了冰箱和洗衣机，有了现代化的气氛。2001 年，彭太香在镇医院查出血压高，医生让她吃清淡些，炒菜少放盐。2005 年年底，新闻上说废除农业税。彭太香有些纳闷，不交公粮，难不成让国家花钱买粮食吃。

彭太香第一次吃酱牛肉，是女儿王庆芳相亲时男方带来的。塞牙，有嚼头。彭太香答应了这门亲事，不为别的，这户人家出手大方不亏待人。王光荣找对象，让彭太香不省心。女儿开朗，性格随自己。儿子沉闷，性格随王有田。彭太香没看上秦霞，个头矮，长相一般。不过再一想，这些也次要，秦霞话多，脑子好使。王光荣应该找个强势的，找个闷得一句话不说的，日子没法过。婚后，住在一起，彭太香掌权习惯，总插手儿子的生活。有了儿子王冲，生活开支大，秦霞没出去上班，说话也没底气。儿子长到三岁，秦霞批发盗版光盘骑着三轮车去集市上贩卖，有了进项，不把彭太香放在眼里。

王有田死时六十七，最后的五年，他时常拖着因脑溢血而不协调的身体，在胡同里健走。嫁给王有田，彭太香没出去打过工。年轻的时候，没这么多就业的机会。等附近工厂林立，彭太香也上了岁数，只是操持家务。王有田识字，在镇上的养殖场记账，不算会计。几十年，他骑着大梁自行车，车把挂着印有"东方游乐中心留念"字样的皮挎包上下班。王有田身材矮小，骑上去，脚尖刚好搭上车蹬子，有些滑稽。王有田脑溢血后，彭太香把自行车当废品卖了十五块钱。为这事，王有田生了一阵子闷气。不是觉得卖便宜了，虽然生活不富裕，也不差这点钱。彭太香说以后你也骑不着了，留着也占地方。可一辆自行车能占多大的地方。给王有田带来念想的物件，就这么一次次地被彭太香变卖了。天好的时候，王有田会坐在天井里晒太阳。至于彭太香在干些什么，他不关心。

那年，村里还死了几个人。王有田四月死的，天气刚转暖。五月份，王有田的后邻卫学金死了。卫学金比王有田小十几岁，查出来已经是癌症晚期。七月份，徐广德的老婆死了。冬天，村南头王家有个刚出生没多久的婴儿夭折了。相比于前面三位，婴儿的夭折让众人颇感惋惜。可也仅限于此，西山上的村墓地里，没有婴儿的位置。

徐广德的老婆死后没出一个月，他提着从村头日升超市买的一箱伊利纯牛奶，敲响了彭太香家的铁门。王光荣和秦霞在镇上经营美容按摩店，不在家里住。为了避嫌，彭太香没让徐广德进门，就站在门口。下午，不时有在村口市场上买了菜的村民经过。两个丧偶没多久的老人，不得不羞怯地中断谈话，向村民们打招呼。我就是其中的一个村民，他俩不自然的样子，令我想起自己的少年情事。徐广德六十八岁，个头没萎缩多少，一米七五，戴着一副眼镜，知书达理的样子。一箱牛奶在两个老人中间来回推了几次，徐广德仍然提着。他对彭太香说，没别的意思，孩子都成人了，咱俩以后有个照应。彭太香没当即同意，奶倒是收下了。后来，徐广德又托人，上门找了彭太香几次。不知道让彭太香最终默许的是什么，一个不争的事实，和村里其他靠儿女接济的老头不同，钢铁厂退休职工徐广德的退休金，自己花不完，还时而贴补他的两个儿子。

彭太香爱唱戏，年轻的时候元宵节扮玩少不了她。村里举行文艺汇演，彭太香也上台唱。她没正经学过，嗓子又高又尖，弥补了不着调的缺陷。台下的观众也不是那么爱听戏，凑个热闹而已。后来，电视普及，大家对看戏没那么大热情，彭太香施展才艺的机会也少了。徐广德年轻时在河北当过文艺兵，会拉二胡。两个人曾经合作过。

徐广德有两个儿子，一个叫徐保定，一个叫徐承德。保定和承德的性格随母亲，腼腆，逢人会低头装看不见。徐保定接替了徐广德的班，是钢铁厂的职工。徐承德在私企上班，热爱钻研，算是技术工种，收入也过得去。徐广德住进彭太香家这事，两个人还是听乡邻说的。晚饭没吃完，徐保定和徐承德气势汹汹地找上门，二话不说，一边一个，架着徐广德就走。徐广德撅着屁股，两只脚拖着地面，像是个犯罪分子。

这天的具体情况，徐保定那善谈的老婆于红英是目睹者之一。在和妇女闲谈时，于红英说，别看保定平日里闷得要死，关键时候也有脾气，他揸着自己的爹，警告他，再来这里，砸断你的腿。彭太香站在北屋门口，只是看，没开过口。于红英还说，彭太香不是东西，每个月要五百块生活费。这样闹了几次，徐广德的腿也没被儿子打断。他和彭太香住在一起的影响，有这么几点。村民们饭后多了谈资。彭太香的女儿不再经常来看望她，偶尔来一次都站在门口，不进家，放下东西就走。王光荣和秦霞也是如此。两个儿子见到徐广德，像他们对待所有人一样视而不见。

徐广德不是个好丈夫，老婆活着的时候，动辄打骂，自从和彭太香在一起后，任劳任怨。春天，彭太香叉腰站在菜地边，徐广德光着膀子在地里挥汗如雨。夏天，晚上大家在路上乘凉，徐广德拉二胡，彭太香唱小曲。二胡拉得不成样子，唱腔也像驴叫。于红英说，吵死人，不要脸。秋天，徐广德站在梯子上摘葡萄。彭太香在下面指挥。冬天，徐广德一个人拿着铁锨铲雪。于红英背后骂彭太香不是东西，把徐广德当狗使唤，还不给狗吃饱饭。徐广德爱吃肉，彭太香不给他做，说吃多了对身体不好。于红英说，这个死娘们，就是疼钱。

他们没领证。春节期间，徐广德还是回村南头的宅子里，接待亲友。过年这几天，彭太香的儿女才会进家门。王有田的遗像，也会在这几天里被彭太香从柜子里提出来，重新摆在客厅。

刚一起生活，彭太香有些不适应。徐广德闲时喜欢写毛笔字，搞得家里一股臭烘烘的墨水味。开始彭太香忍住不说，后来就让他到屋外面去写。徐广德怕热，想安空调。彭太香有头疼的毛病，别说空调，夏天连风扇都不用。彭太香看不惯徐广德养花，不实用，有这精力不如种菜。在磕绊和迁就中，他们生活了四年。期间，两个人出去旅游过两次。一次去周村古街，吃了现做的烧饼。另一次去济南，参加某面向平民百姓的选秀节目。后来，彭太香把这次海选便被淘汰的经历归结为晕车。有年，县文化站的人下乡搜集民间戏，找到彭太香，让她唱戏。彭太香唱了几段，因为激动，忘词了。文化站的人问她，这叫什么戏。彭太香回答不上。得知彭太香唱的不是濒临灭绝的八仙戏后，失望而归。

最后这年，徐广德先是感觉头疼，从卫生室拿了几服药，吃了没效果。保定带着徐广德去了县医院，查出来是脑袋里有个瘤子。手术后，徐广德住进钢铁厂退休职工疗养中心，保定和承德两家轮番照顾了几天。于红英找到彭太香，让她去照顾。彭太香推脱自己上了年纪，腿脚不好。于红英说，这几年你拿了多少钱，心里没数吗，他长病了你不照顾谁照顾。彭太香照顾了没几天，和徐广德说住在这里不习惯不如回家静养。回家后，彭太香依旧指使徐广德干这干那，说多运动有助于恢复。

过了几个月，徐广德晚上睡觉呼吸困难，经常半夜憋醒。彭太香从卫生室给他拿了几服药，吃了没效果。承德带着徐广德去了县医院，拍片看到肺部有阴影，是肺癌。手术后，徐广德背更驼了，走在路上，像是随时准备捡东西。他说话轻了，整个夏天只邀请镇上的好友拉过一次二胡。

夏天过到一半，徐广德已经下不来床。彭太香提过几次想和他领证。徐广德装聋作哑，说等自己身体好了。彭太香嘴上宽慰，心里着急。在疗养中心，彭太香去食堂打饭，听人说起，正式职工的家属不仅有慰问金，还一次发放四年的退休金，两项加起来小七万。她这才明白，为什么徐广德不和自己领证。一起生活了四年，心思都没在对方身上。是赌气更是威胁，彭太香让徐广德回自己的家。之前两人吵架，彭太香也这么说过，每次徐广德都服软。这次他给儿子打了电话，保定和承德用担架把他接回村南头的老宅。于红英熬了一锅八宝粥，送了过来。徐广德细嚼慢咽，喝了半个钟头。保定晚上夜班，说明天一早再来。第二天，保定下了夜班，换洗后来到老宅，推开门，徐广德挂在天井的那棵梧桐树下，像一截断了的树枝，仍有一丝树皮和树干相连。父亲留给他的最后一句话是，没事甭往这里跑，我自己可以。想到这里，保定哭了。

出殡当天，我在场，没看见彭太香。王光荣提着一个花圈，放下就走了。老宅外面的胡同里站满帮忙的村民，蚊子咬得大家站不稳。上午十点，长子徐保定站在椅子上用棍子指着西方，喊了两遍，爸爸，你去西天大道吧。政府推行白事从简，不穿孝服，还打幡。天热，尸体先火化了，徐保定抱着骨灰盒，在家人的哀号中，上了殡仪车。车还没开出村，大家先散了。

这天中午，彭太香没做饭，喝了一碗早上剩下的大米稀饭。王光荣坐了会儿，说还有事，先走了。彭太香把王有田的遗像擦拭了下，摆回客厅。

后来，干活需要人搭把手时，彭太香会先想起徐广德，王有田排在后面。村里组织体检，彭太香血糖高，医生建议她控制饮食，馒头泡了再吃。她睡眠越来越少，半夜时常让头疼醒。镇上的按摩店关门后，王光荣和秦霞专心跑安利，时常回村，游说乡邻，态度热情。彭太香拿出这几年积攒的几万块，支持他俩的事业。

这年夏天，彭太香的生活中还发生了另一件大事，孙子王冲大学毕业。家里拿出五万块给他买了辆比亚迪，车是白色的，停在胡同口。彭太香站在车边，乡邻经过，问这是谁家的车。彭太香说，给小冲买的，有车好找对象。人都走了，家里只剩下彭太香，不用伺候别人吃饭，也算自在。但灯泡坏了，煤气罐空了，这些琐碎小事，不能每次都麻烦乡邻。彭太香也觉得孤单。至今，她仍保留着多年的习惯，饭后，走出家门，先在墙边的菜地上逗留一会儿，然后坐在门口，胳膊捂住肚子蜷缩着。她不再唱乡曲，也没人怀念。

李淑英（1956 － ）

　　少女时的李淑英，跟一个下放到农村的画家学过一段时间的美术。在农忙间隙的田间地头，或者天黑前的打麦场，画家拿着棍子，在地上临摹远处的树木以及低矮的草房，还有人的肖像。他让李淑英想象，这些形状添上色彩后的样子，就是你眼前的世界，但又不是，客观世界缺乏幻想，并没有那么生动。

　　李淑英双眼皮，身材均匀，其他人风吹日晒，一副灰头土脸的模样，她不事劳作，脸皮细嫩白净。读完初中，家里没人支持她往上读，她知道自己是块读书的料，还有绘画。父母说，你投错胎了，应该生在财主家。农民不劳作，意味着是个废物。土地不是用来涂抹，需要汗水来浇灌。几年后，李淑英嫁给了临镇辛留村的卫学泉。

卫学泉兄弟三人，他排末。大哥前些年因家庭琐事，跳了村西边的水坝，老婆改嫁，留下女儿跟着老二。卫学泉和二哥卫学水都是沉默寡言的性格。卫学泉头脑聪明，也勤快。卫学水言行一致，沉默，懒惰。卫学水的老婆是个罗锅，头抬不起来，家务和土地都她一个人的事，也没从丈夫那里得到半点尊重。李淑英嫁过来后，夫妻住老宅。老人帮卫学水一家在后面盖了土坯的新房。老人在院子里搭了间棚子，烧火做饭睡觉都在里面，冬天在门上多盖块木板挡风御寒。老宅和新房一个门进出，多有怨言。不是谁家的鸡越界了，就是谁家挂在外面的玉米少了几个，事虽不大，也得咒骂一番。卫学水不出去干活，坐在院子里下神。李淑英从外面回来，卫学水低头拿眼瞅。李淑英说，再瞅，眼都掉地下了。卫学水说，还掉你娘的逼里呢。

1981年女儿卫云出生，1985年儿子卫东胜出生。卫学泉当骡夫，赶车送货，回来后再去地里操持农活。卫学泉不识字，晚上李淑英给他记账。李淑英在院子里画画，孩子在地上爬，身上蹭得都是鸡粪。画家留下了本敦煌莫高窟画册，年代久远有些破损。李淑英先是照着临摹，时间长了也可以创作，她喜欢画观音以及飞天，对罗汉没兴趣。村里的人家陆续在北边盖起砖瓦房，李淑英的家里到处贴满了画，土坯房潮湿，画陆续掉色，过不了多久再贴上新的，像个小型的美术馆。李淑英一家不爱和人来往，参观的就自家这几个人。

卫学泉越来越不爱在家里待，拿着馒头去外面吃，在人多的地方扎堆，听人说话。别人问，老卫，你家什么时候盖新屋。

他只笑不说，回去后骂，我盖不盖房子关你们什么屌事，吃饱了撑的。又问李淑英，你画这些有什么用，钱给你，都买了这些东西，炒菜也不知道放油。

卫云念小学，代表镇上参加县运动会拿了奖牌。小学读完，特招进市体校，经常去外面参加比赛，不常回家，墙上挂满了奖状和奖牌。卫学泉在人堆里，冷不丁地插话，又拿奖牌了。村民说，好好培养。卫学泉说，跑得快，随我。体校开销大，偶尔能看到李淑英去地里拔草。家里吃饭见不到菜。大家都知道他们不吃肉。但村里有宴席，交了礼钱去坐席。席间，别人打趣卫学泉，你也不是不吃肉。十三岁的卫云，早恋被体校开除。她没继续读书，在外面干什么，也没和家人说。

卫学泉卖了骡子和马车，跟着建筑队四处盖房。他的瓦工手艺好，划灰线砌砖，挑不出毛病。卫学泉买下前面的宅院，用空心砖搭建了几间房，当储物室和厨房，天井地面仍是土的，下了雨没法走路。老宅逐渐没人住，大家都在村北的新宅区，晚上周围寂静一片，繁茂的树，夜空的风，以及动物的粪便。李淑英养鸡还有兔子，她喜欢食草动物，不争不抢。

1996 年村西边开了个小煤井，钻到地下二百多米，没挖多少煤，地下水顺着沟渠，灌满了小坝。李淑英坐在升降机旁边，按指令摁开关。她人生的第一份工作，清闲简单，只是难熬。

几只兔子，躺在卫学水废弃的院子里，头被拍扁了。李淑英下班后，从煤井往家走，半路上被两个侄子拦住了。十七八岁的小伙子，把李淑英打得在地上爬不起来，问她，还骂不骂人。李淑英报了警。卫学水托人来协商。李淑英说，兔子不值钱，我也不值钱了？李淑英的两根肋骨断了，赔了她两千块，也没住院，用帆布裁剪成胸衣固定住。她躺在床上，喘口气都疼。夏天，燥热，过得漫长。卫学水的老婆在村里散话，打她一顿还要报警把我儿子抓进去，一点亲情都没有。话传到李淑英的耳朵里，她把沙子筛干净装进化肥袋子里，吊在树上。读小学的卫东胜放学回来打沙袋，早日为母报仇。夏练三伏，冬练三九，卫东胜的手背上长了一层茧子，骨头也比常人硬。阴天下雨，李淑英的肋部会疼，她看书自学中医，抓药熬着喝。也配方子熬药让卫东胜喝，健身强体。卫东胜不爱喝，总是偷着倒了。镇上的大集，有抽奖活动。卫东胜花了一块钱，抽中一辆自行车。李淑英笑得很开心，生活在变好。

秋天，地里种上小麦，卫学泉跟着装修队去了济南，贴瓷砖刮瓷，钱赚得比以前多，一去两三个月，回来也就住一夜。没人给他记账，每天具体都干了什么，都在卫学泉的脑袋里，没出过岔子。他从外面带回来了彩电、组合柜，还有梳妆台。家里放不下，李淑英把杂物往外挪。李淑英卖废品，认识了经营废品站的老张。临沂人老张，把老婆孩子扔在家里，来这里收废品。他给了李淑英几本平时收到的拳谱，迷踪拳，五步拳，擒拿术等。卫东胜照着书上练功，在学校成立了一个地下组织，名叫"黑龙会"，不久便被班主任一窝端了。李淑英去老张的废品站住了几天，不干活，在纸上画。老张让她分拣废品。李淑英收拾了下行李，走了。几天后，老张看到纸上的画，除了观音，还有他的肖像，比本人好看，单眼皮画成了双眼皮，过于美化了。

卫学泉听到风声，从外面回来，他的样子老了许多，人更瘦了，牙也掉了两颗，这是开始，以后他会陆续掉牙，不到五十就会戴上假牙，搭配的还有白发，先是鬓角，然后逐渐都白了。他没再出去打工，在附近找点零工，有什么干什么，依旧少言寡语。卫东胜初中上了一年，去了武校练散打，经常去外面参加比赛，在和队友的合影中，他脖子上奖牌不是最多的。李淑英关心儿子的学业。卫东胜听烦了，习武是为了防身，不是报仇的，武德你懂不懂。李淑英说，你学瞎了。卫东胜又说，把人打残了，你有钱赔吗。

邻村的幼儿园换新址，请李淑英在围墙上画画。李淑英用了三天时间，在十几米的围墙上，画出米老鼠、熊猫盼盼、葫芦娃，形神兼备。许多人驻足参观，大家只知道李淑英平时不干活，没想到还有这一手。园长给钱，李淑英不要。园长买了一箱鸡蛋，送过去，再三推托，李淑英收下了。

进入新世纪，儿女常年在外，老宅没落脚的地方，春节回来住两天，晚上挤在一张床上。他们不说在外面做什么。总之带不回什么钱，还要李淑英两口子贴补。每次回来，儿女带回从超市采购的塑封的肉食、牛奶、包装精美的零食。有些东西李淑英和卫学泉舍不得吃，下次儿女回来，东西还在，已经过了保质期。周围多了许多化工厂，地下水被污染，煮开后仍有股酸味。儿女习惯喝纯净水。李淑英想不明白，喝水都要花这么多钱。

卫云到了结婚的年纪，村里有人做媒，都让李淑英回绝了。女儿应该有更好的出路，而不是在农村。有年春节，卫云带回来一个男的，比她小四五岁，头上染着黄毛，不爱说话，说是做生意的，样子又不像，比卫云还矮半头。当天，李淑英就把这男的赶走了。一起走的还有卫云。家里气氛压抑，卫学泉出去看人打牌。春节，村里的道路上停着不少汽车，大家的生活都在变好。具体在卫学泉的家里，年景不好，机会少得可怜。前些年，卫学泉没有赶上最后一批的工厂招工。如今快五十了，在劳务市场打零工，没活干的时候，李淑英的脸色不好。两个人总是吵架。

李淑英把心思放在中医上，砂锅常年冒热气。他们吃得越来越独特，搭配药材熬时令植物的根。"非典"那年，卫学泉总是肚子疼，在医院查出胆囊炎。李淑英不同意住院，回去给卫学泉按方子抓药熬制。喝了半个月，卫学泉病好了。从这以后，李淑英熬什么，他就喝什么。村里一个刘姓男的，五十多，肝癌晚期，从医院回来在家里等死。李淑英找上门，脉没把，站在床边看了几眼，回去熬了几碗中药。老刘喝了几次，人死了。李淑英说，太晚了，要是早期，我能治好。

政府下文，农村危房改造。全村还住在土坯老宅的总共三家，李淑英家是其中之一。政府出资盖砖瓦房。房子盖好时，村委换届。新上任的王本道，让李淑英交一万块钱。李淑英去村里找，刘猛在台上的时候，没让交钱。王本道说，那你去找他。

李淑英再来问，王本道指着她鼻子说，你去死吧，死了就没这些事了。

李淑英把检举材料先送到镇政府，镇政府的工作人员找村委谈话。王本道去找李淑英，钱不交也行，从村里发放的福利里扣，什么时候扣完，房子让你住。李淑英拿着材料又到了区政府，门还没进去，被村里用车拉了回来。她又去了济南，厚厚一沓的材料，字迹潦草，分辨不清。接待人员让李淑英口述，她语无伦次，先说早年刚嫁过来被人欺负，再说绘画没施展的机会，最后说女儿上体校被开除，体校让国家损失了一块奥运会金牌。工作人员听得一头雾水，让她回去等消息。回去等了几个月，没消息，李淑英想去北京，被卫学泉拦了下来，这样下去，日子还过不过。

三年后，卫学泉夫妇住进了新房，玻璃门窗都是铝合金的，又添置了沙发、彩电、冰箱。没多久，卫学泉胸闷，丝丝地疼，喝了一段时间的中药，也不管用。去医院检查，是肺癌。听到治疗费，李淑英不同意住院。

卫学泉理了光头，躺在新房客厅的沙发上输氧，身体皮包骨头。付英华来看望。卫学泉说，我没活头了，闺女儿子还没成家，你这当婶子的，以后多操点心，这个家指望不上李淑英。没入秋，卫学泉死了。

卫学泉的葬礼，本族没什么人来，抬棺木需要的四个人都凑不齐。卫学水的两个儿子没来。有人提议，以卫学泉顺利发丧为重，让李淑英亲自去讲和。劝说之下，李淑英的态度有些松动。随着离卫学水的家越来越近，李淑英脚步犹豫起来，她说，把屎抹在我做饭的铁锅里，这事我到死都忘不了，让我向他们低头，门都没有。一个家庭无可救药呈现破败之势。卫学泉躺在棺材里，没有料到，他的妻儿正在为如何将其尸首火化而犯愁。

装修房子，以及卫学泉生病，花光了本就不多的积蓄。李淑英想不通，儿女在外工作多年，怎么没攒下钱。他们只是说，外面的花销多。李淑英一个人守着新房，供奉菩萨和听佛经。让她心烦的事不少，比如换届选举，王本道连任了。卫云快三十了，有人给她介绍对象，也多是离异或者带孩子的。李淑英让她回来相过几次亲，都不满意。卫东胜带回来一个姑娘，李淑英没看上，三言两句，把人气走了。凡事在变，比如卫东胜的发型，从长发到莫西干，然后中间留着辫子两边剃光。也许真不适合在农村。

李淑英摔了一跤，膝盖磕在石头上。先是勉强能走，再是扶着墙，后来脚不敢着地，喝了中药，作用不大。去医院，检查出股骨头坏死，还有类风湿。做手术要几万块，李淑英拿不出这么多钱。女儿给她买了轮椅，她坐着去集市上买东西。推不动轮椅后，打电话让人帮忙带点吃的。一次拿两斤馒头，能吃一周。付英华送来水饺和菜饼，李淑英吃坏了肚子，说存心害她，逐渐也没什么人来看她。她变着花样熬中药，上吐下泻，房间弥漫着酸臭味。她躺在沙发上，在旁边放了两个垃圾桶用于排便。有人来敲门，她也不开，走出去开门要花十几分钟。

偶尔李淑英会接到乡邻的电话，没别的意思，怕她死在家里，没人知道。

妇女们在路上聊天，从后窗户传进来。李淑英听到了，破口大骂，污言秽语，比她平时和人交谈时有条理还流畅。李淑英的脸歪了，身上鼓出许多包。儿女回来，想带她去医院。李淑英不去，说这是药效起作用了，在排毒，很快就好了。

平静的日子，李淑英喜欢回忆往事，五十多年，最不缺的是仇恨，以及受到的不公。村里有人上访，都会带着李淑英。轮椅上这个形状古怪的妇女，话虽说不全，也是底层被欺压的明证。冬天的一个晚上，李淑英躺在沙发上瑟瑟发抖，身下铺着的电热毯作用不大，散热器在宽敞的客厅里也不值一提。天井里传来几声巨响。李淑英一夜没睡，第二天起来，屋檐的玻璃罩上多了几个窟窿，冷风往里钻。镇上的警察来了，了解了下情况，又走了。李淑英怀疑的对象众多，王本道，卫学水，平日受辱的那些个妇女。

村里待不下去了。李淑英把卫东胜喊回来，接她走。卫东胜雇车把她送到养老院，一个月五百，管吃管住，但态度不好。晚上李淑英尿了床，也没人来换，被褥上结了一层霜。没几天，李淑英闹着要回去。卫云从郑州回来，雇车把李淑英接回村，换了玻璃，买了采暖炉。冬天剩下的时间，卫云在家里照顾，李淑英胖了几斤。春节，卫东胜也没回来，电话联系不上。

开春，李淑英勉强能坐轮椅自理。卫云告诉李淑英，卫东胜工作的洗浴中心有色情服务，抓进了看守所。交不起保释金，卫东胜在看守所的那七个月生活规律枯燥，六点起来，简单吃完饭，叠餐馆用的卫生手套，午休，下午继续叠手套，六点下工吃饭，《新闻联播》前看半个小时央视三套的文艺节目，歌颂祖国之类的以及小品相声，都不怎么好笑。出来的前一天，卫东胜叠手套的速度破了纪录，用积分换了一顿带五花肉的小炒。半年后宣判，卫东胜缓刑两年，每周去派出所报到，每天发送两次定位。

卫东胜在市区租了房子，和李淑英住在一起。他在健身中心当散打教练，工资不到三千。卫云在外地，不知道做什么，不常回来。白天，李淑英有时看电视，更多的时候写上访材料，字迹依旧潦草。她看到新闻中，一个老太太七十多开始画水彩，一幅画能卖几千块。她想过尝试，不过颜料画布需要钱，只是在脑海里想了一下，自己应该有另外一条路，只是不是今生了。

村里的年轻人陆续在城里买了房子，留下的大多是老人以及能力不够的。邻村的幼儿园废弃了，有人在里面搞养殖，围墙上的画已经褪色，成了贴告示的地方，红纸是喜事，白纸是葬礼结束后主家的答谢名单。几场大雨之后，老宅岌岌可危。村里给李淑英打过几次电话，让她回来修缮。李淑英说，没钱。李淑英的几亩地，留给别人耕种。一年两季收成，给她送点玉米面和花生油当作酬谢。李淑英嫌少。对方说，多了没有，要不你自己种。又一次换届选举，王本道下台。新上任的是以前的刘猛，他给李淑英打电话问好。李淑英说，老天有眼。刘猛说，你别去上访了，对我影响不好。

冯爱月（1956 — ）

冯爱月的女儿刘涵，肤色像父亲刘兴民一样偏黑，遗传了母亲略有外八字的走路姿势。她初中住校因吃泡面，落下了胃病。考上县城最好的高中，在高二的秋季运动会上，八百米破了校纪录。老师劝她转向体育特长，她没兴趣。大学在本省念的心理学专业，她当过家教，暑期则在培训机构任课。男友何启森是经济管理专业的，圆脸有轻微的斜视，热衷社团的活动，在图书馆读二十多年前的旧报纸，是他打发时间的方式之一。

四年后，刘涵考取了本校的研究生，研究方向是儿童心理及家庭教育。研究生的两年，除去不算繁重的学业，她在导师的心理诊所兼职，听到了许多故事。事业有成却偷窃成瘾的公司老总，热衷于堵锁眼的退休国企保安科长，在副驾驶上喷洒水迹的夜班出租车司机，常年受头疼困扰的污水处理工程师，诸如此类。了解当下人们精神状态的同时，刘涵意识到幼年时的经历，如果不寻求途径疏解和正确对待，将会繁衍成一棵盘根错节的大树，遮蔽这个世界的同时，又让自身不堪重负。

在租住的公寓写论文的间隙，刘涵用了半个月的时间，将两年来遇到的有代表性的病患，整理写入《不要让童年阴影困住你》，内容是案例外加分析，侧重于可读性，又不乏文学性。文章发在网络上，被某省级文学刊物的责编看到，两个月后发表，没有引起什么反响。董编辑是四十岁的离异女性，独居且有轻微的洁癖，她是为数不多对刘涵的文章表达欣赏的人，鼓励她继续写作向大众普及。刘涵处在继续读博还是工作的选择中，在回复的邮件中表达了感谢，没有继续写下去。

文章中，化名"刘月"的研究生，是刘涵对自身的剖析。出生在农村，父亲早年是木匠，在镇上的养殖场当会计，后是村里的会计。心思缜密是一方面，更广为人知的是他的抠门，能从钱里面攥出水，赶庙会自带干粮，不舍得给老婆孩子买根油条。如今物资充实，他依旧穿着打补丁的衣服。村主任委婉地告诉他，要注意仪表。家庭生活中，他忍受不了噪声。刘月因闹出动静，时常被锁进大衣柜。天不黑透，不许开灯。煤气灶一年用不了几次，烧水做饭还是在灶台上。刘月的母亲，是妻子的扮演者，是帮凶，是丈夫意愿的执行者。在嘈杂的环境下冒冷汗，房间只开一盏灯，这些生活上的细节，刘涵保持至今。在文章中，刘涵没有做到完全的坦诚，这对写作者来说是致命的。那件深埋在刘月心中的秘密，来自童年，她躲在衣柜中，偷听到的父母的谈话，关于亲情以及谋杀。

2015年刘涵博士毕业，在青岛某高校任教，一周五节课，讲课时不看学生，望着教室后方。同学们私底下讨论，这个刘老师应该先给自己进行心理干预。相比工作，刘涵更热衷于公益事业，去贫困的农村给妇女做心理援助，因性侵发疯的，被丈夫烧得面部毁容的，诸如此类。场景凄惨，能做的有限，刘涵时常流泪，本想写篇有关农村妇女生存的乡野调查，也迟迟没有动笔。刘涵和何启森结婚前，冯爱月和刘兴民来青岛见男方的家长，去崂山不舍得坐索道，在山里迷路。初春的山中，饥寒交迫的冯爱月，嗅着不远处大海飘来的咸味，跟在刘兴民的后面。下山时，已经是凌晨。

刘涵是村里迄今为止第一个博士。从外出求学到结婚生子，十几年的时间，刘涵回村的次数不多。走在村里，乡民投来陌生的目光，在她走远后，交头接耳询问这姑娘是谁。刘涵确实变样了，从穿着到气质，以及思想。维系她和农村仅有的联系，是刘兴民夫妇。

有年，还在读研究生的刘涵，去镇上的派出所换第二代身份证。回来的路上，迎面过来一个妇女。妇女停下自行车问，你是小涵涵吧。刘涵从自行车上下来，微笑点头。换作别人，刘涵可能不认识。眼前这个一脸白斑病的妇女，是冯爱月的闺密付英华。付英华问，这么多年不见，都快认不出你来了。刘涵骑行在村外的林荫路上，两旁是麦地。又骑了一段，路两旁是果园，传来桃花的香气。刘涵忍不住笑起来，多年的求学生涯，终于得到了回报，她终将会被这个村庄遗忘。

冯爱月的儿子刘聪，大学在武汉读的环境工程，毕业后在上海找到了一份销售的工作，沉默寡言，每日与人痛苦地交流，业绩在公司里抬不起头。三个月后，他以自己的喜好，去某图书公司做文字校对，文字民工，整日寻找文稿里的语言错误。工资三千多，吃住困难，时常向姐姐刘涵求助。作为一个工科学士，刘聪在中专生居多的同事里感到压力，对文字仅存的喜好，在几个月的时间内消耗殆尽。两份工作，让他欠了更多的钱，信用卡还不上。生活也不是毫无希望，刘聪去居委会办理暂住证，一个老头看到他的毕业证后，说他不应该做电话销售，屈才。老头之前在上海环境科学院，现在退休了，要给刘聪介绍工作。

刘聪没等到老头的电话，后来通过招聘网站，入职某环保企业，画图纸和监工，经常去外地出差，两年的时间，在半个中国留下足迹。刘聪也追过几个姑娘，因各种原因没走在一起，他固执地认为，是女方的问题。对于自身，他并无多少清醒的认知，有时夜深人静，躺在床上，也没有个异性可以拥抱，心中酸楚，发出哀叹，我这么优秀的人，怎么就没人喜欢呢。

过了二十五岁，刘聪的生活趋于稳定，除了经常出差，他手头也宽裕了，依旧租房，没想过留在上海。冯爱月想让儿子回来，离家近，有个照应。刘聪不常回家，每次回来留下点钱，或多或少。对于母亲叮嘱的找对象结婚等问题，刘聪应承下来，又回去过着寂寞却自在的单身生活。

2016 年的秋天，收了玉米，种上小麦后，刘聪积攒了十天的年假，想带刘兴民夫妇去旅游。村里的事多，刘兴民走不开。冯爱月想出去，又担心自己走了，没人给刘兴民做饭。又过了一年，冯爱月想出去旅游时，腿疼走不动路了。冯爱月在国道上搞绿化，日常拔草剪冬青，心想走路太多累的。去村里的卫生室拿了膏药，贴了几次，效果不明显。后来上台阶都费劲，刘兴民才和冯爱月去了医院，拍片检查，膝盖有些劳损，没严重到走不了路的地步，结论是神经性疼痛。

　　冯爱月不再工作，卧床休养，正常起居都成了问题。家务都归刘兴民，没出一个星期他扛不住了，打听到新安桥有个姓朱的医生，跌打损伤四肢疼痛方面有些办法。朱医生没看病，先问他俩，身上带着多少钱。刘兴民说，八百块。朱医生抓了半个月的药，一共八百。刘兴民说，这次少拿点，回去没路费了。

　　吃了半个月，没什么成效，冯爱月拿着板凳，去几百米远的集市上买菜，走几步要坐下歇一会儿。付英华提着一箱子鸡蛋来看望冯爱月。付英华笑着说，你现在半夜不去地里看庄稼了吗。冯爱月有失眠的毛病，一天睡不了三四个小时，凌晨三点多醒了，她披星戴月，去村南头的地里，空无一人，只有庄稼在静静生长，她坐在田间地头，心里能多少平静会儿，天快亮时，再回家给刘兴民做饭。付英华说，现在怎么样，你不去地里，粮食就不长了吗。冯爱月家的地在铁道沟的东边，付英华的地在铁道沟的西边。麦子快成熟的时候，麻雀来吃麦子。冯爱月在地里扎上稻草人，仍不放心，在杆子上挂一块布赶麻雀。付英华看到，说她，你有劲没地方使了，家翅子（麻雀）吃剩下的，就是咱们的。

两个人坐在天井里说话，没说几句，冯爱月的眼泪下来了，儿子还没生孩子，你说我这样，以后看不了孩子。付英华说，你管这么多干什么，你不看孩子，孩子也能长大。冯爱月回忆起和付英华在镇上给人种蔬菜大棚的那些年，说，我现在连个自行车都骑不了，整天在家里，出个门都费劲。付英华说，人都是越活越老，还能倒着活吗。冯爱月又说，咱俩同岁，你看你的身体，多好，晚上还能去跳舞。付英华说，腿疼不是大毛病，总有好的时候。冯爱月说，这样下去，还不如死了呢。付英华说，那你怎么不死，还是没活够。冯爱月笑起来，你倒是看得开。付英华说，病没长在我的身上，我有啥看不开的。冯爱月说，你没事来找我玩。付英华说，那你得好好活着。

刘聪回来，要带冯爱月去大医院。冯爱月不愿意去。刘聪给她买了拐杖和轮椅，在家里拄拐杖，出门坐轮椅。冯爱月不习惯坐轮椅，也就很少出门。冬天，村里换届选举，刘猛当上村主任，要查过去的账目。一整个冬天刘兴民都过得提心吊胆，晚上睡不着，和冯爱月两个人对坐无言。

现在可以说下，困扰冯爱月几十年的那件事了。和刘兴民结婚后，头两年冯爱月没怀上孕，村里同龄人的孩子都会走路了，两个人着急。刘兴民打听到一个偏方，抓了药，熬好给冯爱月喝。没多久，冯爱月怀孕了，十月怀胎，生下来的男孩是个脑瘫，不会哭，眼睛睁不开，奶都不知道喝。征得冯爱月的同意，刘兴民把孩子捂死，夜里抱出去埋在了铁道沟。两年后，刘涵出生，又过了四年，刘聪出生。至今，有些年老的村民还记得，冯爱月还有过一个孩子，后来寻不见了。

史 琳（1973 － ）

　　史琳是不幸的，前两个孩子生下来就夭折了，第三个也只活了两个月。史琳也是幸运的，第四个孩子有先天性心脏病，但是活了下来。2007 年，十二岁的李辉在县城的人民医院装了心脏起搏器。当地的电视台采访史琳，她面对镜头，手脚局促，起先背下来的几句词都忘了，工作人员把词写在纸上，放在镜头的后面。第一遍史琳用土话念的，没合格，念到第三遍，才勉强过关。台词如下：我是李辉的妈妈，我的儿子从小患有先天性心脏病，多年以来饱受病痛的折磨，家境贫寒没有条件给孩子治病，感谢政府，感谢新型农村合作医疗，免费给我儿子动了手术。史琳没流下感动的眼泪，为此，电视台的工作人员有些不高兴，摇头说效果一般。

新闻播出时，李辉还没出院，躺在床上，看到电视里自己被推进手术室的样子。史琳去银行取钱。免费指的是手术，住院费以及后续治疗等费用还是要自理。取完钱回来的路上，旁边的体育场正举行一场大型的演出，借着路灯光，她看到海报上的许多明星，其中有周华健。没买票的人们聚集在体育场的外面，听着从里面传来的失真歌声。史琳混入人群，体育馆上空斑斓的灯光让她沉浸在虚妄的情绪中。半个多小时后，周华健登场，一连唱了三首歌，其中有《花心》。史琳也跟着哼唱了几句。有人问，不知道明星从哪个门出来。另个人说，让你听歌就不错了，还想和明星合影呢。

李辉出生时，头发是红的，皮肤发白，像是个混血。他经常感冒，感冒后咳嗽，喘气时胸部发出闷声，三个月后查出心脏有问题。孩子太小，手术风险大，小医院不敢做，要去省城的大医院。前面三个都没活，史琳和丈夫李长勇对这个儿子，珍惜的同时又不免悲观。这年史琳二十二岁。

婚后头两年，史琳一直在怀孕养身体再怀孕，与丧子和生产交相辉映的是精神上的溃败和身体上的虚弱，除了干点力所能及的家务活，她很少出门，在床上躺到月升日落。村子里关于她的流言，死去的孩子们，不能生养的身体。亲戚们对这几次孩子出生而随了礼钱也多有怨言，劝她不如去领养。

李长勇比史琳大两岁。前些年当村支书的父亲托关系，让他进了齐鲁石化公司，成为一名电焊工。有几亩薄地，从身份上来说，李长勇已经不是农民，是令人称羡的工人。闲暇时间，他喜欢喝酒和钓鱼。天气好的时候，他早上出去，傍晚提着几条鱼回来。史琳擅长做红烧糖醋等各式样的鱼，也是这段时间训练出来的。做好饭菜，李长勇和朋友喝酒谈天。酒喝多了，李长勇和平时判若两人，骂人打架，别人拦不住。酒醒后，摔烂的家具，史琳脸上的伤，他都忘了。

李辉查出心脏病后，又过了半个月，李长勇和同村好友王庆忠，去国道上拦路抢劫。第二天，民警找到厂里时，李长勇正在车间焊接。民警把工作证递给他，你掉的。工作证是昨晚翻找车厢时，从口袋里掉出来的。抢了不到三百块钱，外加一箱白酒。脱下工作服，李长勇又成了农民。王庆忠作为从犯，判了两年。主犯李长勇，判了三年。

三年间，史琳去过监狱两次，一次带着儿子，一次是自己去的。李辉总是生病，身边离不开人，家人的帮衬总是有限。史琳养了两条大狼狗，白天拴着，天一黑放在天井里，一有动静，两条狗就狂吠，半个村子都能听到。三年过去，李长勇回来，左胳膊和后背上多了两处文身，浅绿色的，形状粗陋，勉强能看出后背是虎，胳膊上是蛇。

儿子大点，上了幼儿园。史琳在家里照料果园，夏天去集市卖桃，秋天去集市卖苹果。李长勇还是干电气焊，不过没有固定的地方。他还喝酒，酒后照样打人。有年天黑，他骑着摩托车从外面回来，有人和他打招呼，他停下车，把人打得鼻梁骨折。酒醒后，发现是一个村的，赔了三千块。对于丈夫的种种行迹，史琳早些年还争吵，收效甚微后她选择不管不顾。闹出事端，史琳也只淡淡说一句，我不管，别找我。她常对别人说，李长勇把自己喝死了，这家才能消停。

起搏器不仅植入了李辉心脏，还有这个家庭。那几年，一切都在变好。2008年刚过完，村西边建物流园，史琳家的四亩果园赔了三十万。李长勇调动岗位，成了监工，不再下车间，负责培养新人，工资一个月五千不说，还轻松。领导对他的唯一要求是，戒酒。李长勇戒了酒，业余时间钓鱼和养花。他在房顶搭建了个花房，没事就上去浇水剪枝叶。史琳多年的腰疼也意外地缓解了，她心情舒缓，踊跃参加村里组织的各类舞蹈节目，领回来花生油卫生纸等奖品。她胖了几斤，呈现出富态。别人都说她有福气。史琳照镜子，揉搓自己的大耳垂，逐渐也认可了这种说话。北京奥运会结束后的秋天，李长勇和史琳去北京旅游，站在鸟巢和水立方的前面留念。去了故宫，没去长城。他们带回来奥运会的纪念品，一个瓷盘，上面画着一组福娃。至今，仍摆在客厅的显眼处。

李辉念初中，学习不好，放学不回家，在网吧打网游。李长勇往死里打过几次，李辉惨烈的哭声整条胡同都听得见。邻居们出来劝说，孩子本来就有病，别再打死了。李辉只哭喊，不求饶。李长勇掐着李辉的脖子说，我掐死他就像掐死一条狗。趁史琳和李长勇不在家，李辉把家里囤着的粮食卖了，拿着一千多块钱离家出走。一个星期后，在县城的一家网吧，李长勇用绳子把李辉绑回来，棍子打折了几根。初中没念完，李辉辍学了。父母怕他在外面学坏，家里买了电脑装了网线。

四十岁的史琳，骑着电动三轮车，穿着橘黄色的工作服，在村里扫马路。工作清闲，一个月五百块钱。镇上下来检查的时候，要守在分配的一公里的路上。平时早上和中午清扫两次，也不妨碍干别的。

李辉混了几年后，十七岁的时候，领回来一个叫林红的女网友，开始同居生活。他们白天睡觉，晚上打游戏。林红个高，样貌过得去，脑子缺根弦。没钱花了，问史琳要，婶子，给我钱。史琳说，没钱，回家找你妈要去。林红抓住史琳的胳膊摇来摇去，我不，我就要你的钱。史琳给了钱。林红照着史琳的脸亲上几口，高兴地出门，消失十天半个月，再回来吃住上几天。晚上，两个年轻人在房间里闹得动静大，吵得史琳和李长勇睡不着。李长勇骂，娘了个逼的，有完没完了。林红在外面同时和几个男的睡觉，把淋病传染给了李辉。史琳知道后，把林红赶走了。史琳问李辉，林红这么乱，你知不知道。李辉说，这是爱情，你们不懂。

史琳和李长勇合计，不能让李辉在家里瞎混了，托关系给他找了个厂子上班。干了没几天，李辉辞职了，说是熬夜对心脏不好，总是疼。李长勇说，操你娘，平时熬夜玩游戏的时候，你咋不疼呢。李辉低头不说话。史琳让李辉替自己扫马路，李辉跑出去就没影了。几天后，从外面领回来个叫姜婷的姑娘。姜婷身形像是臃肿的农村妇女，一顿吃两个馒头还要喝三碗粥。不过她懂事，饭后知道刷碗（刷不干净），还帮史琳扫马路（扫不干净）。一年后，李辉和姜婷刚到结婚的年龄，双方父母催促他们领了证。结婚当天，新娘新郎叩拜父母的环节，史琳哭了。

姜婷的父母在城里有套房子，两个人搬过去不常回来。姜婷在饭馆当服务员，李辉不上班，在小区贴维修电脑的小广告，等待上门维修电脑。生意不好，不够吃饭的。日常花销，要靠父母接济。史琳和李长勇过上了久违的清闲日子。2017 年，史琳四十六岁，她想的最多的是儿媳能怀上孕，趁着自己年轻带孩子。李长勇又开始喝酒了，先是只喝啤酒，也喝不多，后来是白酒，偶尔喝大。夏天，他酒后把车开进沟里，一条胳膊摔断了。住院的时候检查出高血脂，脑血管有轻微的堵塞。医生建议戒酒，多运动。

冬天，姜婷怀孕，胎位不正要卧床休息。史琳去城里照顾。有天晚上，李长勇出去喝酒，回来的时候拿着钥匙开不了锁，他蹲下睡着了。第二天早上被人发现蜷缩在家门口，衣服扒得只剩下了内裤，身体僵硬的姿势像是鹿角。姜婷肚子里的孩子也没保住。史琳腰疾复发，不再扫马路，她又养了条狼狗看门护院。银行存折里，还有之前占果园的补偿款，史琳盘算了下，李辉的心脏起搏器该换了。李辉不上班，让他学个手艺也不去。姜婷嘴笨手慢，当服务员总是让人欺负。李长勇健在的时候，史琳也想过这些。李长勇说，他们的日子，让他们自己过。现在不一样了，家里的事都需要史琳拿主意。

今年年初，史琳给李辉算卦。算命先生说，三十五岁可望吉顺。意思是，还要再等十二年。算命先生又说，七杀坐比肩不吉。史琳问，什么意思。算命先生说，易有疾病不利。史琳说，你说得很对。算命先生说，准的话，我也给你算下。史琳说，不用了，我清楚自己是什么命。

四

其他

辛留村道德模范

1. 陈伟安：诚信为人之本

陈伟安夫妻经营一家名为"日升"的超市，虽说商人以利为本，但对他俩来说却不成立。便利村民的同时，也给大伙提供了聊天促进感情的场所。开店多年来，陈伟安夫妇把村民当作自己的兄弟姐妹，给予优惠的同时，也不忘去帮助有困难的。两个女儿早已成家，陈伟安夫妻享受天伦之乐的同时，以诚实守信的经营之道惠及村民。热情开朗的他们，脸上总是洋溢着笑容，让人倍感亲切。

辛留村和东边的村子，以乡间公路为界。路两边的居民扩建出一间房，商住一体。从十多年前开始，周围工厂多了，来了不少外地的务工人员，单身的住公司宿舍，拖家带口的在村里租住。沿街房便用来做点小生意，有小卖部，理发店，饭馆等。镇上的张姓妇女租下陈伟安的沿街房，开了日升超市。半年后，张姓妇女查出卵巢癌。陈伟安夫妇接手超市，没更换招牌。

陈伟安和王天琴都是本村人。陈伟安兄弟五人，他排老三。早年他是瓦工，跟着建筑队给人盖房。四十岁出头去了工厂，在车间里负责机械的日常维护，一直到退休没再挪过地方。王天琴是家中老大，下面是一对弟妹。弟弟王陆海原来是炼油厂职工，因偷油造成工厂上百万的损失，判了七年。

王天琴性格开朗，三十多年来她家是村里著名的聚会场所。天黑晚饭后，村民从四面八方汇聚在此，在烟雾缭绕中打牌，有时也赌钱。王天琴在村西边种蔬菜大棚的那几年，每天起早贪黑，没精力招待众人打牌。几年后，物流园占地，两个蔬菜大棚赔偿了十多万。这些钱，贴补给大女儿买房买车。

比起经营超市，王天琴更喜欢闲聊和打牌，街上三个超市，日升的商品更新不及时，顾客少，货卖不出去，经常有过期的，生意也就更不好了。村里有个姓董的退休教师，七十不到，喝酒喝得脑子不清楚。王天琴和他人做局，将老董每个月四千多的生活费榨干。小女儿结婚时，王天琴又贴补了不少钱。

去年，在全市浩浩荡荡拆除违建的行动中，辛留村的沿街房无一幸免。陈伟安把西偏房腾出来，日升超市又坚持了月余，直到清仓完毕关门大吉。如今，陈伟安的家中热度不减，赢了钱的村民，脸上都洋溢着笑容。

2. 刘学中：亲善产生幸福，文明带来和谐

　　年逾七旬的刘学中大伯，是个热心肠，在儿女成家了无牵挂的时候，勇于承担起了村治安工作的重担。身为一名村巡逻队员，不为名利，只为发挥余热。身体上的诸多毛病，并没有阻挡住他的脚步。不论天气恶劣与否，总能在村里的大街小巷看到他巡逻的身影。责任心三个字，谈起来容易做起来难。刘大伯的身体力行，是年轻一辈的榜样。村民在安居乐业的同时，不会忘记他的点滴付出。社会的正常运转，不正是在于每个人不计得失的无私奉献吗？

　　上世纪八十年代，刘学中在村里任职，不是村主任或者大队书记这样的一把手。他四十出头，年富力强。也没想到几十年后，社会发生了翻天覆地的变化，比如吃穿不愁，也有了"三高"，并在某个深秋的夜晚，脑血栓晕倒在地。送医及时，捡回来一条命。从那以后刘学中感觉自己老了，并时常想到死亡。他的手脚不协调走姿怪异，心理建设了许久才迈出家门，置身于众人的目光下。

　　在刘学中诸多的性格中，宽容这一点帮助了他，不仅是对别人，还有对自己。残疾将伴随他的余生，既然如此，积极去康复是唯一的出路。他从家里翻出红宝书，"业未就，身躯倦，鬓已秋。你我之辈，忍将夙愿，付与东流？"不论四季天气如何，刘学中踮着脚跟出现在辛留村的乡间公路，从南走到北，再从北走到南。经过的村民和他打招呼，刘学中摇晃着笨拙的双手，

这让他身体难以保持平衡，只好放缓步伐。

更多的时候，乡间的公路上只有他的身影，腰间的收音机响着，但他不怎么听，心中默念毛泽东的诗词。激情万丈的青年岁月浮现在眼前，刘学中的人生不可避免地来到了回溯的时刻，比如私塾先生卫正宇拖着被他们打折的腿扫马路，那姿态和如今的自己有些相似。

在村里当职的那些年，刘学中没留下什么好的名声，却因其老党员的身份，在晚年落得了一个闲职，村巡逻队员。散步的同时兼职巡逻，村里每月给五百块。刘学中那个抠门且泼辣的老婆高兴了好几天，并在第二天的大集上买了件红色的羽绒服。

两年后，王本道在辛留村的换届选举中失利。任期内他以各种名目送钱送物，和村内党员们建立良好关系，顺利当选村书记。刘猛坐上村主任的位置，面对亏空的局面，做的第一件事就是节流，砍掉无用的支出，取消诸如巡逻员的闲职。刘猛原话如下：找个瘸子当巡逻员，还不如养条狗，狗才吃多少粮食。

3. 刘素珍：孝敬老人，关爱子女，善待邻里

刘素珍身为家中独女，十几年来以实际行动践行着她的为妻为媳之道，印证了她的孝心，展现了一个农村妇女尊老敬老、淳朴真诚的博大情怀，塑造了一个农村媳妇博爱、仁慈、善良的光辉形象。孝在传颂中放射光芒，在刘素珍的精心照料下，老父亲八十多岁，虽然眼神不好，但

身体康健，仍然精神很好，身上干干净净。而她的两个儿子也已经长大成人。说起刘素珍，邻里无不拍手称赞。

王兴农兄弟五人，父母死得早，为了减轻家庭压力，他和同村的刘素珍结婚，成为养老女婿。儿子随父姓，大儿子王传强，小儿子王传经。王传强生下来两条腿不一样长，是个瘸子。老婆小侯是城里的，家里开小诊所，条件算得上是优渥，可惜颈椎侧弯。王传强对这门亲事不满意。小侯虽然有残疾，样貌不错还精于化妆，即便忽略不了她背上驼峰，嫁给王传强这号人也是委屈了。

王传强职高学的家电维修，毕业后没派上用场，工厂没人要又吃不了苦，后来在辛留村租了个门头，叫传强婚庆，平时没什么生意。小侯的父母拿出几万块钱，让他俩做点小生意。王传强拿着钱，消失半年多。回来的时候，钱花没了，人胖了不少。小侯想要离婚，在刘素珍的百般劝说下回心转意。

王兴农原来是村里的电工，后来精简基层人员，他去工厂上班负责电路维修。小儿子王传经结婚，王兴农在村里盖了新房，还给买了新车。大儿子王传强夫妇和王兴农夫妇住在一起。两个儿子，一碗水不仅没端平，还偏得厉害。照理说王传强夫妇多少有点残疾，应该多照顾些。刘素珍恰好相反，平时帮衬小儿子，不把小侯放在眼里。小侯咽不下这口气，跑回了娘家闹着要离婚。

去年，王传经的老婆陈元生了一场病，先是晚上不睡觉胡言乱语。起初以为是有脏东西上身了，请村里的神婆作法驱邪，烧了一堆黄纸也没管用。陈元跑出去当街大小便。家人把她送到医院，查出是全国仅有十例的自身免疫性脑炎。罕见病让陈元戴着呼吸机躺在重症监护室的形象出现在电视和报纸上。村里发起捐款，网上发起众筹。生病前，陈元在村头的加油站上班。生病后陈元不上班了，如今出院已有大半年，反应还有些迟缓。

这件事让家人又团结在了一起。传强婚庆成了传强油条。刘素珍和小侯炸油条，火候掌握不好，没有河南人老孟炸的好吃。生意一般，不到一周传强油条关了门。老孟从鼻子里出气，说，我祖上三代都是炸油条的，他是干啥的。

4. 陈世勤：敬父母，亲兄弟，睦乡邻

身为兄弟三人中的老大，陈世勤家庭和睦尊老爱幼，悉心照料八十多岁的老父亲。家庭成员关系融洽，并带头弘扬尊老爱幼的传统美德，他经常帮助老人。他雨天为老人撑伞，自己浑身都被雨水给淋湿了也无怨言；看见老人拿重物，他马上走上前帮忙。在他的带动下爱人也经常帮助老人。他常说的一句话是："一个人活着，就是要为建设和谐新农村、全面实现小康社会做贡献。"

陈世勤除了小偷小摸也没什么大毛病，对七十来岁的他进行人生总结也不算操之过急，刨去生活不能自理的婴幼儿时期，大家一致认定他是个勤勉的小偷。有别于我们固有思维里小偷

的贼眉鼠眼，陈世勤的长相有着十足的欺骗性，这也很好地解释了他的偷盗生涯为何如此漫长。他奉行两条宗旨，一是，顺手牵羊。二是，贵重的东西不拿。

后一条弹性大，更多的时候依照他的心情，去卖废品顺走废品收购站的废铁，又去另外的废品收购站卖掉，然后顺走塑料瓶，积攒到一定数量后再卖掉。有次他顺走一盘铜线时被发现，仗着是本地人出言不逊，这些破烂玩意儿，我还不稀罕呢。那位来自日照的粗壮汉子，要把陈世勤送到派出所。陈世勤这才腿脚发软，拽住汉子的裤脚承认错误。这是他的一贯把戏，却从未失手过。

他也想过改掉偷东西的毛病，可就像饿了要吃饭一样控制不住自己。下班回到家，自行车的挎包里不知何时装了厂里的轴承等零部件。

他最后一份工作是宏远炼油厂的保安，骑着电动三轮车上下班，车兜帆布下面是铁条和钢筋。他不承认，直到调出监控画面。陈世勤有些懊悔，那地方本来是死角，不知道什么时候安装了摄像头。丢掉工作，交了罚款，他不死心，去找村主任王本道，想再去另外的工厂看门。王本道说，你给我看门我都不放心。

冬天他仍旧习惯穿着当保安时发的棉大衣，不仅保暖，还经常会被人误以为是警服。受人尊重，这是他的追求。

陈世勤的二弟陈世直受其影响，少时顺手牵羊，大时溜门撬锁，从镇上的供销社里偷了不少东西，碰到上世纪九十年代的"严打"，从监狱出来四十出头，落下了风湿等毛病，一直没有成家。陈世勤和三弟陈世涛的关系一般，平时不太走动。十多年前，陈世涛的老婆卫秀华下煤井出了事故，亲戚们自动和他们划清界限。平日里，卫秀华坐着轮椅在门口晒太阳，陈世勤路过也不抬下眼皮。陈世涛和邻村的一个寡妇同居，盼着下身瘫痪的老婆早点归西。

镇上的集市，一个十七八的小伙子坐在电动三轮车的后座上，眼神彷徨地盯着来往的路人。一农村妇女过去，建业，看好我的车子，丢了我找你赔。建业不说话。妇女又说，你知道我是谁吗。建业摇头。妇女说，你叫我大娘。建业点头。一会儿，陈世勤夫妇来了，看到孙子正吃着烧饼，问他哪里来的。建业说，一个大娘让我给她看车子。陈世勤把烧饼扔在地上，骂道，看他娘的逼。

建业初中没念完，至今也不识数，整日跟在陈世勤夫妇的屁股后面，让他干什么，他就干什么。陈世勤的老婆指着建业对人说，你说这块东西，以后可怎么办。又说，儿子找媳妇俊丑无所谓，可别没脑子。建业长到十八岁，陈世勤想让他去当兵，报效祖国。

5. 刘宗理：孝敬老人，邻里和睦，言传身教，以德为先

如同他的父亲刘荣兴，刘宗理一家人助人为乐，诚实守信，非常注意维护邻里关系，与邻居之间始终保持友好和睦，相互关心，互相帮助，多次主动探望并热心鼓励生

病的邻居。邻居们都特别愿意与他交往谈心。这种邻里情正像刘宗理常说的那句话："远亲不如近邻、近邻胜似亲人。"这样一句简单的话，这样一个简单的人，带给我们的却是一份浓浓的情。其实很多像他这样的榜样，就在我们身边，让我们学习，温暖着我们。

刘宗理的祖父叫刘传承，是卖瓷货的。进货去淄川，三十多里地，他推着平板车一天来回。集市上，他在地上铺好布，把货物从平板车上搬下来码整齐。碗盘居多，也有茶杯茶壶，花盆占地方只有一摞。刘传承瘦高个，穿衣费布，推车拉货费鞋，早年被国民党拉壮丁挖战壕，冻掉了两根脚指头。他不爱说话，挺过各种运动后，更是惜字如金，蜷缩在墙角，等着顾客上门。后来生意不好做，六十多的刘传承在村南边承包了一片果园，有桃树和苹果树，没等结果他就死了。

刘宗理的父亲叫刘荣兴，人高马大，找的老婆是本村王家的。刘家和王家都是辛留村的户门大族，联姻后的刘荣兴先在大队里干了几年的保管，改制成村后精简人员，他退下来专心打理果园。王淑花给他生了两儿一女。大儿子长到四岁，这年春天，几棵桃树被风吹断了，大人捡树枝，他跟在后面闹，摔倒让桃树根在胸膛上戳了一个洞，两天后死了。尸体就埋在果园的西南角，一个小土丘。托天折哥哥的福，刘宗理从小没在果园里待过，少吃了很多苦头。

王淑花有个侄子，叫王本道，是辛留村第一个买摩托车的人，关于他是否是第一个买轿车的，多少有些争议，周永生说是他先买的出租车，过了一个月王本道才开回来的桑塔纳。可王本道说，他的桑塔纳买了后，出了点小问题，又返厂维修了。可以确定的是，村里的第一辆奔驰和宝马，都是王本道买的。王本道当村主任的那些年，在他庄园的阳光房里，不厌其烦地对人说起自己的奋斗史，先是装卸队，再是运输公司，然后承包工程，不说呕心沥血，也是励精图治了多年，才打下了眼下的家业。对于这番言论，听者无不频频点头。对于王本道的发家史，村民有另外的一种说法，比如他为了追求到如今的妻子，剁下了自己的小拇指。妻子的某亲属是货运站的领导，这一既定事实让王本道得以组建了装卸队。

刘宗理在表哥王本道的手底下谋得了一份差事，两人联手组建了运输公司。辛留村西边兴建物流园的时候，王本道竞选上村主任。在承包工程上，刘宗理和王本道发生了分歧，亲情抛在一边，双方发生械斗。刘宗理左腿髌骨骨折，王本道手臂缝了针。王本道放出话，没有我，你还种果园呢。刘宗理说，没有你老婆，你还在种地呢。辛留村"四·一二"流血事件后，刘宗理把事业重心放在了县城，囤商铺放贷款。王本道在农村继续政商联合，占地包揽工程。

刘宗理的儿子叫刘成，技校毕业后去当兵，复员后在父亲的理财公司做事，一次讨债中把一个四十多的中年人从五层楼扔下。刘成因故意伤害判了三年。同年，王本道在澳大利亚留学的儿子回来，在城里开了一家面向中小学生的英语培训机构。

王淑花七十大寿的时候，王本道送了一块祖母绿。席间，刘宗理向表哥敬了一杯酒。王本道伸出胳膊露出伤疤，没说话，酒一饮而尽。在辛留村新一届的选举中，王本道没连任村主任，成了书记。刘宗理关了理财公司，专心炒房，除了参加村里的党员代表大会，很少回村。

6.董平：孝顺父母，和睦乡邻

董平同志几十年用一颗孝心温暖着多年偏瘫的父亲，直至父亲去世。上千个日日夜夜，他天天如一，精心服侍父亲的事迹，在村民中有口皆碑。母亲年事已高时常腿疼，董平随时照顾老人家，毫无怨言地承担起了为母亲做饭、洗衣服等日常家务活。为了照顾好老人，他随叫随到，从不让母亲干重体力活。在他的精心照料下，老母亲精神状况良好，身子骨比较硬朗。老人说："人老了，不用吃得好、穿得好，心情好比什么都强。儿孙们都很孝顺，我就心满意足了。"

关于董平，尤其是他早年的经历，在辛留村年轻人的心目中，变得有些神秘化。最近这十几年，村里确实没对外输出像样的混子，不用说杀人，即便是斗殴偷盗等都少得可怜。刘猛在江湖上算有些名号，可自从他当了两届的村主任后，就爱惜自己的羽毛了，退居幕后，不允许有任何的劣迹影响自己的仕途。至于刘成把人从楼上扔下去，也是有父亲刘宗理罩着，不是白手起家。

影视作品里的黑帮分子以及强人们都过于虚幻，缺乏真实性，董平是近在眼前的表率，不仅是活生生的，而且现在也过得不错。不然在盈科环保门前炒菜的王能进，虽不是本村人士，可也是早年间和董平一起作奸犯科的兄弟之一，却从来没有人把他当作图腾。归根到底，还不是他混成了大排档的厨师，身上那几处粗糙的文身，也被年轻人在网络上统称为土味。至于刘京（刘猛的亲哥），虽是团队的头目，也已经被公安枪毙了十多年，伏法只会让英雄气短。

辛留村有些年轻人在外面惹事，也习惯报上董平的名号，虽然辈分上应该称呼他为叔或者大爷之类的，但这称谓比起大哥来说，缺乏震慑力。他会说，我大哥是董平。对方疑惑，没听过道上有这号人。没有办法，年轻人只好娓娓道来董平的来路。没说完，就被多赏了几个耳光。对方说，给你大哥打电话。年轻人哭丧着脸说，我大哥最近没空。

上世纪九十年代初，以刘京为首，笼络了周围乡村的不良青年，其中又以董平和王能进为骨干。王能进屈居第三和实际情况不符，他是二号人物。盗窃和拦路抢劫，董平总是跟在后面。王能进虽然个头矮，凡事冲在前面，也最早进了监狱。刘京身上有两条人命，公安来家里抓他的时候，他跳进茅坑躲过一劫。刘京准备再去抢劫时，董平的儿子刚出生，他想过安稳的日子，跪下吃了刘京的屎。没多久，刘京被抓枪毙，享年二十七。几年后，王能进出狱，物是人非，先在某化工厂上班，后又自学炒菜（厨艺一般）。董平不服管，在周围的工厂上班都干不久。后来和老婆养猪，没几年物流园占地，猪舍赔给他七八十万，在市区买了商铺，收租为生。

村民速写

刘胜天（1988 — ）

刘胜天有过两辆油罐车，挂靠高中同学父亲的物流公司，一辆跑省内，一辆去省外。省内到临沂、枣庄等地，省外不过长江，最远到内蒙古。刘胜天没有 A2 驾照，外聘的司机。一个司机五险一金工资加上油费，每个月至少一万五。司机有些手段捞钱，从油箱抽油卖钱，吃饭多开发票。刘胜天也跟车，吃不好睡不好，担惊受怕，跟了一个月，身体吃不消。二十八岁那年，车队饱和效益不好，回款又慢，刘胜天把油罐车变卖。

邻居王闻，开了十几年的油罐车，天南海北跑，一米八的个头，不足一百二十斤，擦洗着刚买的宝马，对来往的村民说，大车没那么好玩的，自己不开车，谁和你一条心。村民问，换新车了。王闻伸长脖子，这车一般人可伺候不起。妇女于红英说，有钱了给你爸妈买点新衣服，现在谁还穿有补丁的。王闻不说话。于红英接着说，煤气罐都不舍得用，天天去捡柴火，你自己肥了，老的也不管。

表面上做生意赔了钱，实际刘胜天在外面赌博，不仅把这几年赚的钱赔进去了，大车卖掉还债，还远远不够。消息出自刘胜天本家的亲戚，也就有了可信度。平静的乡村生活，有了难得的谈资，村民们聚在一起，背着刘胜天一家，交换纷繁复杂的信息，试图从中梳理出脉络和真相。有人说，刘胜天是为了弥补亏空，才走上赌博的这条路，让人做局骗了，越陷越深，回不了岸。他这样做，也是想向岳父一家证明自己。

说到这里，村民们纷纷表达，当初就不看好这门亲事，还是要门当户对，不能太悬殊了，日子不是贴乎着过的。当初刘胜天母亲向大家炫耀亲家家境殷实的画面，还留在众人的脑海中。她们那时的迎合、羡慕和夸赞，经过多年的酝酿，终于可以把心底的嫉妒和不屑，以先见之明的姿态进行抒发。刘胜天母亲见到村民抬不起头，面如菜色的样子，又推波助澜她们的快感。有人说，当初上赶着，还没过门，孔玲每次来，都跑到镇上买鸡炖汤，现在你咋不了。又有人附和，结婚的时候，女方买房子，你觉得赚了便宜，现在人家离婚，这房子没你的份。刘胜天结婚，买家具和装修等花了二十多万，买房子也够首付了。钱没花在地方，陈姓妇女说，房子升值，车什么的都贬值。油罐车都是他老丈人出钱买的，这钱还得还，众人啧叹，这下，刘胜天家难看了。

刘胜天在东北念的体育教育专业，毕业后去济南，在楼盘做销售。在朋友聚会中，认识了老乡孔玲。孔玲在济南读的大学，从事财会工作。孔玲被刘胜天的外表吸引，很快确立了恋爱关系。孔玲工作不顺利，想回家。刘胜天跟着回来，经家人介绍，先在张店山泉路的一家车行卖车，逢人低三下四，伺候人的事。干了不到半个月，刘胜天去了柴油机厂跑业务，总在外出差，和孔玲见面的机会少。双方父母催促他俩早点结婚，了却心事。

为匹配岳父面粉厂主的身份，刘胜天的父母向亲戚借钱，车买的大众帕萨特，房屋装修和家具走的奢华风。婚后，刘胜天在岳父的面粉厂负责管理工作。女儿出生后，刘胜天的岳父母考虑到年事已高，把面粉厂转手，每年固定拿租金。生活无忧的岳父母，那两年足迹遍布国内旅游胜地。在他们考虑去周边国家体验异国风情时，孔玲和刘胜天闹起离婚。撕扯半年多，女儿判给孔玲。

刘胜天在村南边的宏远化工上班，三班倒，在车间里看机器设备，谈不上多累。这么多年自己当老板，心理落差暂且不提，严格的规章制度和作息时间，有些不适应。厂内禁止吸烟，进厂区前，他习惯停在路边连抽三根。女儿上幼儿园了，一周或者半个月回来一次，有时上了夜班，刘胜天白天睡觉。女儿问奶奶，爸爸是不是上班很辛苦。

辛苦的不只是他，刘胜天的母亲，六十岁的人，在镇上一家食品公司打扫卫生。刘胜天的父亲，从工厂退休后，另外找了个地方打零工。儿子结婚时欠亲戚的钱还没还清，又多了赌债。刘胜天的母亲，在屋后开辟了一块菜地，自己种着吃，不买菜。这天，她在屋后择菜，对乡邻说，不拼命干活怎么行，摊上这事了。一说，眼里的泪先出来了。

以前刘胜天性格开朗，偶然回村，穿着体面，站在汽车面前，对来往的乡邻热情招呼。现在除了上下班，穿着蓝色工作服骑着摩托车经过，见到乡邻，也不说话。妇女们背后说，刘胜天脸黑了，人也瘦了，看着不成样子。他一直皮肤都显黑，早年的啤酒肚也没丢。除了向刘胜天催债的几个熟人，以前的朋友都消失了。他有时和车间的工友喝酒，夜色中骑摩托回村。胡同亮着路灯，空无一人，几条家狗听见动静，狂吠一阵。刘胜天回应一声，嗟。

李强（1986 —   ）

李强在育红班里的一个行为，至今仍是目睹者们认为的生命中最恶心的画面。二十多年后，当年的女教师王爱芝跳完广场舞，和妇女们坐在胡同口乘凉，细数村中尚未结婚的大龄男青年。有人提及李强。王爱芝突然起身，扶着电线杆，干呕起来。有妇女说，爱芝，你家老李可以啊，六十多还整怀孕了。王爱芝连连摆手，我听不得李强这个名字，咱还是说点别的。

李强勉强念完小学，初中上了两年，在村里闲晃。他有两个姐姐，大姐跟着一个外地人跑了，二姐嫁到了山区。李强的父亲是个哑巴，为人老实，干活卖力。李强的母亲，智商和他相当。李强长到二十多，五大三粗，是家里的顶梁柱，说一不二。父母不听话，他伸手便打。亲戚来过多次，教训李强。李强当时听，回头照旧。

2012年1月份，对李强来说是个重要的日子，动画片《熊出没》在中央电视台少儿频道播出。大家改口称呼他为光头强。李强对外号很满意，也有意在形象上往这靠拢，剃成光头，留着胡须。除了上班，李强有两大爱好，上网，喝酒。这些年，他在网上，有几次觉得自己遇到了真爱，汇过钱去就没了消息。大家愿意和李强喝酒，他跑腿，喝酒实在，也抗揍。

李强也不总是受欺负。山区苦，没地方打工，二姐和老公回来，想住在家里。李强拿着棍子，把二姐夫腿打断了。去年春天，李强酒后，把母亲的牙打掉了两颗。母亲叫来自己的弟弟。李强从茅房里，捞出粪，招呼了舅舅一脸。这位镇上宣传办的科员，当场脑溢血，送医途中死了。

有年，我看《人体蜈蚣》，脑海中浮现出二十多年前，夏天的午后，砖瓦房大教室里，屋顶房梁的麦秸上插满了纸飞机，我们正拿着杆子打着飞机，突然闻到一股臭味。我的同桌李强，脱下裤子，蹲在地上大便，攥着新鲜的粪便，揉捏出各种的形状，伸出手，看，橡皮泥。见我们捂住鼻子，躲到一边，他甩给我们，把更新鲜的放进自己嘴里。

卫东超（1979 — ）

儿子两岁的时候，卫东超离家出走，在外面混了两年。出走是蓄意的行为，不是和任霞吵架的临时起意。用他的话说，也没想出去这么久。任霞泼辣独断，日子过得有点憋屈。本来是出去喘口气，散下心，出去就不想回来了，一两周过去，想到回去躲不了被任霞一顿打骂，也不敢回去了。

不知觉间，两年多过去了。卫东超走后，平日里粗枝大叶的任霞，才察觉到卫东超反常的行为。他连续两个月工资没上缴，前一个月说工资扣了，走的那天也正是发工资的日子。卫东超不回来，任霞把气撒在儿子和公公身上，打骂之余，还没个好脸色。

两年后，卫东超在河北保定打工，老板拖欠工资，他盗窃了电脑等抵账。老板报警，警察抓住他，通知老家的派出所。任霞和村主任等一行人，去保定领人。在派出所，任霞抱着卫东超哭，又狠狠抽了几个耳光，说，看把你养得又白又胖。任霞比卫东超大三岁，这两年干活伺候孩子，一个人不容易，又黑又瘦，很有妇女的样了。

卫东超不在的那两年，他爸走丢了，儿子上了幼儿园，没陪伴孩子成长，错过了日常的点滴幸福，不过也省却了不少麻烦，突然就这么大了，说不高兴也是假的。村里安装了路灯，几个乡邻死了，别的变化不大。旁人问他，你这两年干什么去了。他回，去的地方多了。卫东超回答任霞的要更加详细。

当初他拿着四千多块钱，先去张店的步行街，吃住在网吧，游戏中认识临沂的一个网友。投奔网友，钱花光后，在物流园当装卸工。干了不到两个月，又去青岛，没找到合适的营生，

234

坐火车去西安，路过淄博，想过下车，手里没钱，没脸回去。卫东超没去西安，火车上认识了淄博的老乡，去郑州做装修，正好缺工人。他在郑州下了车，说室内装修，在工地上也干别的。风吹日晒，干足一个月，发了工资，卫东超走了。

去保定前，卫东超回淄博，和朋友见面了解家里的情况，任霞出了车祸，恢复得不错。朋友劝说他回家。卫东超说，出来一年多，不能空手回去。去保定，想赚点钱，那个姓牛的老板拖欠工资。有些详情，卫东超没告诉任霞。临沂的网友是个女的，同居一段时间，吵架不断。去保定，也是见女网友，相处融洽，要是不出事，卫东超还不想回家。

回来后，卫东超在柴油机厂上班，效益不好。任霞的妹妹和妹夫经营小作坊，制作锅饼和煎饼，批发兼零售，怀孕后想回莒县老家。合计后，卫东超在家里辟出两间房，装好机器，凌晨两点起床制作锅饼和煎饼，五六点钟，陆续有人登门进货。逢集市，卫东超不休息，骑着摩托三轮车赶集摆摊。平日里，他睡到下午两点左右，去村口的集市摆摊。一年后，他买了辆五菱宏光。放宽生育政策后，四十岁的任霞想再要个孩子，第一次怀孕没胎心，第二次怀孕，六个月后胎心不动，做引产，是对双胞胎。第三次，怀孕成功，顺利产下一女。

女儿长到一岁多。有天下午，卫东超在村口摆摊，手机忘家里了。任霞推着女儿，给卫东超送手机，走到半路上，手机响了，别的女的发来信息，内容露骨。任霞边走边从路边捡拾砖头和棍子放在婴儿车里，到了村口，把女儿交给乡邻照看，她拉着卫东超往回走，棍子和砖头往身上招呼，一路打回家。卫东超护住头蜷缩在地上，木棍打断了，任霞从家里拿出铁锨，往背上拍，羽绒服破了口子，羽绒四处纷扬。村民们闻讯，赶来劝架。卫东超说，打，让她打，打够了，就不打了。

朱建国（1956 — 2018）

夏天最热的那几天，天气预报气温到了四十三度，村口兴隆超市的王老板，拿温度计在地上测量了下，五十六度。下午，过了四点钟，村口的集市上陆续出现商贩。往常朱建国蹲守在槐树下面，看着来往的行人，这两天没出现，大家觉得可能是天太热，或者他生病了。

没人知道他什么时候死的，邻居们早已闻到臭味，起初不太强烈，以为是胡同口垃圾池，味道越来越重，不同于生活垃圾，腥臭，浓得糊住鼻孔。破门而入，一屋的苍蝇，朱建国躺在床上，雪白的蛆敷在膨胀的身体上，地上流了一摊水。朱建国的老婆和儿女从市区赶回来，匆忙包裹了下尸体，抬上殡葬车，拉去火化了。

朱建国化作一缕烟，成了粉末，塞进盒里，埋在地下。一切太过匆匆，处理完后事，家人回到城里。头两天，大家谈论朱建国，关于他难以捉摸的性格，酗酒，打骂妻儿，众叛亲离。二十多年前，他从脚手架上掉下来，摔到后脑勺，这是他人生的分水岭。这之前，朱建国性格温和，勤劳，顾家。

邻村的妇女付英华得知朱建国的死讯，对她儿子（也就是我），谈到一件往事。那时，化肥紧缺，施肥用氨水。朱建国赶马车贩卖氨水，付英华要了一车，对他说，家里没钱，过几天再给你。朱建国说，嫂子，没事，你先用着。一拖到了秋后，付英华去送钱，说，拖得有点久。朱建国说，乡里乡亲的，不打紧。

辛留村政坛风云

前　言

　　近十五年，辛留村的政坛上，形成了两股势力。除刘猛和王本道外，每届选举时，也有零星的人站出来竞争。他们或因本族人口稀少，或因财力不够，都没形成什么气候。也有和刘猛、王本道积怨已久的，参选只是为了分流他们的选票。

　　李宜兴便是其中一位，多年前他和王本道相识于微，是交情甚笃的兄弟。王本道在杭柳村的铁路物流站稳脚跟后，分出一片仓库给李宜兴。王本道买下挖掘机渣土车承包工程，又介绍李宜兴入行。李宜兴羽翼渐丰后，压低价格和王本道抢夺生意。王本道领着人去李宜兴的家中，指着他说，操你娘，没有我，能有你今天。李宜兴看了眼在场的母亲，拿着菜刀，砍了王本道的胳膊。儿子被抓进派出所,李宜兴的母亲去求情。王本道说,砍我,白砍了?过了一天,李宜兴的老婆带着孩子去。王本道说,让宜兴出来,给我下跪认个错。几天后,李宜兴从派出所出来,对老婆说,跪他娘了个逼。在和王本道竞选村主任失利后,李宜兴开着一辆货车,挨家挨户向村民散发桶装花生油,见人赔笑,这次没选上,大家伙也出力了。村民领了花生油,关上门说,他这是在收买人心。

辛留村的土地被物流园和宏远集团占用了大半,只留下村南的一片土地,两百亩左右,包括一片果园和农田。村民在农田里栽种了桃树、核桃树,等待着占地赔偿。政府招商引资,一些企业来了,又走了,不愿意支付过高的赔偿款,在附近的村子占地建厂。农田里起先还能种小麦和玉米,树越长越高,枝繁叶茂,联合收割机进不去,改种时令蔬菜,吃不完在附近集市售卖。多年后,农田变成了果园和林地。

辛留村没什么村办企业,在没被划入占地范围内时,没人竞争村主任,一来除了上面发的固定工资,没太多出入可贪,二来村民纠纷不好处理,容易得罪人。刘猛上台前的村主任是王福平,村委设在乡道边上原来的粉坊,几间砖瓦房,一个厂院,靠西的位置是块十几平方的主席台,供领导站在上面发言。出了村委,向北走十几米,一户沿街房是王福平的家。他平时不去村委,一般在家里切割玻璃。落选后,王福平在镇上的塑编厂上班至今。村民对王福平的风评如下:你和他说什么,他都笑着答应,事就不给办。

刘猛三十六岁那年，选举前夕，村中各姓氏长辈出面，领着他挨户拉票。刘猛言语和气，帮个忙，以后有事亏待不了。他没花一分钱当上了村主任。不久，辛留村划入了占地范围，加上建设社会主义新型农村上级的拨款，刘猛在一个任期内完成了原始积累。学龄儿童减少，小学合并到镇上，校车统一接送学生。原来三个村合盖的小学废置，刘猛买下小学，装修一番成了村委。两层楼，宽阔的厂院，电动推拉门，是全镇九个村最体面的村委。小学操场卖给王本道，在这块土地上建成了三层楼的庄园。多年后，当地论坛举报王本道为村霸的帖子上，配图就是他这座庄园。

　　当村主任前，刘猛主业放贷，公司紧挨小学，几间平房，一个厂院，原来是幼儿园。门边挂着一块烫金招牌：聚隆金融服务有限公司。厂院里养着两条大狼狗，路上一有动静便狂吠不止。成了村主任后，刘猛也放贷，上班时间坐在村委的办公室里，宽敞的暗红面写字台，一角摆放着巴掌大小的国旗，对面是沙发，茶几上摆放着茶具。刘猛沏好茶，听着村民的诉求，频频点头。他坐姿神态有了领导的样子，偶尔眼神透露出狠劲，为民做主和有仇必报有着内在的逻辑。在办公室独处的时刻，刘猛抽着烟，深陷在沙发，望着墙面上辛留村的地图，决定在这片不算广袤的土地上留下自己的印记。他不在路口设卡对来往大车索要过路费，也与以往贩毒等朋友划清界限。

　　在刘猛的任期内，村内土路成了水泥路，安装了路灯，为六十岁以上的老人盖了老年公寓。宏远集团占了村西的土地，他私自扣下几户村民的部分占地款。村里拓展道路，几户老宅挡路，刘猛二话不说让铲车推平了。刘猛下台后，一些举措沿袭至今，只是后任者并未完全遵守。村民们想起来，还是念及刘猛。这些举措是：1. 每年考上大学的学生，按照院校层次，分发几千不等的奖学金；2. 村民婚丧嫁娶，村委班子成员必须到场，随份子；3. 村民诸如打官司、寻人、车祸等事务，村委出面协助处理。以上是刘猛的政治遗产。

王本道的哥哥王本德和刘猛竞选失利，三年后，王本道印发《竞选承诺书》，满六十岁的村民每月发放二百块老年金，年终每人发放五百块福利。文末，王本道说，自己在外打拼多年，事业终有所成，有信心带领全体村民致富。很难说，王本道的当选，这封承诺书起了多大的作用，不可忽视的一点是，连任两届的刘猛在这次的竞选中轻视了对手王本道，仍旧和往常一样，只向村民递句话，投他一票。王本道发动家族里的人，挨家送现金，争取到了摇摆中的选票。王本道上台后，老年金只发了半年，后来以村里没钱一直拖延。占地企业的补偿款，他总是要不回来。村民们说，还是人狠好办事，要是刘猛在台上，这些企业敢不给钱？这些话，传到了刘猛的耳朵里，他对亲信刘大同说，现在想起我来了，当初怎么不选我。平时，王本道在村委西边的庄园里，村民有事去找，王本道的老婆出面，语气呛人，这点小事，自己解决不了吗？几年后，王本道的小女儿出生，脑瘫。

站在辛留村政治的旋涡中心，王本道及其家族过往的事情被村民们挖掘出来，吹掉上面的尘土，添加佐料津津乐道。如同刘猛家族的基因是无视法纪，大哥刘京抢劫杀人被正法，自私自利是王本道祖辈的传统，从他祖父那辈起，除了钱，眼里留不下任何东西。王本道的祖父，不到六十岁，冬天去别人菜地里挖白菜，被狗追到掉进铁路边的深坑，第二天被铁道工发现，死时身体僵硬贴住坑沿。王本道的五叔王延安，在本村入赘到刘家，开诊所，是乡村医生。他给人看病用药偷工减料，一剂量的药他兑上生理盐水能用几次。这方面他一视同仁，八十多岁的老母亲生病，让他打针，他也这么干。几天不见成效，其余的儿子把老母送到邻村的诊所打针，一天就好了。二哥指着王延安的鼻子骂，小五，你娘了个逼的，自己的亲娘你也下得去手。

被村民诟病的还有王本道的发家史。在王本道庄园的阳光房里，他不厌其烦地对人说起自己的奋斗史，先是装卸队，再是运输公司，然后承包工程，不说呕心沥血，也是励精图治了多年，打下眼下的家业。对于这番言论，听者无不频频点头。王本道故意忽略了一个细节，为了追求到如今的老婆，剁下了自己的小拇指。老婆的姨父是铁路货运站的领导，这一既定事实让王本道得以组建装卸队。

三年过去。上级出台政策，严查贿选。选举前夕，王本道安排家族及手下亲信，通宵在村里巡逻，提防刘猛这方贿选。选举当天，第一轮选票，王本道落后刘猛百余票。趁中午，村民回家吃饭的空当，王本道安排人挨家送钱，第二轮选票，王本道当选。刘猛说，辛留村的人，不长记性。村民说，王本道给钱，你为什么不给。王本道说，辛留村的人，没良心，我钱花出去了，还有人不选。此后三年，王本道断掉了村内各种福利。陆续有土地被占，补偿款迟迟不发。村里墓田，因物流园占地，迁坟一次。半年后，因修路，又迁坟一次。刘猛家族的坟地，在原址未动。

刘猛当了两届村主任，共六年；后王本道当了两届村主任，共六年。在最近的一次选举中，刘猛被村民重新选为村主任。王本道在自己任期内，拉拢原来的党员，又发展家族亲属成为党员，虽丢掉了村主任的头衔，却牢牢把控村书记的位置。刘猛的村主任当了不满一年，国家出台政策，受过刑事处罚的人不适合再当村干部，刘猛的政治生涯宣告终结。为了安抚民心，上级让他在村里挂名村委员，不再主持具体工作。刘猛虽下野，他的政治余温尚在，经过他的运作和拉拢，跟随他多年的刘大同，在村民代表大会上，被选为村主任。当天晚上，刘大同的亲属在门口放了半个小时的鞭炮。清晨，环卫工赵丽看着满地的鞭炮皮，骂道，张狂，辛留村盛不下你们了。不久，中共中央印发《中国共产党农村工作条例》，村支书村主任一肩挑。王本道大权在手，任何决策都需要他拍板决定，大到发放老年福利，小到夏天村里水泵坏了要更换零件。

正 文

付英华：63 岁，村民代表

别看刘猛人狠，他有能力，宏远占地的钱，他能要出来，王本道怎么就要不出来。大湾的地本来就是咱们村的，邻村的毕庆元在上面建了房子，那也不是他的，还和咱们村打官司。半夜里，四五个人，翻墙过去，拿刀子对着毕庆元。他老实了。这事就是刘猛干的。王本道就没这些招，打官司输了，还赔给毕庆元十几万。这钱从哪里出的，还是咱们村民的钱，丢人现眼，就知道在自己村里耍横。我也不是向着刘猛，人不狠行吗？狠归狠，他起码给村民办点实事。刘猛路上见到我，隔着老远，就喊我嫂子。王本道行吗？从路上走，眼高，不把人当回事。临选举，王本道嬉皮笑脸，喊我嫂子，让我选他。我说，行，你在台上干得这么好，不选你选谁。我凭啥选他，给我钱我也不选，刘猛不给钱我也选他。

吴书萍：33岁，石化加油站员工

宏远占地，一样的蔬菜大棚，别人家一个大棚赔十几万，我们家两个大棚，给了不到七万。我爸不同意，刘猛带着人，把我爸踹到坑里，拿着铁锨，要把我爸活埋了。我爸吓坏了，才签的字。签完字，刘猛说，一分不给也就这样。现在我爸是死了，这事我一辈子忘不了。他刘猛就是欺负我们家就我一个女的。

李淑英：63岁，辛留村村民

操他娘的，王本道不是人养的玩意儿，我现在是走不了路，不然我还去告他，镇上不管，我去区里，区里不管我去济南，大不了我再去北京，我还就不信，天底下没人管得了他。刘猛在台上说好的，危房改造，给我们家新盖的房子，一分钱都不用交。王本道凭什么问我要一万块钱，不给，房子不让住。后来这钱我给了，他这是贪污。我家里的玻璃谁砸的，除了他还有谁。他娘了个逼，欺负人，等我养好病，能走路了，我拿着材料去北京，找中央的人评理。他家的三层楼，是拿什么盖的？又是奔驰又是宝马，钱从哪里来的？都是村集体的。

卫东超：41岁，锅饼个体户
按照辈分来说，我应该叫刘猛表叔，他妈是我们卫家的闺女。刘猛是我们卫家的外甥。按交情，刘猛是我大哥。村里别人我不服，我就服他。

于红英：56岁，宏远集团清洁工
二百多万的占地补偿款下来了，刘大同说，王本道不签字，老年钱不能发。王本道想先把村委班子这两年的工资先发了，刘大同不同意。王本道不签字也有道理，刘大同要发的钱里有他爸的工程款。发哪门子工程款？他爸修的大街，才几年，都起皮了。你刚上台没几个月，给自己家里发钱。王本道要让他返工，不然不结账。也有道理。王本道还想给赵建业和王本志发钱，什么这些年给村里干的工程，赵建业一百多万，王本志七八十万。这么多钱，他们给村里干什么工程了。一共二百多万，全给他俩算了。刘大同还要给村里的小组长发钱，每个人一年三四万。小组长就开会的时候召集下人，凭什么给这么多钱。以前刘猛在台上，小组长一年也就给个两三千。两边都为了自己的利益，二百多万放着不发，留着下崽呢？村里的红白理事会，刘大同把他大伯弄进去，他大伯病恹恹的，躺在床上，能干啥。现在村里结婚和死人，都不找红白理事会了。刘猛以前在台上都安排好的事，这帮人都不中用。我算看明白了，没有刘猛，村子没出头之日。

刘佳河：54岁，村委清洁工

果园里种的菜吃不了，我隔三岔五给刘猛送过去，不打农药，绿色有机。别听他们背后嚼舌头，说我上赶着抱大腿。我这叫知恩图报，我侄子刘大同跟着刘猛这么多年，刘猛没亏待他。刘猛在台上的时候，刘大同给他开车。王本道上台，不让我侄子开了。风水轮流转，现在怎么样，我侄子成村主任了。我出过两次车祸，干不了重活，村里让我打扫卫生，也是照顾我，响应国家的扶贫政策。

卫学富：51岁，原本道物流有限公司员工

当初不是我帮他拉票，王本道能这么容易上台？有几个屌钱了不起了，刘猛没使钱也照样当了两届。王本道屁本事没有，家里都是他老婆说了算，怕老婆的人能有什么出息。一个村主任看把他能的，我爸是四五十年的老党员，也当过大队书记。

王本道他姑父，和我抢工程，把他腿打断，是他活该。还报警把我抓进去。我这个党员丢了，没什么大不了的。我给刘猛拉票，他就上台了。

赵建业：45岁，党员，本道物流有限公司员工

我跟着王总七八年了，王总信得过我，现在外面的那些工程，都让我盯着。他没亏待我，要不然我敢生两个儿子。没钱的才怕生儿子，我有钱不怕生儿子，养个儿子不就是几百万的事吗。

王本志：33岁，党员，王本道堂弟，本道物流有限公司员工

村里欠我的那七八十万工资，应该给我了吧。我这几年，没少为村里出力，迁坟，建新墓地，前后三个多月，不都是我在操持。夏天村里疏通下水道，冬天定煤，过年发放福利。我是党员，为人民服务是应该的，那也不能欠我钱不给吧。

乡村夏季纳凉图景

如今，山东鲁中地区的辛留村依旧有着纳凉的习惯，他们大多是老人、中年男女，以及歇班或者无业的青壮年。至于再年轻些的，乡村只是在求学之余歇息的场所，没有太多的归属感，他们更喜欢躲在有空调的房间里做些年轻人该做的事情。纳凉也有多种形式，老人多坐在自家门口，拿着蒲扇驱赶着蚊虫，或一两个聚在一起，也多相对无言。他们沉浸在自己的世界里，有着此年龄段具备的缓慢、不动声色，以及对周遭的麻木，机械性地只等时辰到了，起身回到家中，锁上门，去茅厕排便后躺在床上。

七十多岁的王冠之老人，今年夏天没有再去外面给工厂看门，两个女儿答应每个月给生活费。他的老伴比他小十来岁，有类风湿，需要常年吃药，今年开始耳朵有些聋了，记性也不太好，女儿们怀疑是阿尔茨海默病的前兆，让老王在家里照料。老伴的身体受不了风扇，再热的天，也不觉得热。入夏后，两个人不在一个屋睡。回到家，老伴在另一个屋已经睡了。老王用毛巾擦拭了下身体，打开电视，调低音量，躺在沙发上。不一会儿，起了鼾声。这个年纪，容易睡，也容易醒，阳寿在逐渐耗尽。

六十岁以下和四十岁往上，不喜欢运动的男女，凑在路灯下面打牌，不赌钱消遣为主，有些闲坐在四周，间或聊几句家常。牌局中总有一两个性情较真的，全情投入，大呼小叫。困顿，乏味，对炎热和蚊虫无可奈何。不喜欢凑热闹的人，饭后顺着辛留村的主干道，一直往南走，走出村，没了路灯，两旁先是果园，然后是田地。路上偶尔驶过汽车，灯光刺眼。路边的树林中的几束灯光，那是有人在找稍钱鬼（淄博方言，蝉的幼虫）。

刘学中今年六十五，几年前脑血栓后留下后遗症，腿脚有点不便。他不论四季天气如何，早晚坚持在路上散步，康复得不错，生活能自理，只是脚还有些跛，踮着脚跟走路。和刘学中同行的是村医王延安，六十出头，春天查出了肺癌，几次化疗后头发没了，戴着帽子和口罩。王延安名声不好，给人看病用药偷工减料，一剂量的药他兑上生理盐水能用几次。这方面他一视同仁，八十多岁的老母亲生病，让他打针，他也这么干。几天之后没见成效，其余的儿子把老母送到邻村的诊所打针，一天就好了。二哥指着王延安的鼻子骂，小五，自己的亲娘你也下得去手。患病后，王延安把诊所交给了儿媳。依靠多年来积累下来的名声，诊所冷清。儿媳最近进了一批老年保健品，在诊所前面摆摊，喇叭喊着，想要健康长寿，请认准红花王。

空气有些呛人，那是从村南边的石化工业区飘过来的。高耸的油罐，以及闪烁的灯塔，提醒着散步的人们，还有些人正在上夜班。入秋后，再过上月余，玉米就能煮着吃了，趁着散步，可以进玉米地掰几个。退休小学老师王秀丽，每个月领着四五千的退休金。夏日的晚上，她先要在日升超市的门口看会儿别人打牌，然后顺着路走一遭，再回到村南边的家中。丈夫李庆民身体康健，已经不上班，每日在家里洗衣做饭，闲时去镇上的池塘钓鱼。用王秀丽的话说，我的工资够咱俩花。两个女儿已经参加工作，还没结婚。夫妻生活上的烦恼，也只有这一点了。

四十岁左右的妇女，多在村委的广场上，摆上两个音响，随着动感的音乐翩翩起舞。一些孩童夹杂其中，也跟着扭几下。胡春花是妇女中比较忙碌的，她有两个双胞胎孙子，跳了没一会儿，儿媳小牛让她别跳了，一起看会儿孩子。胡春花不舍地离开了跳舞的队伍，眼睛盯着四处乱跑的孙子，不愿意多走动几步。小牛说，平时看孩子累不死你，还有力气跳舞。

八点半左右，妇女主任陈霞把音响搬到屋里。周红生关上伸缩门，从门缝中出来，在门口继续坐一会。周红生快八十了，他的儿子前些年长了脑瘤，如今也不能干体力活，平时戴着帽子，骑着自行车四处散心。儿媳干活赚钱，孙子上初中了。村里考虑到这家人的情况，让周红生在村委看门，和老伴住在村委一楼西边的一间屋里。家庭困难的，村里不在少数，周红生能有幸在村委看大门，是因为他侄子在镇上负责后勤保障。

在王传经的家门口，五六个青壮年聚在路灯下打牌，牌桌上摆着钱，小赌怡情。边超已经三十五了，是村里正常的大龄未婚男青年之一，说是正常，是比他大的没结婚的不是残疾就是脑袋有问题。相比之下，边超的口吃算不上什么缺点。那他为什么不找老婆呢，除了和年轻人混在一起，烟酒是沾的，没什么别的恶习。已经有妇女放出话，边超大概是对女人没兴趣。此话一出，人们也丧失了给他说媒的热情。边超的母亲，是个神婆，会叫魂。对于小儿子的婚事，她也没什么办法，各路神仙没听她的召唤，大概心还不诚吧。边超在技校学的会计，他出牌慢，瞻前顾后。王传经说，你手里攥着你老婆呢，还不扔。

去年，王传经的老婆陈元，半夜睡着觉，醒来胡言乱语，又哭又骂。起初，以为是有脏东西上身，请边超的母亲来作法驱邪，烧了一堆黄纸，把众人呛得眼泪鼻涕出来了也没管用。陈元跑出去，当街大小便。家人把她送到医院，查出是全国仅有十例的自身免疫性脑炎。罕见病让陈元戴着呼吸机躺在重症监护室的形象出现在电视和报纸上。村里发起捐款，网上发起众筹。生病前，陈元在村头的加油站上班。生病后，陈元不上班了，虽然出院已有大半年，她的反应还有些迟缓，平日吃完饭散会儿步。四岁的女儿有些淘气，也不让她照看了。

王传经已经输了二十多块，女儿拧着他的耳朵，想吃雪糕。王传经为难地看着大家，快九点了，要不今天先到这里。大家不愿意。王传经说，把赵老三叫来吧。上周赵老三输了十几块钱，急眼把牌桌掀了。边超说，老三走了。

赵老三的父亲叫赵老二，以前开拖拉机。拖拉机还在，不拉砖了，车后挂上玉米脱粒机，秋天玉米晒干了，去附近村子脱粒。赵老二还不到五十，肥胖干不了重活，一活动就头晕胸闷。赵老三念完初中，在家里玩。如今二十出头，对窘迫的家境深感失望。上周赵老三掀桌子，也不单是输钱了，还因为赵老二又高血压晕倒了。邻居几个人勉强把赵老二抬上救护车。赵老三站在旁边，指着昏迷的赵老二说，你怎么还不死呢。在大家因打牌缺人手怀念赵老三的时候，他正在市区尚美第三城的一家 KTV 里将一份果盘端进包间。身上的工作制服有些紧，走廊抛光墙面里的赵老三，商务，帅气，还有些高傲。他给自己打气，这只是暂时的，早晚出人头地。

村委大院关门后，妇女主任陈霞和一帮妇女往村里走，她们没有回家，来到村北头陈霞家那条胡同——付英华家门口的路灯下。陈霞回家拿了瑜伽垫，几个妇女坐在上面，有些身材臃肿的，蹲坐不方便，付英华从家里拿出几个马扎。坐定后，夜风吹拂着身上的汗水，可以逞口舌之快了。

和其余的纳凉场合有所不同的是，在这里通过妇女们的交谈，可以一窥辛留村的人和事。以下是主要的参与人员：

姓名：付英华

年龄：63

工作：家庭老妪

外貌：白斑病，从不穿短裤和裙子。一米六五，长脸，眉毛稀疏，脖子短，身材臃肿。

家庭情况：七年前，丈夫病故。一对儿女已经结婚生子。女儿是仓库保管员，儿子在图书公司当编辑。

姓名：秦桂枝

年龄：57

工作：在邻村娘家的馒头房里帮工

外貌：一米五出头，身材瘦小，皮肤白净，声音尖。说话时习惯性振臂。

家庭情况：丈夫王富农在镇上的塑编厂上班。大儿子八岁时在村南边的水坝里淹死。小儿子二十一岁，大专毕业后没找到工作，最近在考会计证。

姓名：陈霞

年龄：51

工作：村妇女主任

外貌：一米六七，头发烫染成黄色，梳着两条辫子，浓妆没能掩盖日益增多的皱纹，长年累月地锻炼身体，从背后会误以为是小姑娘。而正面的形象，接近于农村贵妇。

家庭情况：丈夫李长福是初中语文老师。女儿嫁到青岛，目前怀孕保胎。

姓名：于红英

年龄：51

工作：盈科环保的保洁人员，负责办公楼的日常清扫。

外貌：不到一米五，身材敦实。眼睛虽大，但有眼袋。与人说话，习惯用"我和你说"作为开头。别人说话时，会用"就是，就是"来附和，自己再说时，用"你再听我说"。

家庭情况：丈夫徐承德是钢铁厂的职工。大女儿是一所私立学校的英语老师。小女儿在卫校读临床护理专业，明年毕业。

姓名：段晴

年龄：49

工作：家庭妇女

外貌：和陈霞一样，对自己的形象颇花心思，却因日渐发福的身体和略微的龅牙，难有更大的提升。

家庭情况：丈夫牛传闰卖二手车，在鲁中二手车交易市场有摊位。两个女儿都在外地念大学。大女儿学的市场营销，小女儿学的旅游管理。

姓名：张润珠

年龄：47

工作：茂达物流业务员

外貌：喜欢穿紧身裤，走路仰头，摆胯幅度有些大，让人感觉目中无人。实际上，她确实对自己的姿色有些信心。皮肤天生有些黑，这让她有些苦恼。

家庭情况：丈夫牛传红，以前是建筑队的包工头，现在从事室内装修，一年中大多时间在外面。儿子大学毕业，赋闲在家。

姓名：邱春燕

年龄：46

工作：村委外聘的工作人员，负责社保等

外貌：短发，逢人爱笑，却总让谈话陷入尴尬。她习惯说"没事，我就先走了"。

家庭情况：丈夫牛传山，危险品运输司机，多跑长途。儿子在天津当兵，负责警卫。

去年村里换届选举，陈霞连任妇女主任，加上这一届，她已经干了六届，是所有村委领导班子里最稳定的。王本道当了两届主任后下台，成了村书记。刘猛在王本道之前当了两届主任，经过两次落选又成了主任。以前书记是摆设，都是主任开展工作，从这届开始，上面要求加强党的领导，书记的权限大了，有些事书记不拍板通不过。王本道和刘猛处世风格不同，合作不到一块。

陈霞和双方处事多年，她说，王本道有钱，人直爽，没太多心眼,都是他老婆在后面出主意。刘猛表面与人和善,心机重,做事不拖泥带水。众人问,谁能治了谁呢。陈霞说,这不好说。刘猛下台时,村里的账上还有十几万。王本道干两届,村里不仅没钱,还欠了外面几百万。据说刘猛在搜集材料,安排人去上访。大家想起王本道第一次竞选时,给村民发保证书,要带领大家致富。这些年下来,上面的财政补贴和工业园占地的补偿款,都进了他的腰包。党员有一多半都是他本家的。不说他横行乡里,也是作恶不少。陈霞说,网上的帖子你们看了没。上个月,有人匿名在网上的各大论坛发帖,说王本道是村霸,配图是他紧邻村委的四层楼大庄园。众人附和,这说的也没错。

陈霞说,昨天他俩又在办公室拍桌子了。付英华问,又为了什么事?陈霞说,还不是村里让谁发桶装水的事,都想让自己的人干这差事。于红英问,那最后怎么样了。陈霞说,刘猛是什么人,王本道敢惹他吗。刘猛兄弟三人,他排行老二,大哥刘京十几年前杀人,判了死刑。刘猛没有大哥那么目无法纪,也不是善茬,他在台上的那几年,旧村改造拆迁等棘手的差事,他说一不二。如今再上台,刘猛和善多了,大概也明白了恩威并施的道理。陈霞说,占地补偿款刘猛要回来了,王本道不签字,钱也发不下来。于红英问,王本道凭啥不发,村民的钱,他还扣。陈霞说,两个人置气,倒霉的还是咱们村民。付英华说,你也是领导,有空说说他俩。陈霞说,我还能说他们。付英华说,你这妇女主任也是我们选上去的,你不替村民说话,下次我们不选你了。陈霞笑起来,婶子,下届我们选你。

李长勇摇晃着身子从南边走过来，走近后，大家闻到了一身酒气。李长勇看了眼大家，都在这里玩呢。大家附和。李长勇走远后，段晴说，长勇不是戒酒了吗。陈霞哼了一声，他能憋得住？血脂稠，在医院住了半个月，医生让他别喝酒，他还是不听。付英华说，你是他嫂子，你不说说他。陈霞说，属狗的，改不了。邱春燕说，儿子结婚了，去了这块心病，他高兴。陈霞说，日子还在后头，李辉赚这点钱，还不够自己花的。付英华说，李辉结婚有点早，才二十出头，着什么急。陈霞说，他能找到对象就不错了。付英华说，你是他亲大妈，还看不起自己家里。陈霞说，我说的是实话。于红英问，你家小青几月生？陈霞说，现在的年轻的没法说，才怀上孕就要保胎，整天躺在床上，咱年轻的时候也没这么多毛病，快生了还在外面干活呢，昨天她给我打电话说想吃我包的水饺，青岛这么远，我还去给她送吗。于红英的大女儿小桥和小青同岁，在学校教书，相亲了好几次，条件好的看不上她，她也看不上一般的。小桥个头和于红英一样，一米五出头，想找个公务员。

陈霞说，刘胜天离婚了，你们知道吗。付英华说，不是说早离了吗。陈霞说，上周才离的，在外面赌博欠了七八十万，这次是净身出户，房子车子都没了。邱春燕说，刘胜天看起来不错的孩子，没想到是这种人。付英华啧啧感慨，这么多钱，可怎么还。张润珠说，有他爸妈，用不着咱操这份心。付英华说，要是我儿子弄这套，我拿刀剁了他的头。秦桂枝说，剁了头，钱也照样还，我哥家的儿子也离婚了。大家知道秦桂枝一旦展

257

开说，就没别人说话的份了。陈霞立刻转移话题，村里三十多没结婚的也不少。邱春燕对付英华说，你三嫂的两个孩子还没结婚吧。付英华说，有她妈，用不着咱操心。邱春燕说，是叫卫云和卫东胜吧，有个头有模样的，是找不上来还是怎么着。付英华说，摊上李淑英这样不讲理的妈，能有啥办法，总不能杀了她吧。

陈霞说，这世道不公平，有的勾搭好几个，有的一个也没有。五十多岁的老彭，从外地来这里贩猪三四年了，在村里租着房子，跟着他的是个三十出头的女的，大家背后称呼她"老三"。老三给老彭生的儿子如今六岁多了。老彭在临沂老家还有老婆和孩子。说到男女问题，于红英不插话了，她年轻的时候和村里的一个男的有点瓜葛。有家庭还勾搭在一起的，村里能数出七八个，这还是大家知道的。张润珠说，能搞的还是有本事的呢。邱春燕笑起来，二哥不在家，你是有什么想法了吧。张润珠说，传山跑长途，你在家也没闲着。段晴作为大嫂发话，他们男的在外面也没闲着。

牛氏兄弟三人，是村里少见的关系和睦的亲兄弟。当初牛母生了这三个儿子，家里穷得揭不开锅。儿子们长大成人后，牛母五十出头得了重病。几个儿子心疼，买新衣服买好吃的孝敬她。段晴说，身体好的时候不舍得吃穿，生病就晚了。张润珠说，我婆婆这人待人好，我嫁过来这几年，她没朝我发过一次火。邱春燕说，对我也没有。付英华说，你公公开瓦厂的时候，我在瓦厂干过一阵，夏天大中午太阳多晒，你婆婆从窑里往外

258

推车，满满一平车的瓦，顶一个大男人。段晴说，不这么拼命的话，也不会死得这么早。

众人想了一会儿逝去的亲人，发现今年过去大半，村里才死了两个人，和往年相比有点少。辛留村东西两边的村子，上周陆续死了两个人。东边的村子死的是个男的，朱建国，刚过六十，和老婆儿子关系不好，平时一个人住，死了几天才被人发现，四十多度的天，尸体都臭了。儿子赶回来，拉到火葬场烧了，也没出殡。付英华说，老朱年轻时和孩子他爸关系挺好。西边的村子死的是个妇女，不到七十，死前还在地里干活，回到家和丈夫说，累了，躺一会儿，一躺就没再起来。于红英的娘家也是这村子的，她说，她家可不缺钱，物流园占地，赔了他家少说七八十万，就是干活的命。

陈霞问，去年咱村里死了几个人。有人说，七个。有人说，八个。说不清了。在大家心目中，下半年已经有几个人预定了死亡。村西头的卫秀华十多年前下煤井出了事故后一直坐着轮椅，今年已经下不来床。付英华说，我现在很害怕老庆他妈，两只眼都要凸出来了，肩膀和腮上长着大瘤子，她到底什么病。陈霞说，骨头里的病，医院都不接收她了，让她回来的。于红英说，她比你还小吧。付英华说，我比她大两岁。邱春燕压低声音说，她活该，自己不积德，死了也没人心疼。陈霞说，王延安也是早晚的事，说是做了化疗没事了，去年赵东海也是肺癌，做了化疗说没事了，不到两年就死了吧。张润珠说，咱这边得癌症的太多了。段晴说，别说了，瘆得慌。于红英问，到底还拆不拆迁。陈霞说，早晚的事。于红英说，说了都快十年了。付英华说，你们年轻的还行，我这岁数，再过几年等不到住楼房了。

　　十点多，大家各自回家。邱春燕躺在床上，想起儿子三岁那年，牛传山和个小姑娘跑了。三年后回来，日子继续这么过。一转眼儿子都快二十了，邱春燕觉得当初没改嫁是对的。陈霞回到家，发现丈夫已经睡着了，她在微信上问女儿今天感觉怎么样。女儿一直没回话，可能是睡着了。陈霞又做了会儿瑜伽，发现腰上还有些赘肉。张润珠回家后，儿子还在房间里玩游戏，她简单擦拭了下身体，换上一身衣服，又出去了。这天晚上，她开着那辆银色的东风日产去了镇上。茂达物流的王经理在等她。付英华看了下手机，今天儿子没打电话，吃完药又看了会儿电视，最近头发掉得有点多，儿子说是药物的副作用。凌晨两点左右，下起了雨。付英华起床把天井里的东西收拾了下。天亮后，有人出门上班，有人刚下夜班回来，路上已经没有雨水的痕迹。

五

一个鲁中地区乡村家庭的春节简情

（代后记）

1

今年春末的一天晚上，我接到电话，对方是当地报纸的编辑，同时也是盆泉魏氏修谱的工作人员。他在网上查到我在一篇文章里自述祖籍是博山盆泉，宗亲相认口吻热情，简要介绍族亲的发展情况，并列举几位在当地颇有名望的——无非是在政府任职或企业主，又关心了下我写作的情况。熟络过后，一再追问，发现我对祖上的情况语焉不详后，决定改日去村里一探究竟。一个多月后，我陪同他们一行三人回村。先去村南头查看村碑，因修路，村碑挪在路边，被野草淹没。正面贴着一张鲜红的"住宿午休"的小广告。据村碑记载："刘辛庄坐落于金岭镇西北2.2公里，北近王潍公路。清光绪《益都县图志》载：'刘辛庄，故名新庄，明万历年间魏氏迁入后改名魏家辛庄。刘氏于清雍正末年迁入，后祖蕃户衍，改名刘辛庄。'"

我们又去村中长辈家了解情况，年长且头脑还算清楚的一个爷爷，已有八十多，也只记得祖上说是从盆泉来的，至于是何朝何代，无族谱为证。早年的墓碑大致应有记载，也已在"文革"中捣毁。口说无凭，我坐在一旁，不时为他们斟茶倒水，陆续又来了两位长辈，重复先前进行的讨论。桌面上放着打印出来的盆泉魏氏的资料，不时被人拿起来端详一番。

那位明朝初年从河北枣强迁徙到博山盆泉的年轻人，真实姓名已不可考，只记得排行第四，后世尊称为魏四公。按照当时的移民政策，亲兄弟不能同在一个县。魏老四孤身一人，来到盆泉这块山地，开荒耕种，娶妻生子，三个儿子生养五个孙子，五个孙子生养了十一个儿子。六百多年后，开枝散叶，至今繁衍二十余代。先是遍布周边县市，同治二年，陕甘回乱，关中平原高草丛生，十室九空。光绪四年，山东长山县的焦云龙出任三原县令，组织山东乡亲迁徙三原县，其中盆泉魏氏三十余户。民国三十二年，盆泉遭遇大饥荒，很多人下关东逃荒，饥荒过去后，大多人又回到村里谋生。到现在，仍在盆泉生活的魏氏宗亲已无多少，大多是留守中老年人，年轻人多去城里打拼。

再往下翻，就是盆泉魏氏后裔们值得记载的辉煌历史。至废除科举，考取一名举人，七十余名秀才。家族声望的高峰是嘉庆年间，迎娶了青州衡王的公主。不得不承认的一点，祖上确实没出过多少值得书写的人物，以至于有个叫魏奉奎的人也记录在案。魏奉奎二十八岁参加乡试（光绪年间），族谱记载："院榜题名第七，不幸观榜疏忽其名，未复试而行，故未得志。族党惜之。"由于看榜疏忽与误会，未能复试，把到手的举人弄丢了。乡试前七名为甲科或一甲，他为自己的两个儿子分别取名传甲、传科，以纪念这次考试的名次。

再往后，是长达数十页的各分支功名登记情况，除去科举有点功名在朝廷担任些不打眼的职位外，表彰一栏有数位"寿官""耆儒"，大多忝列功名册是因为"监修族谱"。翻看这次修谱的委员会的组成人员，各行各业，政府公职人员、教师、村书记居多。等他们百年之后，也会在功名册上留下个"监修族谱"的美名吧。

读完，暂不论我是否属于盆泉魏氏的后裔，却已经对这次考证丧失了热情。倒不是因为他们乏善可陈的祖上履历无法为自己添彩增光，也不是修谱过程中排列出那些成功人士们所彰显的成功学色彩。有能力的人肩负修谱的任务本就是无可厚非的事情，一来旨在光宗耀祖，二来给后代做出表率进行勉励。这都是人之常情，只是这常情中，多少也包含着人性当中的趋炎附势、唯利是图、媚俗以及奉承。而我更在意的被历史淹没，只在族谱中留下一个名字的普通人的生活状态，这也契合我一直以来的写作观念。

就在我心里对修谱质疑时，长辈指着我，说道，祖上的事，都是在生产队的时候，他爷爷和我说的，我那时候小，也没记全。众人看着我，似乎要从我的身上，获取到家族的前史。可惜的是，我爷爷已经死去近二十年，我爸爸也死去快十年。祖上的事，现在没人知道。族中长辈，又说了下我爷爷的事，老调重弹：念过私塾，在益都（现青州市）当过文书，家族中的账房。那位如今躺在西山墓地中，尸骨化为泥土的爷爷，在此刻，成为追宗认祖的关键性人物。在惋惜和对爷爷的追忆中，调查进入了尾声。面对进入暮年的老人们，三个工作人员希望我能肩负起修谱的事，我点头应允，把他们送走，约定择日再去北焦宋村探访。半个月后，他们再给我打电话时，我推托了。又过了一段时间，发来记录这次寻访的文章。定性为，难以查考。

2

祖上的事已经和我无甚关系，在我的短暂的三十多年的人生中，我的祖上就是爷爷，再往上，我只认得一个刻在墓碑上的名字，无任何印象，除了血缘，没什么可追认的。往上推三代，是心力可及的范围。等我的女儿长大成人，爷爷是个没见过面的称谓，只能从照片中得以辨认。女儿比我幸运，能看到爷爷的照片。我的爷爷虽然没留下照片，我比女儿幸运的是，我见过爷爷，脑海中还残留着对他仅有的印象：某年夏天，他抱着我在老宅的天井里，等待劳作归来的父母。天井里有两棵枣树，树叶繁茂。炎热晴朗的天气，突然狂风大作，下起了暴雨。爷爷大致说了几句他们快回来的话，让我别着急。他秃头（多么令人悲哀的遗传基因），留着雪白的胡子，我看着他。再无其他印象。

前年春节，我去看望两位姑姑，惯常的客套后，为消融尴尬的氛围，我追问起家族的往事。热闹的春节气氛，加上血缘的纽带，姑姑们谈兴大开，一些陈年往事被打捞出来。有些是我第一次听说，惊讶和新鲜感，还夹杂了些许的对久远往事的感叹。相比我，年近古稀的两位姑姑，情绪并不强烈，只在说到某些段落的时候，眼睛泛红。

爷爷死时，棺木停放在堂屋，我手贱，从棺木的缝隙中，掀开了盖在他脸上的布条。爷爷死不瞑目，还张着嘴巴，我就哭闹了一个晚上。

爷爷有过两任妻子，第一任姓毕，关于如何死的，没有定论，一说是生病死的，一说是上吊。虽未留下子嗣，按照习俗，爷爷后来的子女称呼他为叔，不喊爹。第二任妻子，也就是我奶奶——王秀芹，生养了十个左右的孩子，只存活了四个，分别是，我大伯，两个姑姑，和我爸。其余都夭折了。大姑说，你爸下面还有个妹妹。姑姑对这个妹妹有印象，她四五岁时，吃刚蒸出来的馒头，一口咬下去，烫得嗷嗷叫。我爸当时六七岁，抱起这个妹妹，还以为馒头溜进脖子里烫哭了。

爷爷大名魏正俞，从我记事起，家里的人说他是个能人，见过世面。在普遍不成器的家族里，这话倒也没什么不妥的。客观来讲，能人这个定语，并不妥当。一个上个世纪二十年代出生的男性，读过书，写了一手据说很好的毛笔字（存疑），是整个家族红白喜事的账房，厨艺还不错。二十多岁去青州做过几年文书，文书具体是干什么，大致无非是给人写下字信，类似秘书之类的。成家之后，常年在外，不顾家，说起来家人还颇有怨言。政权更替，魏正俞回来种地，在村里教过几年书，桃李也没满天下。家里穷得很，向大舅哥借了一头牛，没几天搞公社，牛充公了。为这事，大舅哥来讨要过好几次，一直延续到王秀芹在九几年去世。魏正俞和大舅哥彻底闹掰，是有年春节，他把自己一身长袍马褂当掉，买了一点肉，剁肉馅包饺子。大舅哥来了，把肉馅放口袋里拿走了。魏正俞剁了点萝卜，包的素水饺。大姑说，我和你小姑每人吃了三个，你爸（时年四五岁）吃了一盘子水饺，吃完跑到你奶奶的怀里，说真好吃。

魏正俞胆小，"文革"时调查他的历史问题，吓得他晚上睡不着觉。作为一个文化人，"文革"期间也象征性戴着帽子，扫过几年大街。他收藏的书，也悉数被抄走，穿着长袍马褂拍的照片，也都给烧了。后来，去外面当过几年厨子，偶尔给家里带回点吃的。他顺利活到八十多，还落下个死不瞑目。究其一生，这位众人口中的能人，也并无多少出彩之处。一个怯弱的乡村知识分子，不敢让后代人多读书。从我记事起，家里没什么书。我后来喜欢读和写，也不能用家学来进行美化。

回到家，我把这些新鲜的听闻告诉老付。母亲不以为然，说小妹妹其实没死，是送人了，送到了段家庄。怕我的两位姑姑再去认亲，奶奶才只和老付说了。都说历史是任人打扮的小姑娘，个人的家族史也逃不脱这样的命运。活人们所经历的，都代表着一部分，听闻经过众人的缩略和添加，又会变成什么样子呢。我所知的，经过一番书写，多少也会走样。

我们无法得知，常年在外的魏正俞回来，看到大儿子高烧把脑子烧坏，成了个弱智，内心会是怎样的酸楚。王秀芹失踪的两年，在外面又经历了什么。她说是在外面给人带孩子，可自己的几个孩子都还没长大。后来又回来，又为了什么事。魏正俞和王秀芹相继死后，又过了几年，他们的大儿子走失，再没回来。小儿子活到五十五岁。都没他俩高寿。

到今天，每逢春节，后代们谈及魏正俞：一是，他毛笔字写得好，以前过年，乡邻的春联都是他写。二是，他肉蛋也炸得好吃。这两样，是魏正俞活了一辈子，留给这世界的念想。

3

前几天，"网易人间"的编辑唐糖老师，问我有没有兴趣写个春节档人间有味的文章。我的第一反应是，写不了，我家没什么特色菜，老付不怎么会做饭，包个水饺还行。紧接着，我想到肉蛋，觉得也可以写。在山东鲁中地区的乡村，平常日子用吃肉蛋代指吃婚宴。在物质匮乏的过去，除去春节，也只有婚宴上有肉蛋可吃。饮食上，春节对我们意味着，可以吃肉蛋。

为了写这篇文章，我回村采访老付，搜集春节的故事和肉蛋的做法。自从门口挂上"示范家庭"的招牌后，为应付上级的检查，平日不爱收拾屋子的老付，把家里打扫得过于整洁，原本凌乱的书桌，也码放整齐。除去做饭烧水，为节省煤炭，火炉一直封着，老付穿着棉袄正在擀饺子皮。知道我早上不吃饭，老付捅开火炉，烧水，先包几个让我吃。

吃完饭，得知我的来意，老付回，春节能有啥故事，不就是吃饺子，贴春联，放炮仗，走亲戚。我问，咱家春节有啥故事？老付没好气，你不是咱家的人了？咱家的事，你又不是不知道。我也没好气，我问你呢。老付回，又不是非得写真事，你们写这个的，不就是胡编乱造，你造不就行了。等我说稿费可以和她平分后，老付才笑嘻嘻躺在沙发上，用被子把自己包裹严实，只露出一颗头发花白的脑袋，态度端正，咧着嘴说，你问吧，我啥都说。

1：魏思孝

2：付艾英

1：咱家里谁做的肉蛋好吃？

2：你爷爷做得好吃，以前咱魏家，红白喜事不管是账房还是厨师，都是他的。

1：他在哪里学的炸肉蛋？

2：这我怎么知道，厨子当然会了，他是专业的。

1：我爸炸得好吃吗？

2：你又不是没吃过。还行吧，不过没你爷爷炸得好吃，也不知道你爷爷怎么炸的，不只是肉蛋，冬里炒的白菜也好吃，这么多年，我就没吃过这么好吃的，你说都是锅里放油，再把白菜放进去，他为啥做得那么好吃呢？

1：扯远了，问你肉蛋的事呢。

2：反正我炸的肉蛋一般，不如你爸。

1：你为啥炸得不好吃，你没反思过吗？

2：这咱上哪儿反思去？不好吃你过年也没少吃，你觉得不好吃，今年我不炸了，你花钱出去买吧。

1：采访你呢，你别生气，说说肉蛋的做法吧。

2：割肉，剁馅……

1：得全是瘦肉吧？

2：对，猪肉，不能带肥的，你爸刚没的那年春节（2012年春节），我第一次炸，没经验，肉没挑干净，里面掺着肥的，放油锅里，嘭，嘭，炸了，我身上都是油点子。

1：继续说怎么做。

2：剁了馅子，放上葱、姜、八角花椒面、鸡蛋、盐、香油。

1：是不是还要把馒头泡软了放进去。

2：对，你这都知道，还问我。

1：面是怎么调的？

2：淀粉，加水、鸡蛋、酒、盐。搅拌好。肉馅揉成团，过一层面糊，往油锅里一放，炸好了，捞出来。

1：除了肉蛋，还炸别的吗？

2：炸肉，炸鱼，炸豆腐，炸茄盒，这些都是顺带手炸的。

1：你嫁过来，我爷炸了几年肉蛋？

2：他活着的时候，都是他炸。（老付陷入沉思）他是几几年死的来着？我想着你不大，还不知道哭呢。过了三年，你奶也死了。那时候你就知道哭了。

1：我哭是因为我爸看我不哭，踹了我一脚，我才哭的，出殡完了，我还一直哭。

2：不是九一年就是九二年，那时候还兴披麻戴孝，送浆水（备注：给逝去的人送吃送喝）。从老宅一直送到西边的铁道。

1：你刚嫁过来的时候，春节怎么过的？

2：我是哪一年嫁过来的？反正我想着转过年的冬天生的

你姐。

1：我姐八一年生的，你就是八零年嫁过来的。

2：对，八零年，当时还住在老宅里。有了你姐，三口人挤在西偏房里。

1：冬天冷吗？

2：（老付在身前伸出两只手）土墙这么厚，冬里，你爸在屋里生了"铁桶炉"，在土炕上盖好被子，也不觉得冷。

1：那时候春节吃啥？

2：炸菜，包饺子，那时候猪肉倒不贵，五六毛一斤，要用肉票，没地方买。肉也都买肥的，炼出猪油，留着再炒菜。那时候还有大队公社，个人没钱。咱家就靠你奶喂鸡，下了鸡蛋，去镇上赶集，卖了换成油盐过日子。有了你姐，你奶还挺好，省出鸡蛋，给你姐吃。过年炸一点肉蛋，自家都不舍得吃，还要待客。你两个姑，你奶娘家的亲戚，来了就留下吃饭。不像现在过年，开着车，放下东西抬脚就走，一上午就把所有亲戚转一遍。那时候走亲戚，下步走，骑自行车的都很少，一天一个门，都留下吃饭，亲戚多的，过了正月十五，亲戚还没走完呢。反正冬天，地里也没事，都在家里待着，过节就是串门吃饭，你吃了我家，我再吃你家，正儿八经松开裤腰带吃，不能吃亏。

1：我大伯春节的时候干啥？

2：他就是玩，吃了饭，嘴一抹，提着麻袋，出去了，一天寻不见人，不是去铁道，就是去西山，咱也不知道他去哪，到了吃饭的点，他又回来了，带回来没用的破烂。

1：他一个人？

2：他不一个人，谁和这个朝巴（淄博方言：傻子）一起？

1：一般什么时候炸肉蛋？

2：腊月二十三打扫完屋，啥时候都行，一般腊月二十七，还要蒸糕、蒸馒头、摊煎饼，你爷再出块豆腐。

1：豆腐自己出？

2：老宅有石磨，就是用来磨豆子，出豆腐。每家每户都这么过，又不是只咱家这样。我嫁过来，转年就包产到户，分了地，日子才好过点，能吃上细粮了。以前只能吃地瓜干。

1：你过了六十多个春节，哪年的印象深刻？

2：啥叫印象深刻？春节不都一个样？

1：最穷的。

2：咱家穷出身，哪有不穷的时候。要说最穷，刚生了你的那年。

1：我八六年出生，那就是八七年春节。

2：有了你，老宅不够住，你出了百天，盖的这新屋。那时候没钱，我去你大姨家借了四百，又去你小姨家借了五百。树是村里的，你爷去要的，砍了当木头。沙子、石子早就买好了。那时候一千块砖才三十块钱。现在人工多贵，一天怎么不得三百块。那时候都是亲戚邻居来帮忙盖的。盖好屋，从老宅里拿过来桌子和椅子，算是个新家了。到过年，家里还有五块钱，我又去你大姨家借了二十块，才把这年过了。你大姨给我买了块布，给你爸做了件褂子。

1：咱家啥时候日子好过？

2：你爸后来赶马车拉货那几年还行。先跟着金西的王友良，他是你奶的一个姨父。他那里活不多，又跟着孟凡武，再就是毕义贤。王友良和孟凡武都死了，毕义贤还活着，也得七八十了。那几年，化建建厂，活多。厂子建完，活就少了。再说拖拉机和货车多了，用马车的也少。路上都不让马车走。养骡子也费事，晚上回来，我和你奶铡草，拌饲料。你爸赶了六七年马车，后来就在厂子里下车间，十二个小时，黑白班。那时候你和你姐上学，我和你爸干活赚钱。你爸倒好，生病，刚攒下几个钱，一场病都花了。养好了，干活，再生病，花钱，一直到最后，人没了。我那几年在大棚种菜，年初一早上也不歇着，放草帘，透风。碰到下大雪，还去扫雪。忙完了，再回来做菜待客。都说过春节，春节有啥好过的。有钱的过节，没钱的过关。都说年关难过。

1：你炸了几年肉蛋了？

2：一一年你爸没的，一二年春节到一九年，八年了，有两年是你大姨父炸的。

1：大姨父炸得不好吃，太咸，和咸菜一样，没肉味。

2：什么好吃不好吃的，有吃的就行了。说这些行了吗？

1：不在点子上，春节故事，你说的这些不一定能用。

2：你再造点，春节不就是这些事嘛。

1：你说说咱家的这些人吧。

2：（老付思量了会儿）死的死，添的添。要不，今年你炸肉蛋吧。

1：我不炸。有你呢。

2：没有我，你也不炸，我还不知道你，你们这些年轻的，有一个算一个，就知道吃饱了不饥困。等我没了，你们就买着吃了。咱家也就不炸肉蛋了。

4

晚上，我爸穿着围裙，油锅架在火炉上，一边是肉馅和面糊，一边是铺着煎饼的簸箕。煎饼吸油，炸好的肉蛋，放在簸箕里。我和我姐在客厅里看电视，我爸说，炸好了，来吃吧。我和我姐跑进里屋，两只手攥着好几个，边吃边看电视。这样往返几次，一直到吃饱。

我过了三十多个春节，除去记忆模糊的，也有近三十个。小时候，春节意味着有新衣服穿，有好吃的，可以放鞭炮。除夕晚上，一家人围坐在一起看春晚。困了，就早睡了。我爸总是最晚睡，要等零点敲钟，在天井里放支鞭炮。第二天一早，穿上新衣服，从被窝爬起来。按习俗，家里每个门前早已放置一根木棍。初晨蔚然，天井的一张木桌上摆放着香炉，插着三根香，酒盅，供品。我爸烧完黄纸，喊我们去磕头。这是供养老天。我总是很乐意去磕头，觉得有仪式感。我姐从不磕，可能觉得沾脏新衣服。吃完睡觉，我跟着爸再招呼几个大伯堂哥，一家十几口，浩荡中踩着地上的炮仗皮去拜年，迎面碰到其余的拜年队伍，开几句闲话。

爷和奶死后，老宅空了。大年初一早上，还是要去上支香。有年春节，下了场大雪，北风紧人，天刚见一丝亮，我跟着爸推开老宅的木门，荒草上铺着积雪，有几串小动物的脚印。粗壮的泡桐树的树枝把天盖住，在天井的石磨上插上香，我和爸对着北方磕头。那时大伯已经走丢了。没几天，又下了一场大雪，老宅的房顶被压垮。

有年，我爸身体不好，整个冬天都在养病，鱼肉贵，红萝卜维生素多，买了一筐吃。家里养了几只羊，我爸平时牵着去铁道沟吃草。他还不到五十，头戴皮帽，身穿棉袄棉裤，有了乡村老汉的样子。我爸爱放鞭炮，家里没钱，他也想多买点，去下晦气。老付不愿意，两人吵了一架。春节，我爸就买了两三个，仅够节日放，没多余的。春节前，同学来找我玩，晚上留下吃饭。我爸简单做了几个菜，没有肉蛋。我有些生气，和我爸吵了几句嘴，抠门，不给面子。当时的我，当然没办法理解一个中年人的生活困境，肉和菜，都是有数的，紧够着过年招待亲友。

又过了多少年。女儿腊月二十五出生，三天后出院回到家。几天家里没人住，开门进屋，比外面冷。老付对襁褓中的女儿说，有你爷在就好了，早就生好炉子，暖暖和和等着咱们，你这小东西就不用受冻了。女儿出生的这年春节，在我妻子看来，应该是她记忆最深刻的春节。女儿出生的喜悦当然是一方面，更多的是初为人母的慌张，为女儿的黄疸，为整夜的失眠。这些困扰最终化为争吵。几年后，当初为什么争吵已经变得没那么重要，在她的心中，那就是我在半夜赶她走，她抱着刚出生十几天的女儿，站在门口，无助和绝望。后来，每想到这件事，她就说，你是个混蛋，这事我一辈子忘不了。也是女儿出生的这年春节，大年初六的晚上，在村里的饭店设宴给女儿摆酒庆生。晚上，散席后，飘起雪花。我踏着地上稀薄的积雪，往家走。村里稀疏的灯火，空中飘扬的雪花，我在路上，想起自己有个女儿，我也当爸了，忍不住笑起来。除此之外，我爸死后的春节，多了份凝重。这份凝重，是对亲人的怀念。要是他还在，多好。

2019 年 12 月